Paul Friedl

Schwarze Kirschen

Paul Friedl

Schwarze Kirschen

Roman

rosenheimer

Sonderausgabe 2010 für Verlagsgruppe Weltbild GmbH, Augsburg
Titelbild: 12foto.de © www.fotolia.de
Druck und Bindung: CPI Moravia Books
Printed in Czech Republic

Dieses Buch ist mit »Und wieder blüht der Wald« und »Ein Traum vom Glück« zu einem Set zusammengefasst.
ISBN des Sets: 978-3-475-54034-9

Über dem Wald kündigte sich der neue Tag an. Ein grauer Schein nur, aber er hob Dorf und Kirchturm aus dem Dunkel der Nacht, hellte die taudunstenden Wiesenflecken auf und drängte die Nacht aus dem Tal der Rumpachmühle in die weiten Forsten zurück.

Auch durch die Fenster der Wohnstube in der Rumpachmühle kam das leichte Grau des kommenden Morgens, und aus dem Dunkel der Stube tauchte das fahlweiße Gesicht der Müllerin, die am Tisch saß und gegen den Schatten starrte, der sich nun am Fenster abzuzeichnen begann. Wegen ihrer beträchtlichen Leibesfülle atmete sie röchelnd, und ihr heiseres Flüstern setzte die dicke, verbrauchte Stubenluft in Bewegung.

„Es wird schon Tag."

„Hm", kam die gebrummte Bestätigung vom Fenster her, und ein Streichholz flammte auf. Es beleuchtete für einen Augenblick das übernächtige Gesicht eines jungen Mannes, der hastig an der Zigarette zog.

Draußen wurde es heller, die Umrisse des Mannes am Fenster deutlicher. Hörbar stieß er den Zigarettenrauch aus. Mit der Linken stützte er sich am Fensterkreuz, der Ärmel des rechten Armes hing leer von der Schulter und steckte in der Hose.

„Wird ihn bald einer finden", keuchte die Müllerin leise, „wird der Stiegler bald zur Arbeit gehen und ihn finden."

Ein unwilliges Brummen kam vom Fenster her. Unter der schwarzen Balkendecke stauten sich die rauchgeschwängerte Luft, die abschwellende Stubenwärme und der herbe Ruch von Sägemehl und altem Holz, von muffigen Kleidern, von der Sauermilchsuppe des Vorabends und dem bangen Atmen der beiden. Das alte Haus knisterte, und wenn in der Kammer nebenan der alte Müller hustete, horchte die Müllerin auf.

„Dann wird es nimmer lang dauern, bis die Gendarmen kommen. Wegen dem Streit beim Wirt wird man es gleich auf euch, die Müllerbuben, haben!"

Der junge Mann fuhr auf und zischte: „Auf mich kann es niemand haben! Ich hab net gestritten und net gerauft."

„Alois, wenn die Gendarmen kommen, die stellen das ganze Haus auf den Kopf, und dann?" röchelte die Alte aus dem dicken Hals.

„Pah, im Krieg haben sie das Haus dreimal durchgesucht und die alte Sackkammer net gefunden! Mutter, jetzt muß es gehen, wie wir es gemeint haben, oder es ist alles beim Teufel! Entweder die Sägemühle gehört uns, oder wir können zusammenpacken und gehen, das weißt du ja selber! Drum paßt mir das alles ganz gut. Besser hätte es für uns gar net kommen können. Mich kann keiner verdächtigen, ein Einhandl kann niemanden umbringen, das muß einer mit starken Fäusten gewesen sein, werden sie sagen."

„Mir ist gar net gut dabei", stöhnte die Müllerin.

„Du weißt gar nix und sollst auch nix sagen, wenn gefragt wird. Du weißt nur, daß der Bernhard in der Nacht heimgekommen ist und dir gesagt hat, daß er einen zusammengeschlagen hat, und dann hat er eben sein Zeug zusammengepackt und ist auf und davon. Wohin? Wie sollen wir das wissen! Vielleicht geht er ins Ausland."

Der Alois war heftig geworden, und sie zischte warnend.

„Net so laut, der Vater könnt dich hören."

Er lachte hämisch. „Komm mir net mit dem Vater! Ein Stiefvater ist kein Vater — und jetzt schaut die Geschichte ganz anders aus. Die Mühle muß mein werden, und jetzt, wo ich den Stiefbruder in der Hand habe, geht es nach meinem Willen! Da lasse ich mir auch von dir nix dreinreden!"

Sie schwiegen und horchten auf das Husten hinter der Kammertür.

Die Glut der Zigarette bewegte sich wie ein Leuchtkäfer vor dem Fenster. Draußen ging die Mainacht zu Ende, und der Himmel wurde blau. Die Stube wurde hell, und im wachsenden Taglicht sahen sie sich an.

„Der Alte hat mich lange genug schikaniert. Jetzt pfeift bald ein anderer Wind! Du sagst ihm alles genauso, wie wir es ausgemacht haben, sonst brauchst du dich um nix zu kümmern. Verstehst! Du weißt nix!"

„Ich fürcht mich — die Polizei — mit der mußt du fertig werden", flüsterte sie bang.

Der Alois lachte wieder höhnisch auf.

„Das werd ich auch, und mit deinem Müller werd ich auch fertig!"

„Das ist eh ein kranker Mann! Wirst es doch erwarten können, bis er stirbt!" keuchte die Müllerin.

„Du hältst natürlich lieber zu ihm als zu deinem eigenen Sohn! Hast ihn ja haben müssen! Hättest net hergeheiratet zu diesem alten Witwer, dann hätte ich meinen Arm noch!"

„Kann denn jemand was dafür, daß du in die Transmission gekommen bist? Hättest selber besser aufpassen sollen!" schnaufte die Mutter.

„Das will ich nimmer hören!" brauste der Alois auf.

„Net so laut!“ stöhnte sie. Aus der Kammer kam wieder das Husten und eine Bettstelle knarrte.

Die Sonne schob sich über den Wald und brachte den hellen Tag. Der schwere Atem der Müllerin füllte die Stube, und ihr angstgraues Gesicht kehrte sich dem Fenster zu.

„Der Bernhard —“, rasselte sie.

„Den werden sie net finden!“ stieß der Alois durch die Zähne, trat vom Fenster zurück und zischte: „Der Stieglermaurer geht in die Arbeit!“

Die Müllerin wischte sich mit der fleischigen Hand den kalten Schweiß von der Stirn.

„Jetzt dauert es nimmer lang, bis alles rebellisch wird — und die Hastreiter Angela wird auch bald kommen, die muß ja heut einstehen. Haben dann wieder ein fremdes Leut im Haus! Gar net wohl ist mir, wenn ich dran denke —“

„Das ist deine Sache, daß der nix aufgeht! Ist grad recht, daß sie bei uns fremd ist. Die kann drüben im Beihäusl schlafen, im Haus hat sie nix zu suchen, da kann sie dir in der Kuchl helfen, aber weiter nix“, antwortete er grob.

„Mir ist ganz schlecht, hab keine Minute geschlafen“, greinte sie.

Der Alois ließ sich auf die Bank fallen und streckte die Füße von sich. Während er mit der einen Hand eine Zigarette aus der Schachtel fingerte und sie, die Streichholzschachtel zwischen die Knie geklemmt, anzündete, beobachtete er mißtrauisch seine Mutter. Alles an dieser unförmigen Frau wirkte schlampig. Rock und Joppe waren im schmutzigen Braungrau, die Schürze fleckig. Unter dem schütteren, schon leicht ergrauten Haar war das feiste Gesicht breit und schwammig, und die huschenden Augen blinzelten durch dicke Fettpolster.

Sie schwiegen und horchten auf die kleinen Geräusche des alten Hauses und das leise Rauschen des Mühlbachs, der zwischen Wohnhaus und Säge floß. Auf dem großen Kirschbaum vor dem Haus sangen die Vögel den Morgen an. Der Löwenzahn leuchtete in tausend gelben Sonnen auf der Mühlwiese. Die Birken auf dem bergseitigen Hang hinter Wohnhaus und Sägewerk trugen die ersten seidiggrünen Blätter. Um die Rumpachmühle war es still, als hätten die Mühlleute den schönen Morgen verschlafen. In Windungen dem Bach folgend, führte das Sträßlein vom Wald nieder, vorbei am versteckten Häusl des Stieglermaurers und an der Rumpachmühle dem Dorf zu, und erreichte dieses durch ein Wäldchen.

Das alte Wohnhaus mit der angebauten aufgelassenen Mühle bot einen fast ärmlichen Anblick. Das weißgekalkte Untergeschoß trug einen hölzernen Aufbau mit einem Balkon, dessen Sprossen teilweise fehlten. Vom Anbau der alten Mühle war der Verputz längst abgefallen. Dieser rückwärtige Teil des Hauses steckte im Hang, und die jungen Brennessel wucherten schon wieder an den brüchigen Mauern. Gnädig breitete der blühende Kirschbaum seine weiße Pracht über das morsche Mühlendach, auf dem die Haustauben in der Frühsonne gurrten. Wo einst das Mühlrad sich drehte, grünten Stauden und Unkraut am eingestürzten Kanal. Vom alten Haus führte ein Steg über den Bach zum neuen Sägewerk, das von einer Turbine getrieben wurde. Neu und sauber war das kleine Beihaus, das an die Säge angebaut war. Grüne Fensterläden und weiße Wände, gelbbraunes Holz und ein rotes Ziegeldach strahlten den frischen Morgen wider.

Im Dorf, das in der Talmulde am unteren Mühlbach lag, kündete die Kirchenglocke den Tag an, und die hallenden Töne fluteten über die Hügel und Hänge zu den

Wäldern. Hühner rannten ins Freie, Hähne krähten, und Tennentore knarrten.

Der letzte Glockenton schwamm mit dem leichten Wind davon, und der Mesner Sigl kam aus der Kirche. Er blieb auf dem Dorfplatz stehen, sah sich um und nahm, zufrieden mit dem schönen Morgen, bedächtig eine Prise Schnupftabak.

Beim Kirchenwirt, dessen Haus sich etwas aufdringlich in den Dorfplatz schob, schlief man in den Tag hinein. Es war spät geworden in der vergangenen Sonntagnacht. Sie hatten das Maibaumbier getrunken, lustig und streitbar, singend und lärmend, weit über die Mitternacht hinaus. Gestern hatten die Burschen den Maibaum aufgerichtet, und er prangte auf dem Platz, als sollte alle Tage Festtag sein. Über die Hausdächer ragte er und wollte sich mit dem Kirchturm messen, ein weißgeschälter Stamm mit Figuren auf den Quersprossen, dem Kranz und den bunten, im Winde flatternden Bändern und dem Tännling hoch droben auf der Spitze.

Bis in die Schlafstube des Mesnerhauses hatte er die Streiterei gehört, und wer konnte es schon gewesen sein? Den jungen Orthofer hatte er am Geschrei erkannt, und da war der andere wohl der Bernhard von der Rumpachmühle. Das waren die ewigen Widersacher, und man wußte ja, warum sie sich feind waren. Jeder spitzte auf die Sabine vom Böhmhofer, und in der letzten Zeit hatte der Bernhard wohl den Ertl Xaver, den jungen Orthofer, ausgeschaltet. Und wie der Xaver war, stolz und streitsüchtig, war da noch lange keine Ruhe. Ist aber zu keiner Rauferei gekommen, denn das hätte er, der Mesner, gehört. Läßt auch der Kirchenwirt nicht leicht etwas aufkommen und ist gleich mit dem Ochsenfiesel da und mit dem Hinauswurf. Wenn der mächtige Wirt Ruhe fordert, da hat sich noch keiner gemuckst, nicht einmal die Müllerbuben, die sonst recht lautmaulig sind.

Drüben schob der Dorfschmied das Tor auf, sah gähnend gegen den hellblauen Himmel, nickte dem Mesner zu und verschwand wieder in seiner rußigen Werkstatt.

Der Mesner Sigl nahm eine zweite Prise.

Über ihm um den Kirchturm kreisten schreiend die Dohlen und störten den Morgenfrieden des Montags. Aus den Höfen kamen die ersten Geräusche, doch der Dorfplatz blieb menschenleer. Der Mesner wollte sich schon seinem Haus und der späten Morgensuppe zuwenden, als von einem Feldweg, zwischen zwei Häusern hervor, ein Mädchen kam, nach der Turmuhr schaute, eilig den Platz querte und an ihm vorbei wollte. Es trug einen Koffer. Unter einer Fülle kastanienbrauner Haare sahen ihn große schwarze Augen an, und ein frischer Mund lächelte ihm zu.

„Guten Morgen, Mesner!"

„Ei, die Angela! Wo willst denn du hin?"

„Hab mich ein bisserl verschlafen. In der Rumpachmühl steh ich heut ein." Es klang unternehmungslustig, und doch forschten ihre dunklen Augen den alten Mann an, was er etwa dazu meinen möchte.

„O je, da hast du dir aber einen seltsamen Dienstplatz ausgesucht! Wirst es net leicht haben. Sind sonderbare Leut, die Rumpachmüller. Ist ihnen die Dirn davongelaufen, weil sie es bei dem zuwideren Alten und der boshaften Müllerin nicht mehr ausgehalten hat."

„Weiß es", sagte die Hastreiter Angela ernst, „aber ich fürcht mich net. Ich tu meine Arbeit und laß mir nix nachsagen."

Der Mesner Sigl nickte. „Ich wünsch dir viel Glück! Sind Hintersinnige, die Mühlleute, und überhaupt ist es in der alten Mühle net ganz geheuer. Soll die Müllerin als Geist umgehen, hab ich gehört, das erste Weib des Rumpachmüllers. Und die Buben? Der Bernhard und der Alois, die werden es dir net leicht machen! Ich meine halt, ich sehe dich bald wieder mit deinem Kofferl auf dem Heimweg."

Diese Auskunft schien die Angela zu ärgern, und ein wenig schnippisch meinte sie: „Ach geh, die Mühlleut sind auch Leut wie die andern! Ein wenig extrig und eigensinnig sind sie halt. Das ist mir gleich. Der Lohn ist gut."

Die Angela wandte sich zum Gehen und bog vom Dorfplatz ab in das Sträßlein, das ins Tal der Rumpachmühle führte. Noch einmal nahm der Mesner eine Prise und sah ihr nach, wie sie eilig dem kleinen Wäldchen zustrebte. Mitten im Schnupfen hielt er inne und strengte seine Augen an.

Das war doch der Stieglermaurer, der da aus dem Birkenwald kam, der Angela etwas zurief und nun fuchtelnd ins Dorf rannte, als hätte er ein Feuer zu melden. Die Angela eilte in Richtung Mühle weiter und verschwand hinter den Bäumen.

Der Mesner rief den außer Atem auf dem Dorfplatz ankommenden Maurer an, wo es denn brenne.

„Der Ertl Xaver — der Orthofer — liegt dort hinten! Tot! Da ist was passiert — muß es der Polizei sagen!" hastete der Stiegler heraus und ließ sich nicht aufhalten. Neben dem Kirchenwirt, wo bei der Haustür am Haus der Kathie Graßl das Schild „Landpolizei" hing, läutete er und trommelte dann mit den Fäusten an die Haustür.

„Jetzt haben wir die Sauerei!" entsetzte sich der Mesner, stand wie angewurzelt und wartete, bis sich drüben ein Fenster öffnete und der Polizeimeister Rabinger nach dem Grund des Alarms fragte. Er stand noch mit der Prise Schnupftabak auf der Faust, die er vor Schrecken zu schnupfen vergessen hatte, als schon der Polizeimeister Rabinger und der Polizeihauptwachtmeister Schedl aus dem Haus traten und sich mit dem Stiegler zum

Mühlwäldl hin entfernten. Dann schlappte er über den Platz zum Schmied, um ihm die Neuigkeit zu sagen.

Im blühenden Kirschbaum vor der Mühle sangen die Vögel, und um die weiße Pracht sammelten sich die Bienen.

Die Sonne war nun schon über den Birkenweg gekommen und schien in die Wohnstube. Staub und Zigarettenrauch flirrten in der dicken Luft.

Sie hatten lange geschwiegen und ihren Gedanken nachgehangen, bis die Müllerin wieder bänglich flüsterte: „Jetzt müssen sie bald kommen."

Wütend zischte der Alois: „Hör endlich damit auf! Freilich kommen sie, aber das kann schon noch eine Weile dauern, und warum sollten sie gleich zu uns kommen? Die werden sich zuerst erkundigen, was in der Nacht beim Wirt gewesen ist. Ich sag es dir noch einmal: Du weißt nix! Kein Wort mehr, als was wir ausgemacht haben!"

In der Kammer nebenan hustete wieder der Müller.

„Wenn es einmal aufmaulig ist und man es auch schon auf dem Böhmhof weiß, dann geh ich zur Sabine", murmelte der Alois mehr für sich selbst. Fragend sah die Mutter ihn an.

„Jetzt ist der ganze Streit um die Sabine aus!" fuhr der Alois befriedigt fort: „Jetzt werde ich mich um die Sabine annehmen. Wenn ich die Mühle hab und sie den Hof — Davon hab ich alleweil schon geträumt, und ist kein Weg dahin gewesen. Aber jetzt — jetzt ist der Weg frei!"

„Das willst fertigbringen?"

„Ja, Mutter, das bring ich fertig!" triumphierte er. „Ich laß mir schon Zeit. Wenn der Xaver einmal in der Erd ist und die Polizei umsonst nach dem Bernhard sucht, dann hat die Sache bald ein anderes Gesicht. Der Böhmhofer hat nix gegen mich, wenn ich sagen kann: Ich bin der Müller."

Sie keuchte heiser: „Ich komm aus der Angst net raus! Wenn du nur keinen Fehler machst, Bub! Wär am Ende besser gewesen, der Bernhard hätte sich der Polizei gestellt."

Ein rauher Ruf aus der Kammer nebenan schreckte sie auf: „Zilli!"

„Jetzt ist er da!" Die Müllerin war bis in die Lippen weiß geworden, erhob sich schwerfällig und watschelte in die Kammer.

Der Alois riß ein Fenster auf, um die stickige Luft hinaus zu lassen, und horchte auf das unwillige Gemurmel. Seine Züge strafften sich, als die Tür sich öffnete und die Müllerin ihren Mann im Rollstuhl in die Stube und an den Tisch schob.

Hinter dem Rücken des alten Müllers zwinkerte die Müllerin ihrem Sohn zu.

Im harten grauen Gesicht des Rumpachmüllers Simon Karg glühten unter weißbuschigen Brauen und über einer schmalen hakigen Nase durchdringende blaue Augen und musterten mißtrauisch den Stiefsohn.

„Ist bei dir alleweil noch Sonntag, weil du das Feiertagsgewand noch anhast? Oder bist gar grad erst heimgekommen?"

Der Alois zündete sich umständlich eine Zigarette an und sagte nichts. Über den Kopf des Alten hinweg sah er dabei auf die Mutter.

Der Alte zürnte: „Was ist los? Wo ist der Bernhard? Warum geht die Säge net? Den blauen Montag gibt es bei mir net!"

„Der Bernhard ist weg", maulte der Alois in gekünstelter Ruhe.

„Weg? Was heißt weg? Im Bett wird er lümmeln!

Weck ihn auf! Um sechs Uhr geht bei uns die Arbeit an!"

Schulterzuckend erwiderte der Alois: „Es ist was passiert heut in der Nacht —"

„Passiert? Was ist passiert? Gesoffen habt ihr!"

„Der Ertl Xaver hat wahrscheinlich dem Bernhard aufgelauert —", zögerte der Alois und wich den zornigen Blicken des Müllers aus.

„Und? Mach auf dein Maul! Was ist los?"

„Ich weiß es ja net, bin ja net dabei gewesen", trotzte nun der Alois. „Weiß nur, was der Bernhard gesagt hat."

Die hilflose Wut stieg dem Müller ins Gesicht, und er kreischte: „Wo ist der Bernhard? Was hat er gesagt? Heraus jetzt endlich mit der Sprache!"

„Da kommt jemand", hechelte die Müllerin warnend, und alle drei sahen nach den wegseitig gelegenen Fenstern. Draußen bog gerade die Hastreiter Angela vom Weg zur Mühle ab. Sie warteten steif, bis das Mädchen klopfte und auf den rauhen Ruf des Müllers hin eintrat. Sie war bleich, und ihre Lippen zitterten.

„Hab mich ein wenig versäumt — aber vorn im Wald liegt der Orthofer — erschlagen —"

Es war still in der Stube. Der Müller war bleich geworden, seine Frau, die hinter ihm stand, warf der Angela rasch einen bösen Blick zu, und der einarmige Stiefsohn Alois sah sie abwartend und interessiert an. Betroffen über das Schweigen, kamen dem Mädchen die Tränen.

„Der Stiegler hat ihn gefunden — und ich hab mir nimmer auf dem Sträßl zu gehen getraut. Bin über die Felder her —"

Sie wischte sich die Tränen ab und wartete, verwundert über das Verhalten der Mühlleute. Furcht kam sie an vor diesen seltsamen Menschen. Warum sagten sie nichts? Warum sahen sie so sonderbar drein? Ungerührt der Alois, gespannt und entgeistert der alte Müller, und rot vor Verlegenheit die unförmige Müllerin. Rasselnd den Atem tief aus dem Hals holend, sagte diese schließlich:

„Ist schon recht, wir wissen es schon. Ich zeig dir gleich deine Kammer, kannst dich umziehen und in den Stall gehen. Komm!"

Geschäftig watschelte sie dem Mädchen voran aus der Stube, stapfte über den Hof, hinüber zum neuen Beihaus bei der Säge.

Der schöne Maimorgen erschien der Angela auf einmal düster und gespenstisch. Sollte sie der Müllerin sagen, daß sie nicht bleiben könnte? Angst und Verwirrung fielen sie an. Was waren das doch für Leute! Daß da vorn im Wäldchen ein Toter lag, machte ihnen gar nichts aus. Sie wußten es schon? Warum hatten sie es dann nicht im Dorf angezeigt? Warum hatten sie die Polizei nicht benachrichtigt?

Ächzend drückte die Müllerin die Haustür auf und zog sich am Stiegengeländer mühsam die Treppe hoch. Oben öffnete sie eine Tür und sagte rauh: „Das ist deine Kammer."

Die Angela sah in ein völlig neu eingerichtetes Zimmer und zögerte: „Das ist alles so neu."

„Ist auch net als Dienstbotenkammer gedacht, aber —"

„Warum tut ihr mich net in die Kammer, wo die andere Dirn auch gewesen ist?" fragte die Angela bescheiden.

Grob keuchte die Müllerin: „Im Haus drüben kann ich dich net brauchen!" Sie wandte sich zum Gehen und befahl: „Tu deine Arbeit, und kümmere dich net um Sachen, die dich nix angehen! Der Alte und der Alois haben dir nix zu schaffen." Und schon auf der Stiege, wandte sie sich noch einmal um: „Wenn ich dich beim Herumschnüffeln erwisch, fliegst du sofort!"

Dann schwankte sie davon, und die Stiege knarrte unter ihrem Gewicht. Die Haustür klappte.

Jetzt erst wagte die Angela, sich das Zimmer genauer anzusehen. Schrank, Bett, Tisch und Stuhl waren neu, der Fußboden mit einem Teppich ausgelegt, schöne Bilder an den Wänden, vor dem Fenster ein Vorhang, wie ihn nur die besseren Leute in ihren Wohnzimmern haben. Und es roch noch nach Farbe und neuen Textilien.

Wenn das nicht ein Irrtum war! Dieses Beihaus hatte sich doch der Müller im vergangenen Sommer bauen lassen, um sich zurückzuziehen, wenn der Bernhard heiratete? Das war kein Dienstbotenzimmer! So konnte der Raum für eine Hausdirn in der verrufenen Rumpachmühle gar nicht aussehen!

Die Stille in dem Haus bedrückte sie, und ratlos stand sie und überlegte. Wenn sie ihren Koffer nahm und davonging?

Was aber würde der Vater sagen, wenn sie wieder heimkam? Nein, das ging nicht. Jetzt war sie schon einmal da und mußte bleiben!

„In Gottes Namen", flüsterte sie, nahm ihr Arbeitsgewand aus dem Koffer und zog sich um.

Was hatte sie jetzt zu tun? War da niemand, der sie in ihre Arbeit einwies? Sie verließ das Beihaus und sah sich im Hof um. In die Stube zu gehen und nach der Arbeit zu fragen, getraute sie sich nicht. Es mußte doch jemand kommen und ihr sagen, was sie zu tun hatte! Kurz entschlossen ging sie zum Stall, der im alten, an das Wohnhaus anschließenden Mühlenbau untergebracht war. Ihren Einstand hatte sie sich anders vorgestellt. Mit nüchternem Magen war sie von daheim fortgegangen, weil man doch am Dienstplatz als erstes den Morgenkaffee erwarten konnte, und nun stand sie da, und niemand kümmerte sich um sie.

Sollte sie nur Stalldirn sein? Um der Müllerin im Haus zu helfen, hatte der Bernhard sie vor drei Wochen gedungen.

Ungeduldig brüllten ihr zwei Kühe entgegen, und sie sah, daß im Stall noch nichts getan war.

Wo war der Bernhard? In der Wohnstube hatte sie ihn nicht gesehen. Mit ihm hätte sie wenigstens reden können, aber die dicke Müllerin fürchtete sie. Verzagt tätschelte sie die beiden Kühe. Etwas mußte ja geschehen, und herumstehen und zuwarten konnte sie auch nicht!

Im Stadel nebenan holte sie Heu und suchte die Melkeimer, die sie dann am Brunnen fand.

Als die Müllerin in die Stube zurückgekommen war, machte sie sich wortlos am Ofen zu schaffen. Sie sah, daß ihr kranker Mann inzwischen vom Alois über den Vorfall in der Nacht unterrichtet worden war, denn er saß zusammengekauert in seinem Rollstuhl, den Kopf in den Händen, und rührte sich nicht. Ihren fragenden Blick beantwortete der Alois mit einem nichtssagenden Schulterzucken.

„Ich begreif das net", murmelte der Müller und fuhr auf: „Wo will er denn hin? Warum ist er net dageblieben? Kann doch auch Notwehr gewesen sein! Wenn der Xaver ihm den Weg abgepaßt hat, dann hat er sich doch wehren müssen!"

„Ins Ausland will er, hat er gesagt. Es ist alles so schnell gegangen", sagte der Alois ungerührt, als ginge ihn das alles nichts an.

„Was hätte es ihn genutzt, wenn er doch keinen Zeugen hat!" brummelte die Alte am Ofen.

Mißtrauisch sah der Müller von einem zum andern.

„Habt ihr ihm etwa den Rat gegeben, daß er ins Ausland gehen soll?"

Er bekam keine Antwort. Die Zornröte stieg ihm ins Gesicht, und er schlug mit der Faust auf den Tisch:

„Und warum habt ihr mich net aufgeweckt? Warum sollte ich nix wissen?"

„Weißt ja, daß du dich net aufregen sollst! Einen zweiten Schlaganfall überstehst du nimmer, hat der Doktor gesagt", keuchte die Müllerin.

„Ich überstehe alles, und ich sag euch, daß da was net stimmt! Könnte euch so passen, wenn mich jetzt der Teufel holen tät! Der Bernhard ist weg, jetzt bin ich euch noch im Weg! Aber da täuscht ihr euch!"

Sein Zornausbruch berührte Mutter und Sohn nicht. Gleichgültig meinte die Müllerin:

„Alois, du könntest der Angela im Stall helfen, die kennt sich ja bei uns noch net aus. Und dann soll sie zum Kaffee kommen."

Langsam und zögernd verließ der junge Mann die Stube. „Was kann ich schon helfen!" nörgelte er, ehe er die Tür hinter sich kräftig zumachte.

Der Rumpachmüller begehrte auf: „Zilli, an der ganzen Geschichte stimmt was net! Warum habt ihr mich net aufgeweckt? Warum hat der Bernhard mich net geweckt, ehe er fortgegangen ist?"

„Wie soll ich das wissen?" warf sie bissig hin. „Und was soll da net stimmen? Wird die Polizei schon herausbringen, was passiert ist! Ich bin net dabei gewesen."

„Und dein Herr Sohn? Was hat der mit der Sache zu tun?"

„Gar nix, er ist später erst heimgegangen, und da ist es schon passiert gewesen."

„Natürlich, der Alois, der hat mit solchen Dingen nix zu tun! Das hab ich mir gedacht! Himmelherrschaft, und ich muß in diesem verdammten Stuhl sitzen und kann mich net rühren! Hat wenigstens der Bernhard so viel Geld, daß er für die erste Zeit auskommt?"

„Hab ihm noch gegeben, was ich gehabt hab."

„Ich muß zur Polizei — der Alois muß mich ins Dorf fahren — ich muß wissen, wie das zugegangen ist!"

„Die Polizei wird schon selber kommen. Die wissen bald, daß sich der Bernhard und der Xaver beim Wirt gestritten haben", rasselte sie.

Düster starrte der Alte vor sich hin. —

Der Alois lungerte im Stall herum, sah der Angela beim Melken zu und forschte sie mit harmlosen Fragen aus, was sie wohl zu der Untat meinte, die dem jungen Orthofer das Leben gekostet habe.

Froh darüber, daß wenigstens einer von den Mühlleuten sich um sie kümmerte, meinte sie bang: „Ich kann net verstehen, wie der Xaver ins Mühlwäldl kommt, wo doch sein Heimweg nach der anderen Seite liegt."

„Hm", tat der Einarmige nur und betrachtete sie interessiert.

„Warum ist denn eigentlich eure Dirn gegangen?" wollte die Angela wissen.

Er zahnte spöttisch: „Hat sich mit der Mutter net recht vertragen. Die Mutter greint gern, das mußt aber net so tragisch nehmen. Sonst ist es bei uns in der Mühle zum Aushalten. Die Arbeit ist net viel."

Sie war inzwischen mit dem Melken fertig, und er nahm ihr den Eimer ab.

„Komm, jetzt könnte der Kaffee fertig sein."

Er ging ihr mit dem Milcheimer voran. Am Brunnen wusch sie sich noch die Hände und folgte ihm in die Wohnstube.

Sie erschrak vor dem düsteren Blick, mit dem der alte Müller sie aus seinem Rollstuhl ansah. Der Kaffee stand bereits auf dem Tisch, und zögernd nahm sie auf dem Stuhl Platz, den die Müllerin ihr mit einer Handbewegung zuwies. Behäbig ließ sich die Müllerin auf dem breiten, für ihren Umfang bestimmten Sessel nieder und schlürfte schmatzend den Kaffee, während der Alois nur nippte und die Tasse bald zurückschob. Der Alte rührte sein Kaffeegeschirr gar nicht an. Sooft die Angela mit einem schnellen Blick aufsah, bemerkte sie, daß die blaugrauen Augen des Alten auf sie gerichtet waren.

Lauernd sah die Müllerin mit raschen Blicken in die Runde. Ihre Augen verschwanden fast völlig hinter den Fettwülsten.

Sind besondere Leute, hatte der Mesner gesagt, und im ganzen Dorf und der Umgebung hielt man die Rumpachmüller für scheu und hintersinnig. Der Angela Hastreiter wurde bange: Im Mühlwäldl lag ein Toter, und sie fanden es nicht wert, darüber auch nur ein Wort zu verlieren! Und wo war der Bernhard?

Ein beklemmender Gedanke fiel sie an. Hatte der Bernhard etwas mit dem Toten zu tun? Und die anderen wußten das? Da hatte sie es ja schon am ersten Tag ihres Einstandes ungut getroffen!

Warum redete niemand? Dieses Schweigen wurde ihr unheimlich. Sie zuckte erschrocken zusammen, als plötzlich der Müller zornig loswetterte:

„Wir können die Säge net stehen lassen!" Als er ihr Erschrecken sah, mäßigte er sich: „Der Böhmhofer will morgen sein Bauholz, die Zimmerleute warten." Und nach einigem Überlegen meinte er fast freundlich: „Dirndl, du könntest nachher zum alten Koller ins Dorf gehen. Er soll uns doch für ein paar Tage aushelfen." Und wieder zornig werdend, fauchte er den Alois an: „Und dich, Faulpelz, möchte ich nimmer lang herumlungern sehen! Kannst dem Koller helfen!"

Wortlos erhob sich der Alois und verließ die Stube. Als auch die Angela ging, um den alten Koller zu holen, der ehedem Säger in der Mühle gewesen war, faßte sie draußen der Stiefsohn des Müllers am Arm und flüsterte befehlend:

„Sagst dem Koller, daß er erst morgen in der Früh anzufangen braucht — und dem Müller sagst du, daß der Koller net eher Zeit hätte!"

Sie riß sich los. „Ich tu, was mir angeschafft ist und wie es mir angeschafft wird."

„Die Mutter will es aber auch so!" wurde er wütend.

„Dann hätte sie es ja sagen können!"

Sie eilte davon und atmete erleichtert auf, als sie sich auf dem Weg befand und der sonnige Maientag sie umfing.

In diesem Haus hielt sie es nicht lange aus! So hatte sie sich die verschrobenen Mühlleute nicht vorgestellt, als der Bernhard zu ihnen gekommen war, um sie zu dingen. Er war so nett und freundlich gewesen. Zum Vater zurückkehren konnte sie auch nicht gleich wieder Die kleine Rente, die er hatte, reichte doch nicht für zwei. Und alle Tage ging es wohl in der Mühle auch nicht so ungut zu. Sie wollte ihre Arbeit tun und sich nichts gefallen lassen. Von dem Einarmigen schon gar nicht. Sein Gesicht mit dem hämischen Lauern war ihr widerlich.

Und die Müllerin? Die Zilli? Kellnerin war sie gewesen, damals schon dick und schlampig, und im Dorf war es eine große Überraschung, als der Rumpachmüller nach dem Tode seiner ersten Frau die Zilli heiratete, die ihm gleich einen erwachsenen Sohn mitbrachte. Drei Jahre mochte es her sein. Was man dann aus der Mühle hörte, war nichts Gutes.

Zuerst kam der Alois in die Transmission, die ihm den Arm ausriß, dann traf den Müller ein Schlaganfall und lähmte ihn. Im vergangenen Fasching rauften die Mühlbuben, der Bernhard und sein Stiefbruder, daß die Polizei einschreiten mußte, und es verging kaum ein Tag, an dem Vorbeigehende nicht den alten Müller und seine Zilli hätten streiten hören. Es ging niemand gerne in die Mühle, denn die Rumpachmühlleute hatten sich abgeschlossen und waren unfreundlich geworden. Bis auf den Bernhard. Mit dem war noch zu reden.

Die Angela bog vom Sträßlein in den Feldweg ein, der hinter dem Mühlwäldl ins Dorf führte. Sie schauderte.

Da drunten auf der Straße, hinter den Birken, lag vielleicht noch der Ertl Xaver, wenn sie ihn nicht schon weggebracht hatten. Die Morgenkühle, die aus dem Wäldchen kam, mutete sie wie ein Totenhauch an. Rascher ausschreitend, wanderte sie zwischen den Wiesen dem Dorf zu. Es war so merkwürdig still über den Fluren, und niemand arbeitete auf den Feldern.

Auf dem Dorfplatz standen die Leute vor der Kirche zusammen: der Schmied mit aufgestülpten Hemdsärmeln, der weißhaarige Mesner, der dicke Wirt, ein paar Männer und wichtigtuende Frauen. Zögernd näherte sich die Angela, um zu hören, was gesagt wurde.

„Haben halt wieder einmal gestritten, und ich hab ihnen sofort abgeboten. Daß gleich eine solche Sauerei herauskommen könnte — wer hätte denn das gedacht!" schimpfte der Kirchenwirt, und der Mesner meinte dazu wichtig: „Der Xaver ist halt alleweil schon ein Hitziger gewesen. Was hatte er überhaupt im Mühlwäldl zu suchen? Ist net sein Heimweg! Kann mir schon denken, wie es zugegangen hat."

„Mich erbarmt der eine wie der andere", brummte der Schmied.

Als talauf ein Auto ins Dorf einfuhr und vor dem Graßlhaus hielt, wandten sich alle dem Wagen zu, aus dem der Hauptwachtmeister Schedl stieg und eilig im Dienstraum der Landpolizei verschwand.

Es dauerte kaum eine Minute, als er mit seinem Vorgesetzten wieder erschien und beide sich zu Fuß auf den Weg zur Mühle machten.

Sie beachteten die Menschengruppe nicht, und von den Dorfleuten wagte niemand, eine Frage an die Beamten zu richten.

Zur Rumpachmühle gingen sie! Freilich, lag ja auf der Hand!

Die Hastreiter Angela verließ den Dorfplatz. Sie fröstelte. Sie hatte es sich nicht auszudenken getraut, daß es einer von der Mühle gewesen sein könnte — aber warum waren sie dort so seltsam gewesen? Ob sie nicht lieber ihrem Vater Bescheid sagte und gar nicht mehr in das Haus zurückkehrte, unter dessen Dach ein Mörder war?

Aber was ging es sie an? Sie war ein Dienstbote und hatte ja damit nichts zu tun.

Der alte Koller wohnte im Austragshaus eines Bauernhofes und war über die Botschaft, die ihm die neue Mühldirn brachte, gar nicht erfreut.

„Wenn ich das Geld net so notwendig brauchen könnt, brächten mich keine zehn Rösser in die Rumpachmühle. Und wenn net wenigstens der Bernhard da wäre, schon gar net. Mit den andern hab ich lieber nix zu tun."

„Ich hab es halt ausgerichtet, wie der Müller es mir aufgetragen hat", meinte die Angela verschüchtert, „ist eh was passiert — und ich bin erst seit heut dort eingestanden und ging auch lieber wieder auf der Stelle."

Der alte Koller wußte noch nichts von dem, was geschehen war, und die Neugierde trieb ihn zur Eile an. „Kannst sagen, daß ich gleich komme."

Als sie auf dem Rückweg wieder auf den Dorfplatz kam, hatten sich die Leute zerstreut. Nur der Schmied stand noch in der Tür seiner Werkstätte und hielt sie an.

„Hast gefehlt gestern beim Maibier! Ist recht lustig gewesen, und hätte gern mit dir getanzt."

„Allein geh ich net, und ausgeführt hat mich niemand", gab die Angela ihm ein wenig spitz Bescheid.

„Ja, wenn ich das gewußt hätte! Bei dir weiß man ja nie, wie man dran ist!" widersprach er und sah sie wohlgefällig an.

„Bin froh, daß ich net dort war. Ist wieder gestritten worden."

„Bist seit heute in der Mühle, hab es schon gehört. Hast denn sonst keinen andern Platz gefunden? Wird dir der Einhandl keine Ruhe lassen, fürcht ich. Wenigstens hat mir die Simader Nanni, die in der vergangenen Woche in der Mühl aufgehört hat, so was gesagt, daß sie wegen dem Alois gekündigt hat."

„Den fürcht ich net!" lächelte sie.

„Brauchst es mir nur zu sagen, wenn er frech wird! Dann schlag ich ihn noch ganz zum Krüppel!" bot er sich mit einem gutmütigen Grinsen an.

Darüber mußte sie hellauf lachen. „Ist schön, daß du dich um mich kümmern willst, aber ich kann mir schon selber helfen."

„Nach deine Schwarzaugen wird er bald närrisch sein, wirst es sehen! Ich schaue dir um einen anderen Platz, in der Mühle ist es für dich nix", sagte er besorgt.

„Wenn es mir zu dumm wird, dann gehe ich schon selber. Jetzt bleib ich grad extra — ich tu meine Arbeit, und alles andere geht mich nix an. Jetzt muß ich aber weiter." Sie ging nicht und fragte nach einer Weile zögernd: „Meinst du, daß da einer von der Mühle den Ertl Xaver umgebracht hat?"

„Der ist net tot. Der Schedl hat ihn ins Krankenhaus gefahren. Aber ich kann mir denken, wer es gewesen ist."

„Net tot?" Sie atmete auf und rannte davon, diesmal

nicht mehr über die Felder, sondern auf dem Sträßlein zur Mühle zurück.

Ist also kein Mord geschehen, ging es ihr erleichtert durch den Kopf. Dann — wenn es auch der Bernhard gewesen sein sollte, war es doch nicht so schlimm.

Nun wußte sie, daß sie doch in der Mühle bleiben würde.

Erst außerhalb des Dorfes fing der Polizeimeister Rabinger zu reden an und sagte: „Also, den Schädel eingeschlagen? Und was haben sie im Krankenhaus noch gesagt?“

„Eine schlimme Sache. Kann sein, daß er mit dem Leben davonkommt“, berichtete sein Kollege.

„Für uns ist das ein einfacher Fall, entweder einer von den zwei Burschen ist es gewesen, oder sie haben zusammengeholfen. Jedenfalls ist eine Festnahme fällig.“

„Zuerst singen und saufen sie miteinander —“, bemerkte der Hauptwachtmeister Schedl verdrossen.

„Die Liebe halt und die Eifersucht!“

„Und der Rausch!“

„Eigentlich ist mir das Ganze wegen dem Müller peinlich. Ob der sich von seinem Schlaganfall schon so weit erholt hat, daß er diese Überraschung verkraftet? Am liebsten hätte ich mir die beiden Burschen in die Station vorgeladen und dort festgenommen.“

Der Vormittag war schon weit vorgerückt, und die Sonne beschien die schmale Straße zur Mühle. Sie kamen an die Stelle, an der am Morgen der Stiegler den jungen Orthofer gefunden hatte. Der große Blutflecken war im Sand des Weges versickert und hatte sich bräunlich gefärbt. Rabinger blieb stehen und sah sich am Tatort um, betrachtete auch das Wäldchen links und rechts der Straße, während Schedl den Straßengraben absuchte, sich plötzlich bückte und einen faustgroßen Stein aufhob.

„Rabinger, das ist interessant!" rief er, und der Polizeimeister kam hinzu. Der Stein war blutverschmiert, und einzelne Menschenhaare klebten daran.

„Schedl, da haben wir die Tatwaffe! Gib mal her!" Vorsichtig wickelte er den Stein in sein Taschentuch und sah sich um. Fast fünfzig Meter zurück lag an der Straße ein Haufen gleicher Steinbrocken. Er deutete hin:

„Angenommen, der Ertl hat hier auf jemanden gelauert! Hatte dieser jemand noch Zeit, zu dem Haufen zu rennen und sich einen Stein zu holen?"

„Er kann ja auch da gelegen sein."

„Dann wäre es der einzige Stein, der von dem Haufen weg verschleppt worden wäre. Übrigens war der Haufen vor ein paar Tagen noch gar nicht da. Ich kann mich ganz gut erinnern!"

„Oder es hat der Täter schon damit gerechnet, daß er sich vorsehen müsse, und sich womöglich den Stein mitgenommen?"

Rabinger meinte abschließend: „Wenn der Ertl die Sache übersteht, dann wird sich das klären lassen. Mehr werden wir hier nicht mehr finden."

Als sie sich der Mühle näherten und sich hinter dem Wäldchen das kleine enge Tal öffnete, meinte der Hauptwachtmeister Schedl:

„Ich weiß net, was ich gegen dieses alte Haus habe. Es kommt mir alleweil vor, als müßt es plötzlich einmal noch ganz in den Boden versinken. Das neue Beihaus aber gefällt mir. Nur die Leute sind mir net sympathisch. Lauter Querköpfe! Mit denen ist kein gutes Verhandeln."

„Ein wunderbarer Kirschbaum", stellte Rabinger bewundernd fest und betrachtete wohlgefällig die mit Blüten überschüttete Riesenkrone.

„Ein Schwarzkirschbaum. Hab mir schon einige Male Kirschen von der alten Müllerin geholt. Das war eine freundliche Frau. Seit die Zilli da regiert, hab ich darauf verzichtet."

Im Hofraum zwischen Wohnhaus und Säge trafen sie auf den Alois.

Träge maulend empfing er sie: „Hab mir schon gedacht, daß ihr kommt. Eine saudumme Geschichte." Forschend suchte er in den verschlossenen Gesichtern der Beamten zu lesen.

„Kommen Sie mit in die Stube", forderte Rabinger ihn kurz auf.

Ihr Gruß wurde vom alten Müller nur mit einem unverständlichen Knurren beantwortet. Die Müllerin starrte sie unsicher an.

„Wo ist der Bernhard? Den bräuchten wir auch", begann Rabinger und sah sich in der niederen Stube mit der rußigen Holzdecke um.

Der Müller brummte unwillig: „Ich weiß überhaupt nix. Da, die zwei, die sollen sagen, was sie wissen!"

„Mach doch einmal ein Fenster auf, da ist ja eine Luft —", sagte Rabinger zu seinem Kollegen, und dieser hatte es eilig, eines der kleinen Fenster aufzureißen. Mit einem schiefen Lächeln setzte sich der Alois auf die Bank, klemmte die Streichholzschachtel zwischen die Knie und zündete sich gelassen eine Zigarette an.

Rabinger holte sein Notizbuch hervor. „Also, schön der Reihe nach. Sie wissen ja, weshalb wir da sind?"

„Ja, aber wir können halt auch net viel sagen", mäkelte der Alois mit einem Schulterzucken.

„Langsam, das kriegen wir schon! Also, Sie sind der Alois Brebeck, lediger Sohn der Zäzilie Karg, geborenen Brebeck. Jetzt können Sie auspacken."

„Er hat mit der Sache gar nix zu tun!" hechelte die Müllerin schnaufend.

Rabinger wies sie hart zurecht: „Lassen Sie ihn nur reden. Sie können nachher das Ihrige sagen."

„Wie es hergegangen ist, weiß ich ja auch net", begann der Alois und sog nervös an seiner Zigarette. „Bin net dabeigewesen. Im Wirtshaus haben sie halt gestritten, und da muß der Xaver dem Bernhard auf dem Heimweg aufgelauert haben. Der Bernhard ist heimgekommen und hat gesagt, daß er den Xaver umgebracht hat — und daß er abhaut, weil er sich net einsperren lassen will. Die Mutter ist noch aufgewesen — ja, und dann ist er wieder fort. Ins Ausland geht er, hat er gesagt, nach Amerika, oder was weiß ich wohin."

„Der wird nicht weit kommen. Wir werden gleich die Fahndung veranlassen."

Ein spöttisches Zucken der Mundwinkel des Einarmigen entging dem Polizeimeister nicht, und er biß sich überlegend auf die Unterlippe.

„So, dann ist also der Bernhard weg? Aha! Und wann sind Sie heimgegangen? Allein oder mit dem Bernhard?"

„Bin erst nach ihm vom Wirt weggegangen und bin über die Felder heim."

Der Müller kauerte in seinem Rollstuhl und verfolgte gespannt und schweigend die Vernehmung seines Stiefsohns. Die Müllerin räusperte sich so laut, daß der Beamte sich ihr zuwandte.

„Wollen Sie was sagen?"

Sie wurde bleich und stammelte: „Ich weiß ja nix."

„Wann kam der Bernhard heim?"

„Wird so um halb drei gewesen sein", schnaufte sie.

„Und der Alois?" Rabinger wandte sich wieder an den Einarmigen.

„Ein paar Minuten später halt", antwortete ihm dieser ungeduldig.

„Und was ist da gewesen?"

„Na ja, der Bernhard ist da auf der Bank gesessen und hat gesagt: Aus ist es, ich hab den Xaver umgebracht. Ich hau ab, ins Zuchthaus geh ich net. Dann ist er fort."

Nun mischte sich der Schedl ein und fragte gereizt: „Und Sie haben sich da net weiter bekümmert? Warum sind Sie net zur Polizei gegangen oder haben jemand anders verständigt? Da liegt der Ertl vorne auf der Straße, und Sie kümmern sich net darum!"

Schulterzuckend erwiderte der Alois: „Was sollt ich denn tun? Tot ist tot. Ich hätt doch da auch nix mehr helfen können!"

Rabinger fuhr ihm in die Rede: „Woher wußten Sie denn, daß er tot ist? Er ist nämlich gar nicht tot und liegt jetzt im Krankenhaus."

Die Müllerin röchelte erschrocken auf, und der Alois wurde aschfahl.

„Net tot? Das gibt es ja —" Betroffen starrte er den Beamten fassungslos an.

Rabinger unterdrückte seine Überraschung und sah vom Alois auf seine Mutter und dann zum Müller. Die Reaktion auf seine Mitteilung, daß der Ertl noch lebe, machte ihn nachdenklich. Warum erschraken die beiden, Mutter und Sohn, während der Alte in seinem Rollstuhl aufatmete?

„Gott sei Dank!" wurde der Müller lebhaft. „Ich hab es ja auch net geglaubt! Umbringen tut der Bernhard niemanden! Der Xaver wird ihm halt aufgelauert haben, und da hat er ihn niedergeschlagen. Der Bernhard ist ein guter Mensch und kein Raufer."

„So, und jetzt können wir einmal offener reden. Wo ist der Bernhard?"

„Er ist wirklich fort", behauptete der Alois störrisch.

„Oder er ist noch im Haus", zweifelte Rabinger. „Wir werden uns doch vorsichtshalber einmal umsehen."

Der Einarmige brauste auf: „Das können Sie net! Dazu brauchen Sie einen Haussuchungsbefehl!"

Ruhig und den Burschen scharf fixierend, meinte der Polizeimeister: „Warum regen Sie sich da so auf? Mir genügt die Genehmigung des Hausherrn!“

Der alte Müller war nun lebendig geworden: „Suchen Sie nur! Ich hab nix dagegen!“

„Na also!“ lächelte Rabinger und tippte dem Alois auf die Brust: „Und Sie gehen mit und zeigen uns alle Räume.“

„Wer kann mir das schaffen?“

Nun ging Schedl die Geduld aus.

„Mach mir keine Sperenzl, Mann! Was ist denn eigentlich los mit dir?“

„Geh halt mit!“ kreischte die Müllerin.

Wie umgewandelt war nun plötzlich der Einarmige, und auflachend erklärte er: „Ich geh ja mit! Man muß nur net gleich springen, wenn die Herren von der Polizei was befehlen.“

Er ging ihnen voran durch das alte Haus, das ebenerdig neben der Wohnstube noch zwei Kammern, und im ersten Stock weitere drei Räume hatte. Über eine altersbrüchige Stiege ging es nach oben in einen fensterlosen Gang. Der Alois öffnete die Türen und erklärte: „Das ist unsere bessere Stube.“ Alter bäuerlicher Hausrat, bemalte Schränke und Truhen, Hinterglasbilder an den Wänden, Tisch, Bank und Bauernstühle gaben diesem Zimmer ein gemütliches Aussehen. Der Staub auf den Möbeln verriet, daß sich die Mühlleute hier kaum aufhielten. Die große Kammer daneben reichte schon an die Rückseite des Hauses.

„Da schlafen der Bernhard und ich“, sagte der Alois lächelnd. „Ist in der vergangenen Nacht keiner ins Bett gekommen.“

Zwei Betten, ein großer Wandschrank, Tisch und Stühle und eine Kommode waren die Einrichtung. Gespannt beobachtete der Einarmige die Beamten, und als der Hauptwachtmeister Schedl eine Schublade der Kommode herauszog, meinte er unwirsch: „Da wird der Bernhard kaum drinstecken, und sonst geht dich das Zeug nix an, das da drinnen ist!“

Er erhielt darauf keine Antwort. Rabinger öffnete die Schranktür und schloß sie wieder.

Sichtlich erleichtert war der Alois, als sie die Kammer wieder verließen. Eilfertig riß er die gegenüberliegende Tür auf.

„Das ist die Dirnenkammer.“ Auch hier sah der Polizeimeister in den Schrank und ging wortlos wieder hinaus. Auf eine den Gang abschließende Tür weisend, fragte er: „Und was ist da?“

Auch hier öffnete der Alois, plötzlich redselig und guter Laune.

„Da geht es in die Mühle. Lauter altes Gerümpel.“

Die alte Mühleinrichtung war zum Teil noch vorhanden. Spinnweben zogen sich über die Mühlgänge und Schüttelkästen, Fußbodenbretter fehlten und gaben den Blick in den unteren Raum frei. Staub und Schimmel haftete an den noch vorhandenen Antriebswellen und dem faulenden hölzernen Räderwerk.

„Hat sich nimmer rentiert. Gegen die Kunstmühlen kann sich eine kleine Mühle nimmer behaupten.“

Von den winkligen Wänden troff das Wasser, und die kleinen Fenster waren vom Schmutz verdunkelt. Ratten huschten zischend davon.

Hier gab es kein Versteck.

Sie stiegen in den unteren Mühlenraum. Finster und winklig, verdreckt und modrig war hier alles. Sie waren froh, als sie durch eine kleine Tür wieder ins Freie konnten.

Stall und Stadel wurden durchsucht, schließlich die Säge und zuletzt das neue Beihaus. Sie staunten nicht wenig.

Moderne Möbel, fabrikneu, in allen Räumen, moderner Bodenbelag und Teppiche, blitzende Beleuchtungskörper. Im Erdgeschoß wie im ersten Stock alles nicht benutzt. Nur in einem Zimmer lag auf dem Bett ein Mädchenkleid, und in der Ecke stand ein Koffer.

„Wer wohnt denn hier?"

Dem Alois schoß eine verlegene Röte in die Stirne.

„Die Dirn, die Angela Hastreiter — ist heute erst eingestanden."

„Die Angela?" entfuhr es dem Schedl. Ungläubig schüttelte er den Kopf. „Das ist aber ein nobles Zimmer für die Hausmagd."

„Wir möchten diesen Sommer das alte Haus umbauen, und da haben wir die Magd gleich da hereingetan", erklärte der Alois.

Als keiner der Beamten mehr fragte, setzte er hinzu:

„Das ist das Austragshaus für die Alten, hm — für meine Mutter und den Müller — drum ist alles noch so neu. Die ziehen um, wenn ich heirate — oder wenn der Bernhard heiratet."

Sie standen wieder im Hofraum.

„Ich glaube, wir haben vorläufig hier nichts mehr zu tun", meinte Rabinger und antwortete nur mit einem Schulterzucken, als der Alois gespannt fragte:

„Glauben Sie, daß der Xaver davonkommt?"

Beim Weggehen wandte sich der Polizeimeister noch einmal um:

„Wenn Ihr Bruder auftaucht, dann soll er gleich auf die Station kommen — oder wir holen ihn uns selber. Sie brauchen wir auch noch zu einer besseren Einvernahme."

„Mich? Hab schon alles gesagt!"

Rabinger griente ein wenig und sagte mit einem drohenden Unterton: „O nein, noch lange nicht."

Sie ließen den Einarmigen stehen und gingen grußlos davon.

Auf dem Rückweg bogen sie von der Straße ab und gingen über den Feldweg zum Dorf.

„Also keine Festnahme“, spottete Schedl nach einer Weile.

Rabinger blieb stehen und sah den Kollegen mit gerunzelter Stirne an. „Da will uns jemand auf den Arm nehmen, meinst du nicht auch?“

„Fast hab ich auch das Gefühl.“

Rabinger sah von der Höhe noch einmal auf die Mühle zurück.

„Also, der Kirschbaum ist herrlich! Ist dir auch aufgefallen, wie sonderbar diese Leute reagiert haben?“

„Sind halt sture Köpfe.“

„O nein! Stell dir einmal vor, du wärst der Alois Brebeck oder die Müllerin. Da ist diese Geschichte passiert — und die haben doch geglaubt, der Ertl wäre tot? Jetzt bringen wir die Nachricht, daß er gar nicht tot ist! Die zwei sind doch direkt erschrocken. Ist dir das nicht aufgefallen? Nur der Müller hat aufgeschnauft und ist sichtlich froh gewesen, daß der Mann noch lebt. Würdest du auch erschrecken, wenn es heißen täte, daß es ja gar kein Mord ist?“

„Eigentlich net. Müßte wohl froh sein, daß es net gar soweit fehlt.“

„Da hast du recht. Kann mir aber net vorstellen, warum die erschrecken sollten. Komisch ist das schon.“

„Mir ist da noch einiges spanisch vorgekommen. Wissen, daß der Bernhard einen niedergeschlagen hat, und kümmern sich um nichts. Geben zu, daß sie auf uns schon gewartet haben — und dann wollen sie es mit ein paar Worten abtun? Dieser Alois weiß noch viel mehr. Na ja, geben wir erst einmal die Fahndung durch.“

Vom Dorf her kam ihnen die Hastreiter Angela entgegen. Ein wenig ängstlich sah sie die beiden Beamten an und wollte an ihnen vorbei. Der Hauptwachtmeister Schedl blieb stehen und sprach sie an:

„Ei, die Angela? Gestern auch in der Maibaumfeier gewesen?"

Ein wenig befangen, antwortete sie mit verlegenem Lächeln und Neugierde in ihren großen schwarzen Augen: „Nein, allein schickt es sich net. Hätte der Vater mich auch gar net gehen lassen."

„Bist ja jetzt in der Mühle als Hausmagd. Hab es mir sagen lassen. Ob das der richtige Platz für dich ist? Ich meine, daß die Mühlleute jetzt gar net in der besten Laune sein werden."

„Oh, wenn es mir nimmer paßt, dann geh ich halt wieder! Wär sowieso lieber in der Stadt geblieben, als da eine Hausmagd und Stalldirn zu machen. Aber ich kann den Vater net allein lassen. Jetzt kann ich halt doch allweil wieder nach ihm schauen."

Wohlgefällig betrachtete er sie. „Na ja, dann sehen wir uns ja wieder öfter. Und wenn sie dir das Leben sauer machen wollen oder wenn der Einhandl sich zuviel herausnehmen sollt, dann brauchst du es mir ja nur zu sagen."

Sie errötete und lachte auf. „Ich fürcht mich net, und ewig werd ich in der Mühle doch net bleiben."

Er legte die Hand an die Mütze und beeilte sich, seinen Vorgesetzten einzuholen.

„Wer ist das? Die kenne ich noch gar nicht", fragte Rabinger.

„Ist dem alten Hastreiter seine Tochter und ist ein paar Jahre weg gewesen. Ein ordentliches Mädel, ganz prima."

„So, so!" spöttelte der Polizeimeister, „bist ja ganz begeistert!"

„Hast du die Augen gesehen? Die erinnern mich alleweil an die guten schwarzen Kirschen von der Rumpachmühle."

„Dann ist eigentlich schade um das Mädel."

„Wieso?"

„Wenn sie aus einem anderen Hause wäre, könnte sie also leicht Frau Hauptwachtmeister werden."

Schedl schwieg verstimmt. Diese abwertende Bemerkung seines Vorgesetzten ärgerte ihn. Dieser war immer gleich geneigt, die Leute im Bayerischen Wald etwas von oben herab zu betrachten. Er, der Oberfranke, würde wohl froh sein, wenn er bald wieder von diesem Posten im Walddorf wegversetzt würde. Seine Frau, eine Nürnbergerin, konnte hier im Ort überhaupt nicht heimisch werden und fand nicht das rechte Verhältnis zu den Leuten.

Im Dienstraum der Landpolizei wurde Rabinger wieder streng dienstlich. Fernmündlich gab er an die Inspektion einen ersten Bericht und die Angaben für die Fahndung durch.

„Täter flüchtig. Sägewerksbesitzerssohn Bernhard Karg, vierundzwanzig Jahre, etwa 1,70 groß, schlank, Haare blond, Augen blaugrau, spricht niederbayerische Mundart, trägt grünen Trachtenanzug. Gesucht wegen versuchten Mordes."

Er hängte ein und sagte mit gerunzelter Stirn: „Die meinen, daß die Staatsanwaltschaft vielleicht den Fall an die Kripo abgibt, wir sollen schnellstens die Anzeige fertigmachen. Was in diesem Fall die Kripo tun soll, kann ich mir nicht vorstellen. Also, Schedl, fangen wir an! Du holst mir erst einmal den Wirt her und fragst dann selber herum. Die Umstände, die zur Tat führten, brauchen wir ja doch genau."

Der Hauptwachtmeister ging, und bald kam der Kirchenwirt Eiblinger. Rabinger setzte sich an die Schreibmaschine und überlegte. Draußen schien die Sonne schon mittäglich auf den Dorfplatz, auf dem der hohe Maibaum aufragte.

„Nun, wo fangen wir an? Es gab also das übliche Freibier für die Burschen, die den Maibaum aufstellten. Wer bezahlt das?"

„Das stiften die Bauern und die Hausbesitzer."

Rabinger diktierte sich die Niederschrift selbst laut vor:

„— das alljährlich von den Ortsbewohnern gespendete Freibier. Unter den Gästen waren auch der Bauernsohn Xaver Ertl und von der Rumpachmühle der Bernhard Karg und dessen Stiefbruder Alois Brebeck."

„Die haben selber bezahlt, was sie getrunken haben", bemerkte der Wirt.

„Das ist nicht so wichtig. Nach Mitternacht kam es zu einem Streit, der zu Tätlichkeiten auszuarten drohte, weshalb ich Polizeistunde gebot und die Gäste aus dem Haus wies. Ist es so richtig?"

„Ja."

„Und was haben Sie beobachtet? Wie kam es zum Streit, vielmehr, was war der Grund dafür und der Anlaß?"

„Genau weiß ich das net, aber mir ist schon aufgefallen, als der Xaver den Alois angezwiebelt hat, daß da noch was loswerden könnte. Er hat ihn einen Dürftling und einen Krüppel geheißen, und da hat sich dann der Bernhard eingemischt und sich für seinen Stiefbruder eingelegt. Der Xaver und der Bernhard sind wegen der Böhmhofer Sabine sowieso schon seit langem verfeindet, und da hab ich mir denkt: jetzt mußt du Obacht geben. Die Sabine ist gegangen, und das Wörteln ist alleweil hitziger geworden. Als ich dann auch noch sah, daß der Alois sich den Suber Wenzel an seine Seite geholt hatte, hab ich das Ausräumen angefangen."

Interessiert horchte der Polizeimeister auf: „Der Suber

war auch da? Der sollte doch in diesen Tagen seine Strafe antreten?"

„Richtig, der hat was davon gesagt, daß er heut ins Einsperren fahren muß", bestätigte der Wirt. „Ja, und ich hab dann zugesperrt und bin ins Bett gegangen. Sie haben sich auf dem Platz noch eine Weile verhalten und sind dann auseinandergegangen."

„Hat bei der Streiterei einer dem anderen vielleicht gedroht: Dich bring ich noch um oder so ähnlich?"

„Ist mir gar nix wißlich."

Die Schreibmaschine klapperte.

Der Mesner Sigl läutete zum Mittag.

Während Rabinger mit dieser Niederschrift beschäftigt war, saß der Hauptwachtmeister Schedl im Wirtshaus und besprach das Vorkommnis mit der Wirtin, ließ sich alles, was diese über die Feindschaft zwischen dem Ertl Xaver und dem Brebeck Alois wußte, ausgiebig erzählen, und auch, was sie über das Verhältnis zwischen dem Bernhard und der Sabine zu sagen hatte, aß zu Mittag und entfernte sich dann durch den rückwärtigen Ausgang, damit er von der Landpolizeistation aus nicht gesehen werden konnte. Er schlug gemächlich den Weg zum Böhmhof hinauf ein, der seitlich über der Rumpachmühle auf einer Anhöhe lag.

Er ließ sich Zeit.

Wer zu sehr rennt, der rennt an dem Wichtigsten vorbei, dachte er. Noch dazu war dieser Fall gar nicht so einfach, und solange man den Bernhard nicht hatte und der Ertl Xaver nicht vernehmungsfähig war, kam man sowieso nicht weiter. War ein angenehmer Posten gewesen, die ganzen Jahre her. Ein paar Holzdiebstähle und kleine Vergehen, gelegentlich eine kleine Keilerei, das war alles. Wenn die Burschen ihre Kraft juckte, dann mußte eben wieder einmal gerankelt werden. Das hatte bisher nur verbeulte Köpfe gegeben, und vor Monaten hatte einer mit einem Bierglas zugeschlagen: der Suber Wenzel.

Ob der auch in der vergangenen Nacht beteiligt war? Dem Ertl Xaver, dem jungen Orthofer, war er nicht grün. Dieser hatte ihn einmal kräftig durchgemöbelt.

Ach was! Es war ein schöner frischer Maitag! Die gelbgetupften grünen Wiesen, das helle Winterkorn und der Vogelsang in den Rainstauden stimmten ihn recht friedlich. Von der Mühle herauf kam leise das scharrende Schnarchen des Sägegatters und das Rauschen des Baches. Dunstig eingeblaut standen die Waldberge um das Tal.

Wenn es nach ihm ginge, würde er diesen Erdenfleck überhaupt nicht mehr verlassen. Mit den Leuten war gut auszukommen, und er zeigte auch nicht jede Kleinigkeit gleich an. Darum war er überall wohlgelitten, und die Böhmhoferin würde ihm bestimmt einen Kaffee hinstellen, und für die Maifeier hatte sie wohl auch Kücheln gebacken. Für einen jungen Polizisten war das angenehm, und von Bestechung konnte keine Rede sein, denn er hatte ja den Böhmhofer erst kürzlich angezeigt, weil er, trotz oftmaliger Aufforderung, das Rücklicht am Traktor nicht in Ordnung brachte. Darob waren sie sich nicht feind.

Weil ein Feldrain am Weg und eine Vogelbeerstaude so einladend zu einer kleinen Rast im Schatten aufforderten, setzte er sich hin.

Es eilte ja nicht, das Opfer war im Krankenhaus und der Täter flüchtig. Wegen der mutmaßlichen Gründe, die zur Tat führten, die Leute auszuforschen und lange Niederschriften anzufertigen, das lag ihm gar nicht. Und überhaupt: Was sollte er denn auf dem Böhmhof fragen und sagen? Das mußte erst noch überlegt werden. Die Böhmhofer waren so kerngerade, daß man schon wissen mußte, was man von ihnen wollte, wenn man dort erschien. Und die Sabine tat ohnehin so hochnäsig und schnippisch. Wie man sich um dieses Mädel streiten konnte, konnte er sich ohnehin nicht erklären. Aber sie war das einzige Kind und die Hoferbin — und der Hof? War wohl kein schönerer und größerer weit und breit.

Er möchte sie nicht, mit oder ohne Hof!

Er rauchte eine Zigarette und sah sich in der Gegend um. Eine Landschaft wie in einem Bilderbuch. Drunten bei der Mühle schäubte sich der Kirschbaum wie ein riesiger Blumenstrauß.

Wenn er wüßte, was die Leute da drunten gerade unter sich redeten, dann könnte er wahrscheinlich manches besser verstehen. Mit dem Hausfrieden war es nicht weit her, das hatte man den Mühlleuten von den Gesichtern ablesen können. Die Zilli und ihr einarmiger Sohn führten wohl das Regiment, und der Alte in seinem Rollstuhl hatte sicher nicht viel zu sagen. Wenn also der alte Müller nicht wäre — und auch der Bernhard nicht, dann hätten die beiden den schönen Besitz in der Hand. Ob die Zilli nicht so spekuliert hatte, als sie den Rumpachmüller ehelichte? Wie konnte das mit dem zusammenhängen, was heute nacht im Mühlwäldl geschehen war? Wohl überhaupt nicht.

Warum war der Bernhard auf und davon? Es war doch klar, daß der Ertl Xaver ihm aufgelauert hatte, denn wie käme dieser sonst in das Mühlwäldl? Mehr oder weniger war es dann eben Notwehr, als der Bernhard den Xaver zusammengeschlagen hatte. Dieser blondschopfige junge Mann war doch nur ein harmloser Lapp und kein Gewalttäter. In der ersten Aufregung war er halt fortgelaufen und tauchte vielleicht morgen schon wieder auf. Wo wollte er denn auch hin? Über die Grenzberge in die Tschechei? Die liefern ihn doch bald wieder aus! Nach Österreich oder gar nach Übersee? So raffiniert war der Bernhard Karg nicht, um sich ohne Paß durchzuschlagen.

Wie nur die Hastreiter Angela dazu kam, in der Mühle einzustehen? Der Einhandl war ja hinter jeder Schürze im Dorf her und ließ auch der Angela bestimmt keine Ruhe.

Gar nicht wohl war ihm bei diesem Gedanken. Da mußte er ein wenig aufpassen — und der Alois konnte sich freuen, wenn sich die Angela einmal über ihn beklagte! Dann wäre bei der nächsten kleinen Reiberei im Wirtshaus etwas fällig, dann würde er ihn mit dem Gummiknüppel tanzen lassen, daß er plärrte wie ein gestochenes Schwein!

Die Angela! Wie sich das Mädel herausgewachsen hatte! Diese großen schwarzen Augen konnten einem ja im Schlaf noch keine Ruhe lassen! Wie die schwarzen Kirschen von dem Baum da drunten.

Holla! Der Alois!

Hinter der Mühle drückte sich der Einarmige herum und stakte mit langen Schritten die Höhe hinauf zum Böhmhof. Schedl drückte sich hinter die Vogelbeerstaude.

Wie gut, daß er sich Zeit gelassen hatte! Jetzt würde er warten, bis der Alois wieder heimging, und dann konnte er ja auf dem Hof so nebenbei fragen, was der Einhandl denn gewollt habe. Vielleicht hatte er der Sabine verraten, wohin der Bernhard gegangen war oder wo er sich versteckt hielt.

Beim Böhmhofer hatten sie gerade zu Mittag gegessen. Die Bäuerin und die Hausdirn spülten das Geschirr. Die Hände untätig im Schoß, mit verweinten Augen, saß die Sabine unterm Wandspiegel, und der Böhmhofer rauchte schweigend die Pfeife.

Sie dachten alle noch an das Gespräch, das sie bei Tisch geführt hatten, und die Bäuerin setzte es nach einer Weile fort, um das unerträgliche Schweigen zu brechen.

„Wer weiß, wie das eigentlich gewesen ist! Der Bernhart ist keiner, der einen andern so grob zusammenschlagen könnt."

„Wird sich schon herausstellen", maulte der Bauer.

„Könntest ein wenig ins Dorf gehen, wir wissen ja da heroben gar nix. Das bisserl, das der Postbote uns hat sagen können, ist ja nix! Schließlich haben wir einen Grund, daß uns das interessieren darf, was mit dem Bernhard los ist."

Der Böhmhofer deutete mit der Pfeifenspitze aus dem Fenster und knurrte gereizt: „Werden eh bald mehr wissen. Der Alois kommt."

„Der? Den hätt ich lieber net im Haus!"

Sie hatten kein Grußwort für ihn, als er eintrat, sondern sahen ihn nur fragend an. Er war blaß und unruhig und setzte sich auf die Stubenbank. Mit einem Seitenblick auf die Sabine sagte er niedergeschlagen:

„Ihr werdet es ja schon gehört haben."

Der Bauer bestätigte ihm das mit einem unverständlichen Brummen.

„Eine saudumme Geschichte, das", warf der Alois hin und lauerte auf die erste Rede der anderen. Nach einer Pause fragte endlich die Sabine, ängstlich und neugierig:

„Was ist denn mit dem Bernhard? Haben sie ihn verhaftet?"

Nun schien es dem Einarmigen Zeit, mit seiner Erzählung herauszurücken, und er berichtete, so wie er es der Polizei am Morgen gesagt hatte, und fügte mit einem hämischen Unterton dazu:

„Ich hab das schon kommen sehen! Einmal wären ja der Xaver und der Bernhard doch aufeinander losgegangen."

„Warum rennt er denn dann davon? Das begreif ich net!" meinte die Bäuerin.

Der Alois heuchelte Betrübnis, und doch sah ihn die Sabine mißtrauisch an, als er meinte: „Ich glaub net, daß er wiederkommt. Er hat gesagt: Wenn er einmal einen festen Platz hat und irgendwo gut untergekommen ist, dann wird er uns schreiben, und wir sollen ihm Geld schicken, damit er sich eine neue Existenz schaffen kann. Ich verstehe ihn schon."

Da fuhr die Sabine auf: „Ich verstehe ihn net! Und ich glaub es auch net! Hätte der Xaver ihm net den Weg abgepaßt, dann wär es net soweit gekommen! Da kann man ihn höchstens ein paar Wochen einsperren — nicht einmal das glaube ich, weil er ja in Notwehr gehandelt hat."

„Ich kann nix anderes sagen, aber vielleicht hat der Bernhard gemeint, er hat den Xaver umgebracht — und dann wär ja lebenslang Zuchthaus fällig gewesen." Nun war das Bedauern aus der Stimme des Alois geschwunden, und er wollte sichtlich die anderen von der Richtigkeit seiner Meinung überzeugen.

„Ist es, wie es ist. Da kann man jetzt gar nix machen. Wenn es der Xaver net übersteht, dann kommt alleweil noch ein Totschlag heraus", stellte der Böhmbauer fest, und die Bäuerin wollte wissen:

„Den Vater wird es halt schwer treffen. Was soll denn jetzt mit der Mühle werden? Selber kann er sich doch auch nimmer darum kümmern."

Der Alois warf sich in die Brust, und alles andere vergessend und die Sabine herausfordernd anstarrend, sagte er: „Hat heute schon gesagt, der Vater, daß ich mich halt jetzt um alles annehmen muß."

Die Sabine ging wortlos aus der Stube.

Die Bauersleute schienen keine weitere Lust mehr zu einer Unterhaltung zu haben, und es entstand wieder eine peinliche Pause. Daß der Alois keine Anstalten traf, sich wieder auf den Weg zu machen, ärgerte schließlich den Böhmhofer, und anzüglich fragte er:

„Für dich ist ja diese Geschichte gar net so zuwider.

Wenn das so ist, wie du sagst, dann kannst du ja jetzt die Mühle haben."

Der Alois merkte die Hintergründigkeit der Frage nicht und wurde eifrig: „Wird wohl so kommen. Aber so wie das alte Gelump heute ausschaut, soll es dann net bleiben. Ich baue sofort alles um."

„Laß dir nur Zeit damit", zweifelte ihn der Bauer mit einem schiefen Lächeln an. Nun merkte der Einarmige, daß der Böhmhofer ihn nur auf das Eis führen wollte, und jetzt hatte er es eilig.

„Muß wieder in die Säge. Wollt nur schnell einmal nachschauen, wie die Sabine es nimmt."

Sie sagten nichts mehr, auch kein Abschiedswort, als er ging.

„Den Burschen kann ich net leiden!" schimpfte die Bäuerin hinter ihm her. „Der hat so was Verdrücktes an sich. Wenn der Müller dem seine Sach gibt, dann muß er schon blöd sein."

Vor dem Hof traf der Alois auf die Sabine und meinte süßelnd: „Mußt es net so schwernehmen."

„Woher weißt du denn, daß ich es schwernehm?" fertigte sie ihn ab.

„Ich mein halt. Weiß ja, wie der Bernhard an dir gehangen ist, und ich hab mich auch schon gefreut, daß mit dir eine gute und bildsaubere Hausfrau auf die Mühle kommt."

„Dir wird es aber net zuwider sein, wenn der Bernhard nimmer kommt! Wegen der Müllerin ist dir wohl gar net so ernst gewesen", sagte sie bissig.

Verlegen stand er und wußte nicht, wie er ihre Rede zu nehmen hatte. Dann trat er nahe an sie heran und flüsterte vertraulich:

„Da hast du ganz unrecht! Grad jetzt wär es mir recht, wenn du die Müllerin werden möchtest. Als erstes müßte gleich ein Auto her, und dann täten wir uns die

Welt einmal anschauen. Brauchst net zu meinen — wegen meinem Arm — ist halt ein Unglück gewesen, und das wirst du mir doch net nachtragen, wo ich nix dafür kann. Wer weiß, ob der Ertl Xaver noch einmal ganz gesund wird — wenn er es überhaupt übersteht — und der Bernhard kommt nimmer. Wir brauchen heut ja noch gar net darüber zu reden, aber wenn es dir recht ist, dann komm ich öfter herauf, damit du mich besser kennenlernst."

Wütend blitzte sie ihn an. „Ich kenn dich schon! Gut genug kenne ich dich, und ich weiß ja jetzt auch, was dich zu uns heraufgetrieben hat!"

Sie ließ ihn stehen und ging rasch ins Haus zurück.

In der Stube wandte sie sich an ihren Vater: „Kann man denn da gar nix tun? Ich fahre ins Krankenhaus und rede mit dem Xaver, der sagt mir schon, wie es zugegangen ist. Und wissen muß ich auch, ob es gar so schlimm um ihn steht." Die Entschlossenheit in ihrem blassen und schmalen Gesicht, aus dem die Backenknochen etwas zu stark heraustraten, forderte den Ärger des Bauern heraus.

„Dableibst! Das ging mir gerade noch ab! Werden genug ins Gerede kommen! Hast ja net genug Verehrer haben können und hast den einen wie den anderen hingehalten! Hättest dich eher für den Bernhard entschieden und den anderen laufenlassen, dann wäre das net passiert! Uns geht das nix an, merk dir das! Wenn die zwei sich gerauft haben, dann wird die Polizei schon rauskriegen, wer der Schuldige ist. Und damit du dich auskennst: jetzt werde ich einmal ein Wörtl mitreden, wer einmal meine Sach bekommt! Da kommt kein Xaver und kein Bernhard in Frage, das kannst dir hinter deine gescheiten Ohren schreiben!"

Er hätte wohl seinem Zorn noch mehr Luft gemacht, doch ein Schatten am Fenster kündigte schon wieder einen Besucher an. Es war der Hauptwachtmeister Schedl.

Dieser trug keine Amtsmiene, als er in die Stube trat, sondern tat, als wäre er eben zu einer kleinen Unterhaltung gekommen, äußerte sein Bedauern über das Geschehene und wollte nur von der Sabine wissen, warum und worüber sich der Xaver und der Bernhard in der vergangenen Nacht im Wirtshaus gestritten hatten. Er erfuhr nicht viel, war auch nicht zu neugierig, und da die Böhmhoferin wußte, daß er gerne einen Kaffee trank, saß er bald vor einer Tasse und einem Teller Küchelin.

Erst später fragte er so nebenbei, was denn der Alois hier gewollt habe.

„Hat uns scheinbar die Nachricht bringen wollen, daß er nun Aussicht hat, Müller zu werden. Mir ist das Ganze wie eine Brautschau vorgekommen", gab ihm der Böhmhofer Bescheid.

„Aha! Mein Geschmack wär er ja net!"

„Der meinige auch net!" stieß die Sabine verächtlich heraus.

„Wirst auch net auf den Alois angewiesen sein. Ich glaube ja, daß der Bernhard bald wieder da ist. Wo will er denn auch hin!"

Die Sabine tat uninteressiert, und in ihrer Altstimme war keine Bewegung, als sie erklärte: „Jetzt ist die Sache überhaupt eine andere, denn wenn ich recht bedenke: in der Mühle hätte ich ja auch wieder mit der Landwirtschaft zu tun. Ich kann die Bauernarbeit net leiden. Andere tun gar nix und schauen dann auch noch auf uns herab."

Der Schedl verabschiedete sich mit dem Versprechen, wiederzukommen, wenn es etwas Neues zu sagen gäbe.

Auf dem Heimweg dachte er über den Tag nach. Was hatte er nun eigentlich ausgerichtet? Gar nichts! Was sollte es da auch zu ermitteln geben: Die Sache lag wirklich einfach. Der Rabinger würde natürlich lange Schriftsätze verfassen und das ganze Dorfgewäsch zusammenschreiben zu einem Bericht, der keinem Untersuchungsrichter eine Freude machte.

Der Polizeimeister saß über der Schreibmaschine und erwartete einige Neuigkeiten von seinem Kollegen. Doch der drückte sich mit der Bemerkung herum, daß eigentlich nichts zu erwarten sei und daß man ja auch gegen den Xaver Ertl ermitteln müsse, denn wenn dieser vom Wirtshaus weg seinen ordentlichen Heimweg gegangen wäre, dann hätte es nie diesen Fall Bernhard Karg wegen gefährlicher Körperverletzung gegeben.

Damit versetzte er seinen Vorgesetzten in tiefes Nachdenken und nützte die Gelegenheit, gleich wieder zu einem Dienstgang zu verschwinden.

Der Angela Hastreiter wurde es an diesem Tag in der Mühle fast unheimlich. Was man von den verschrobenen Leuten in der Rumpachmühle erzählt hatte, das hatte sie in Kauf nehmen wollen, wie sie sich aber an diesem Tag verhielten, gab ihr den Eindruck, als hätte sie es mit Verrückten zu tun.

Kurz und verdrossen waren die Anweisungen, die sie von der Müllerin erhielt. Bald erschien es ihr, als wäre sie überhaupt nur zur Versorgung der beiden Kühe gedungen worden, denn von einer Arbeit im Haus war keine Rede. Beim Mittagstisch wurde kein Wort gesprochen. Sie fand das sonderbar, wo doch der Vorfall in der Nacht genügend Gesprächsstoff gegeben hätte. Als sie nach dem Geschirrspülen fragte, was nun zu tun sei, erhielt sie überhaupt keine Antwort. Dann wollte sie sich selber eine Arbeit im Stall und im Stadel suchen und traf die Müllerin und den Alois, wie sie sich im dunklen Hausgang flüsternd unterhielten. Sie schwiegen bei ihrem Erscheinen betreten und sahen sie feindselig an.

In ihrer Verlegenheit fragte sie, ob sie etwa im Haus die Zimmer machen solle.

Die beiden sahen sie so erschrocken und überrascht an, daß ihr bange wurde. Und der Alois zischte drohend:

„Du hast nur in der Kuchl herunten mitzuarbeiten! Da droben hast du gar nix zu suchen, verstehst?"

Aus der Stube kam der rauhe Ruf des Müllers: „Zilli!"

„Er will hinausgefahren werden", grollte die Müllerin und befahl der Angela: „Das kannst du auch tun. Geh nur hinein."

Angela war froh, daß damit das peinliche Treffen auf dem Hausgang beendet war, und ging in die Wohnstube.

Nun erst getraute sie sich, dem alten Müller in seinem Rollstuhl genauer ins Gesicht zu schauen. Es war rotfleckig, und über den scharfen Geieraugen zogen sich buschige weiße Augenbrauen. Ein Winkel des schmallippigen Mundes war ein wenig nach unten gezogen. Als er sie aber nun ansah und schmunzelte, hatte sein Gesicht etwas Angenehmes und Sympathisches, trotz der Verdrossenheit und des Argwohns in seinem Blick.

„So, vom Hastreiter bist eine?" sagte er freundlich. „Kenn ihn schon, deinen Vater. Den hat es im Krieg bös erwischt. Wie geht es ihm?"

Es war das erstemal, daß in diesem Haus jemand sie um etwas fragte, und sie atmete auf.

„Geht ihm net gut. Er wird halt alleweil wunderlicher und kann sich allein nimmer recht helfen. Kochen tut er sich selber, aber — ich bin deswegen von der Stadt wieder heim und daher gegangen, hab das dem Bernhard auch gesagt, als er bei uns war — ich möcht bitten, daß ich alle Tag einmal für eine Stunde heimgehen darf, damit ich ihm das Haus in Ordnung bringen kann."

Gutmütig sagte er: „Das kannst, und wenn es auch oft länger als eine Stunde dauert. Sagst, der Müller hat es dir erlaubt. Die anderen geht das gar nix an. Anschaffen tu alleweil noch ich. Mit der Arbeit wirst du bei uns schon zurechtkommen. Wo ist denn überhaupt mein Weib?“

Die Angela wußte nicht, was sie abhielt, zu sagen, daß die Müllerin eben erst im Hausgang gewesen sei und sie hereingeschickt habe. Fast bittend sagte sie: „Möchten Sie hinausgefahren werden? Das kann ich ja auch tun, wenn es Euch recht ist.“

Er nickte und schmunzelte wieder: „Paßt mir besser, wenn du mich hinausbringst. Dich schau ich lieber an als den alten Speckbrocken!“

Sie mußte ihm einen breitrandigen Strohhut reichen, der bei der Tür an der Wand hing. Dann schob sie den Rollstuhl ins Freie und nach der Anweisung des alten Mannes zur Säge hinüber. Er wollte im Schatten einer verkrüppelten Bachweide sitzen und von dort aus der Arbeit im Sägewerk zusehen.

Um etwas zu sagen, meinte die Angela begeistert: „Euer neues Austragshaus ist wunderbar, und daß ich da drinnen ein Zimmer haben soll, so wunderschön eingerichtet, das hätte ich nie geglaubt.“

Er fuhr herum und starrte sie verständnislos an: „Was sagst du da? Wer sagt denn, daß du im neuen Haus wohnst?“

Sein überraschter und zorniger Blick verwirrte sie: „Die Müllerin hat mir das Zimmer — ich hab meinen Koffer schon drinnen.“

Er sagte nichts mehr und sah dem alten Koller, einem von der schweren Arbeit gebückten Mann, bei der Arbeit am Sägegatter zu, schien gerade fragen zu wollen, wo denn der Alois sei, als dieser in der Säge auftauchte und Brett für Brett, unter seinen Arm geklemmt, ins Freie trug. Dann wandte er sich mit einem Ruck wieder der Angela zu:

„Bring mich wieder hinein und suche die Zilli, die Frau! Ich brauche sie, aber sofort!"

Sie tat, wie ihr anbefohlen war, und als sie die Müllerin ohnedies in der Wohnstube antrafen, entfernte sie sich rasch, um sich eine andere Arbeit zu suchen. Als sie über den Hof ging, hörte sie aus dem Haus hinter sich einen lauten Streit. Das rauhe Schelten des Müllers wechselte ab mit den stockenden hellen und kreischenden Schreien der Müllerin. Das Geräusch der Säge und das Sausen des Baches machten das Gezänk unverständlich.

Es entging der Angela nicht, daß der Alois nach dem Abgang seines Stiefvaters gar nicht mehr an Arbeit dachte. Er stand herum, hörte aus dem Wohnhaus das Geschrei, hastete hinüber und horchte am Fenster.

Der alte Koller kam aus der Säge auf die Angela zu und zahnte: „Sind narrische Leut, gell? Wirst es net lang aushalten in der Mühl. Mich erbarmt der Alte gar net, ist alleweil ein saugrobes Mannsbild gewesen und hat seine Leut und sein erstes Weib genug schikaniert. Das kommt ihm jetzt herein! Der Alois ist ja ein Faulenzer, der nur den Herrn spielen will. Wo ist denn eigentlich der Bernhard?"

„Hab ihn überhaupt noch net gesehen. Bin erst seit der Früh da."

„Am End haben sie ihn schon eingesperrt?"

„Ich weiß gar nix, Koller", wehrte die Angela vorsichtig ab.

„Wenn ich das gewußt hätt, wär ich gar net hergegangen. Lassen mich alten Mann allein hängen! Das werde ich dem Alten schon sagen, und dann geh ich wieder."

Bereitwillig fragte sie: „Ich kenn mich auch noch net so aus und hab grad keine Arbeit. Kann ich dir vielleicht ein wenig helfen?"

Der Koller sah sie zweifelnd an: „Meinetwegen schon, aber warum sollst du dem Faulenzer seine Arbeit tun!"

„Macht mir nix aus. Brauchst mir nur zu sagen, was ich tun soll."

Drüben war der laute Streit beendet, und der Alois kam wieder über den Bachsteg zur Säge herüber und sah mit zynischem Grinsen der Angela zu, wie sie die Bretter aus der Säge ins Freie trug und dort stapelte. Er rührte sich nicht, ihr zu helfen, auch dann nicht, als seine Mutter aus dem Hause kam und zur Säge herüberwatschelte.

„Was hat es denn gegeben?" fragte der Alois.

„Weil wir die Angela ins Beihaus getan haben, hat er sich aufgeregt."

„Im Haus können wir sie net brauchen. Hast eine Ausred gefunden?"

„Hab gesagt, daß die andere Dirn in ihrer Kammer einen solchen Saustall hinterlassen hat, daß ich die Kammer erst wieder herrichten muß." Dann ging sie zur Angela.

„Wegen dieser Arbeit bist du net bei uns. Sollst den Alten wieder herausbringen."

Die Angela folgte dem Befehl und machte sich ihre Gedanken. Die Müllerin und ihr lediges Kind, der Einarmige, spannen also zusammen und taten hinter dem Rücken des Müllers wohl gerade, was sie wollten. Und der vom Schlag gelähmte Mann war ihnen ausgeliefert, da er sich nicht selber helfen konnte und auf ihre Hilfe angewiesen war. Sie empfand Mitleid mit dem hilflosen Besitzer der Rumpachmühle und bemühte sich, zu ihm recht freundlich zu sein. Er sprach nichts mehr, als sie ihn wieder an den Platz vor der Säge brachte.

Der Alois arbeitete nun wieder, als hätte er die Säge überhaupt nie verlassen.

Als die Angela gegen Abend der Müllerin in der Küche half, ließ sich diese zum erstenmal herbei, außer den Arbeitsbefehlen auch noch etwas anderes zu reden. Es klang nicht freundlich, aber trotzdem war die Hausmagd froh, daß dieses dumpfe Schweigen gebrochen war.

„Mußt dich net bekümmern, wenn der Alte einmal zornig wird. Er kann sich net beherrschen und schimpft über jeden Dreck."

Daß sie nur vom Alten und nicht von ihrem Mann sprach, befremdete die Angela. Trotz seines Zustands erschien er ihr noch rüstiger und angenehmer als die unförmige Frau, die für ihre Körperpflege überhaupt nichts tat. Und das sollte einmal die schöne Kellnerin Zilli gewesen sein? Daran erinnerte aber auch gar nichts. Das verkniffene, schwammige Gesicht war ausgesprochen häßlich, und in ihrer Stimme war immer etwas hinterhältig Lauerndes. Um etwas Versöhnliches zu sagen, meinte die Angela:

„Das verstehe ich schon. Ist ja auch net so einfach, sich nimmer rühren zu können. Aber ungut ist er sicher net. Er hat mir erlaubt, daß ich alle Tag für ein Stündel heimgehen darf, weil sich halt mein Vater gar nimmer recht helfen kann."

Aus den Augenschlitzen zwischen den dicken Fettpolstern traf sie ein böser Blick, und die Müllerin kreistete:

„Dann seid ihr ja schon gut bekannt miteinander! Wenn er es dir erlaubt hat, meinetwegen, ich hab nix dagegen. Ein andermal fragst du aber vorher mich!" Dann sprach sie kein Wort mehr, aber die Angela merkte, daß sie verärgert war, weil sie die Töpfe auf dem Ofen herumstieß, als wollte sie an ihnen einen heimlichen Zorn auslassen.

Wieder wurde beim Abendessen, das nur aus Milchsuppe und Kartoffeln bestand, kein Wort gesprochen. Die Angela verließ bald den Tisch, begann abzuspülen und ging in den Stall, um die Kühe zu versorgen.

Sie erschrak, als der Alois sie plötzlich ansprach. Sein Eintreten hatte sie gar nicht gehört.

„Was hat denn der Alte heute alles gesagt? Wovon hat er denn geredet?"

„Geht dich das was an?" gab sie ihm verächtlich zurück.

Sein Gesicht lief rot an. Er packte sie am Arm und forderte: „Das mußt du dir merken: über kurz oder lang bin ich da der Herr, und wenn du gut mit mir auskommen willst, dann sagst du mir alles, was der Alte wegen der Sache mit dem Bernhard und wegen der Mühle oder was er von mir und meiner Mutter sagt."

Sie machte sich frei. „So lange bin ich bestimmt net da, bis du einmal anschaffen kannst! Und was der Herr Karg sagt, davon hörst du von mir kein Wort. Der wird mir wahrscheinlich auch nix sagen, was dich interessieren könnte."

Sie rannte aus dem Stall hinüber in ihr Zimmer im Beihaus, zog sich um und ging über den Feldweg davon.

Die Sonne rüstete sich zum Untergehen, und auf dem Dorfplatz standen vor dem Kirchenwirt wieder einige Leute.

„Wie geht es in der Mühle? Ist der Bernhard schon wieder daheim?" fragte der Schmied sie, als sie vorbeiging.

„Ich weiß gar nix und kümmere mich auch um nix!" fertigte sie ihn ab und ließ sich nicht aufhalten.

In einem Seitenwinkel des Tales beim unteren Dorf lag das kleine einstöckige Haus des Hastreiters. Eine Holzschupfe und ein Ziegenstall lehnten sich an das niedere Wohnhaus, in dem nur Stube und Kammer und unter dem Dach ein kleines Zimmer Platz hatten. Früher war der Hastreiter ein allzeit lustiger Holzhauer gewesen, der Krieg hatte ihn aber zum verdrossenen Invaliden gemacht, der nach dem Tod seiner Frau allein weiterhauste und, seit die Tochter Angela in Diensten war, selber die Ziege versorgte und den kleinen Haushalt führte. Im Ort sah man ihn nur, wenn am Sonntag die Glocken zur Messe riefen, beim Wirt kehrte er nicht mehr zu, aber man wußte, daß er jede freie Minute und oft auch ganze Nächte über den Büchern saß, die er packweise aus der Bücherei im Pfarrhaus entlieh. Dann kamen allerdings wieder Zeiten, da seine Kopfverletzung ihm so zusetzte, daß er tagelang liegen mußte.

Was in der Nacht im Mühlwäldl geschehen war, wußte er schon. Ein Bauernknecht, der auf dem Feld neben dem Hastreiterhaus gearbeitet hatte, hatte es ihm berichtet. Die Angela erzählte ihm, während sie flink herumarbeitete das wenige, das sie dazu sagen konnte.

„Gefallen tut es mir gar net recht in der Mühle, aber was kann man am ersten Tag schon sagen", schloß sie.

Das Zucken im hageren Gesicht, das den Hastreiter seit seiner Verwundung plagte, stand still, und seine schwarzen Augen wurden trübe.

„Du mußt dort aushalten. Wird sowieso net lang dauern. Als du heut in der Frühe fort bist, ist mir gewesen, als müßt das sein, daß du in die Rumpachmühle kommst und daß heute noch was Besonderes sein würde. Ich kann dir sagen, daß es noch allerhand gibt. Dem alten Karg kommt es jetzt herein, was er im Krieg mit den Leuten gemacht hat. Deine Mutter selig hat bei ihm bitten müssen wie eine Bettlerin und hat ihm tagelang das Heu einbringen helfen müssen um ein Pfund Mehl. Geld hat er überhaupt keines genommen, aber das letzte Bettzeug hat deine Mutter hergeben müssen, und die Kleiderkarte hat sie ihm abgetreten, damit sie ein bisserl Mehl bekommen hat. Das Glasgeschirr hat sie hergegeben und meine neuen Schuhe, weil sie dich net hat hungern lassen wollen und auch mir was ins Feld schicken wollte. Er hat schwarzgemahlen und schwarzgeschlachtet, aber sie haben ihn nicht dabei erwischt, obwohl sie ihm ein paarmal das Haus durchsucht haben."

Nun war das Zucken in seinem Gesicht wieder da, und der Zorn schüttelte ihn.

„Ist ja alles längst vorbei, Vater! Warum willst du dich heute noch drüber ärgern", sagte die Angela begütigend.

„Jetzt kommt es ihm herein! Frauen aus der Stadt hat er den Hund nachgehetzt, weil sie nur Geld bieten konnten und keine Ware. Als ich das letztemal im Urlaub dagewesen bin, hat es deine Mutter gut gemeint und wollte mir einen Kirschenauflauf machen. Net eine Handvoll von seinen schwarzen Kirschen hat der Rumpachmüller ihr gegeben, und dann sind sie ihm am Baum gefault. Ausgelacht hat er deine Mutter — und damals hab ich ihm gewünscht, daß einmal was über ihn kommt, das ihn so hart trifft, daß er sich an seinem eigenen Kirschbaum aufhängt —"

„Vater, so was wünscht man doch net!" redete sie ihm gut zu.

„Ihr jungen Leute wißt es ja net! Habt ja die Zeiten net gekannt und auch net die Not eurer Eltern."

„Der Müller ist ja jetzt arm genug dran."

„Mich packt halt oft so der Zorn an", murmelte der Hastreiter. „Aber ich sag dir: Es hat sein müssen, daß du in die Mühle gegangen bist. Alles ist vorbestimmt, und niemand kann zur Seite springen, wenn das Schicksal auf ihn zukommt."

Als der Hauptwachtmeister Schedl wieder zur Station zurückkam, um sich vor Dienstschluß noch einmal einzufinden, hatte Rabinger schon auf ihn gewartet und eröffnete ihm:

„Ich bin zu der Überzeugung gekommen, daß der Bernhard Karg gar nicht soweit weg ist. Wenn auch einer im ersten Schock davonrennt und glaubt, damit hat es sich, dann kommt ihm später doch die Einsicht, daß sich das wegen der Tatsache, daß er einen über den Haufen geschlagen hat, gar nicht lohnt. Ich wette, daß er sich nur in den Wald verduftet hat. Wenn das nämlich so ist, dann muß er wieder auftauchen, weil er etwas zum Leben braucht. Das holt er sich in der Mühle, oder er versucht es bei der Böhmhofer Sabine. Und weil wir uns nicht nachsagen lassen wollen, daß wir was verabsäumt hätten, wirst du nachts die Mühle im Auge behalten, und ich werde droben beim Böhmhof sein. Laß dich aber nicht sehen."

„Wird umsonst sein", nörgelte der Schedl und dachte an den Schlaf, um den ihn dieser Einfall seines Vorgesetzten brachte.

„Nimm die Pistole mit", mahnte Rabinger ihn noch, und dann schlenderte der Schedl langsam durch den Ort auf Umwegen zu seinem Posten am Rande des Mühlwäldls. Wo die Felder an den Birkenberg anschlossen, unweit des Weges, hatte er die beste Einsicht auf die Rumpachmühle und die dahinter aufsteigenden Wiesen, sah aber rückwärts auch ins Dorf hinunter. Im Dämmerschein der einfallenden Nacht ragte der Maibaum über die Hausdächer. Der Sternenhimmel zog auf und streute sein schwaches Licht über die glänzenden Wiesengräser. Er hatte gute Augen und konnte in der hellen Nacht jede Einzelheit um die Mühle erkennen.

Der Rabinger mochte gar nicht so unrecht haben. Und wenn der Bernhard wirklich nur in der ersten Aufregung davongegangen war, dann kam er bestimmt in dieser Nacht zurück, um sich zu erkundigen, wie es stünde. Das Verhalten der Mühlleute ließ diese Vermutung sogar zu. Gar so aufregend, wie der Rabinger diesen Fall fand, war er sicher nicht. Es würde sich auch so oder so etwas tun. Aber die kriminalistischen Ambitionen des Polizeimeisters stürzten sich nun auf diese Sache, gerade als wäre er froh, daß endlich einmal etwas anderes los war als die kleinen Vergehen, die es bisher gegeben hatte. So ernst nahm er, der Hauptwachtmeister, die Geschichte nicht. Hier wurde einfach von Zeit zu Zeit einmal gerauft. Er kannte die Leute, stammte selber aus einem Nachbarort und war mit den Dörflern auf du und du.

In der Wohnstube der Mühle brannte Licht. Die ersten Maikäfer surrten durch die Nacht und raschelten in den jungen Blättern der Birken, und der Bach sauste drunten bei der Mühle wie ein ferner Wind.

Hastige Schritte kamen auf dem Feldweg vom Dorf herauf, und er erkannte bald, daß es die Hastreiter Angela war. An den Weg trat er heran, daß sie an ihm vorbei mußte.

„Noch unterwegs?“ sprach er sie an.

„Bin daheim gewesen und ist ein wenig spät geworden. Ist aber eine so schöne Nacht“, sagte sie und blieb stehen.

„Na, wie gefällt es dir in der Mühle?“

Sie lachte: „Warum? Meinst, ich fürchte mich?“

„Wenn ich an dich denke, ist mir gar net recht wohl. Aber du könntest mir einen Gefallen tun! Könntest mich wissen lassen, wenn sich da was Auffälliges tut. Weißt schon, wie ich das meine.“

„Spionieren soll ich? Das tu ich net. Ich kümmere mich um nix“, lachte sie ihn an, und in ihren nachtschwarzen Augen blitzte schelmisch ein Funken vom Sternenlicht.

„So ist das auch net gemeint“, antwortete er ein wenig verlegen. „Aber der Rabinger meint, daß der Bernhard net weit sein kann und in der Nacht zurückkommt.“

„In der Nacht schlafe ich. Gute Nacht!“ Ein kurzes helles Lachen, und sie eilte davon.

Ich bin blöd! ärgerte er sich. Nun wußte die Angela genau, warum er hier stand, und wenn sie wollte, dann konnte sie das drunten in der Mühle erzählen. Doch so dumm war die nicht. Wäre eigentlich schön gewesen, wenn sie noch länger geblieben wäre und ihn noch ein wenig unterhalten hätte.

Er sah, wie sie am Wohnhaus vorbei über den Steg ging, und dann flammte im Beihaus ein Licht auf und verlosch nach einiger Zeit wieder.

Das war ein Dirndl, frisch wie das Bergwasser, immer nett und liebenswürdig, natürlich und ungezwungen. Ganz anders als die Sabine, der man den Bauernstolz und die Eigenwilligkeit von weitem ansah und die das Lächeln daheim im Kasten eingesperrt hatte.

Nun erlosch auch das Licht in der Wohnstube der Mühle.

Er gähnte. Das konnte ja lustig werden, wenn er etwa Nacht für Nacht und wer weiß wie lange hier passen sollte!

Was war das gewesen? Er rieb sich die Augen und sah noch einmal genauer auf den weißlich schimmernden Kirschbaum hinunter, der für einen Augenblick aufgeleuchtet hatte, als hätte ihn kurz ein Lichtschein getroffen. Er mußte sich getäuscht haben. Das Haus lag ganz im Dunkel.

Es war zum Ärgern!

Die Leute da drunten schliefen, und er war wohl dazu da, ihren Schlaf zu bewachen. Nicht einmal dösen konnte man! Immer in das Halbdunkel der Nacht starren. Ein leises Poltern übertönte das Sausen des Baches. Was war das? Schliefen sie doch nicht?

Er strengte die Augen an. Da kam doch jemand aus dem Haus! Ah, der Alois! Er war ganz gut auszumachen, denn der Bursche hielt sich seit seinem Unfall etwas einseitig. Einen Eimer trug er, ging über den Hof zum

Bach, bückte sich dort und kehrte wieder zurück. Nun löste sich aus dem Hausschatten die unverkennbare Gestalt der Müllerin. Die beiden schienen sich eine Weile zu unterhalten und verschwanden dann.

Was hatte das zu bedeuten? Brannten kein Licht im Haus und gingen doch herum! Sosehr er sich nun anstrengte und in die Nacht horchte, es blieb ihm nur das Rauschen des Wassers im Ohr. Oder halt! War nicht wieder für einen Augenblick der Kirschbaum heller geworden? Wie man sich in so einer Nacht täuschen konnte! Hätte nun jemand aus dem Dorf an seiner Stelle gestanden, der hätte wohl wieder behauptet, daß es in der Rumpachmühle geisterte!

Lange wartete er, und es rührte sich nichts mehr. Im Schatten des Wäldls pirschte er sich näher an die Mühle heran und legte sich in das feuchte Gras der Mühlwiese. Noch einmal war es, als klappte im Haus eine Tür, dann vergingen die Stunden bis zum Morgengrauen, ohne daß sich das geringste rührte.

Die Wochentage gingen dahin. Wenn der Mesner Sigl den Tag angeläutet hatte und dann noch eine Weile gemächlich schnupfend auf dem Platz vor der Kirche stand, war der erste der Dorfschmied, der aus seiner Werkstätte kam und sich zu ihm gesellte.

„Was gibt es Neues?“ war dann seine erste Frage, und: „Was hört man vom Xaver“, wollte daraufhin der Mesner wissen.

Es gab wenig zu sagen und kaum etwas Neues. Die Tage vergingen, als wäre die Untat im Mühlwäldl schon vergessen. Der Alltag forderte die Dörfler zur Arbeit, und es war gut, wenn man seine Meinung nur mit den Vertrautesten austauschte.

„Die Leute gehen umher, als hätten sie alle ein schlechtes Gewissen", sagte der Schmied und borgte sich vom Mesner eine Prise Schnupftabak.

„Gestern ist die Sabine im Krankenhaus gewesen", wußte der Mesner, „haben sie aber net zum Xaver hineingelassen, weil er alleweil noch net bei sich ist."

„Da kenn dich aus!" meinte der Schmied. „Hat es jetzt der Bernhard aus bei ihr? Ist jetzt der Xaver wieder der Bevorzugte? Was so ein Weibsbild alles anrichten kann, wenn es net weiß, was es will!"

Am schwersten hatte es den alten Orthofer Josef Ertl getroffen. Er und seine Bäuerin waren der Fülle der Arbeit auf ihrem Hof nicht mehr gewachsen. Der Xaver, ein robuster Bursch, hatte schwer geschuftet und seinen Eltern schier die gesamte Arbeit abgenommen, und seine Schwester, die zierliche Katharina, war außer ihm die einzige Arbeitskraft auf dem Hof. Nun war sie seit dem Sonntag allein mit den Eltern.

Jeden Morgen ging der Orthofer von seinem Anwesen am Dorfrand in die Gemeindekanzlei und ließ im Krankenhaus anrufen, wie es dem Xaver gehe. Es waren keine guten Auskünfte, die ihm gegeben wurden; sein Bub schwebte immer noch in Lebensgefahr und hatte das Bewußtsein noch nicht zurückerlangt. Dann ging der Orthofer wieder heim, sah nicht links und rechts, sagte seinem Weib Bescheid, und sie schleppten sich wieder zur Arbeit. Eine Hilfskraft war nicht aufzutreiben, wer wollte denn schon in der Landwirtschaft arbeiten! Die Bauern im Ort hatten mit sich selber zu tun.

Die Katharina, kaum siebzehnjährig und schmächtig gewachsen, mußte allein das Grünfutter einbringen. Sie fuhr den großen Traktor und mühte sich beim Grasmähen, daß ihr oft die Tränen kamen.

Sie wunderte sich nicht wenig, als an einem Morgen der Kriegsinvalide Hastreiter auf die Orthoferwiese kam und ihr die Sense aus der Hand nahm.

„Dirndl, allein wird dir das zu hart! Rech du zusammen und laß mich mähen. Bin zwar auch nur ein Halber, aber für eine Zeitlang kann ich schon aushelfen, wenigstens so lang, bis der Xaver wiederkommt."

Die Not, von der sie daheim nicht reden konnte und wollte, preßte ihr wieder die Tränen in die Augen: „Wenn es nur wieder gut werden tät!"

„Der Xaver übersteht das. Der ist ein richtiger Brokken und hat einen dicken Kopf! Was so ein Kopf alles aushalten kann, das weiß ich von mir selber!" tröstete der Hastreiter.

„Wenn er heimgegangen wäre!" klagte sie. „Aber er hat schon zuviel Bier gehabt und nimmer auf mich gehört — und der Alois hat ihn auch alleweil gehänselt. Gestritten haben sich eigentlich nur die zwei, weil der Xaver den Alois einen Dürftling genannt hat. Da hat sich dann der Bernhard eingelegt, und der Alois hat gestichelt, daß der Xaver kein Mannsbild sei und sich die Sabine hat wegnehmen lassen. Die Sabine ist eiskalt, und die hat viel Schuld, daß es so weit gekommen ist. Alle zwei hat sie zum Narren gehalten! Zum Xaver hat sie gesagt: Jetzt ist es halt der Bernhard, der mir besser gefällt. Ihr zwei könnt es ja unter euch ausmachen."

„Ja, die Sabine!" überlegte der Hastreiter. „Die braucht halt einen, der ihr den Herrn zeigt, da wär der Xaver schon der Richtige gewesen. Der Bernhard ist ein guter Lapp, für den ist die Sabine nix. Der braucht keine stolze Geigen, sondern eine Brave, so eine wie du es bist."

„Gell, das sagst du auch?" entfuhr es ihr, und er schmunzelte.

Er half ihr noch das Gras auf den Wagen zu gabeln, erkundigte sich, was man vom Xaver höre, und versprach sich zum Heuen einzufinden, wenn sie bis dahin keine anderen Helfer gefunden hätten.

„Wird alles noch ganz anders kommen, Katharina, kannst einmal an mich denken", verabschiedete er sich.

In der Mühle gingen die Tage zäh dahin. Die Angela hatte sich damit abgefunden, daß sie in eine Familie geraten war, in der eines dem andern feind war. Was sie untereinander sprachen, waren nur wenige hingeworfene Worte und nur das Allernötigste. Es betraf lediglich die täglichen Anordnungen für die Arbeit. Sie hatte auch schnell herausgefunden, daß sich hier zwei Parteien gegenüberstanden: der alte Müller — und Mutter und Sohn. Kein Wort wurde vom Bernhard gesprochen, als hätte es ihn nie gegeben. Die Müllerin und der Alois hatten oft längere Gespräche und schwiegen sofort, wenn die Angela dazukam. Und diese merkte gar bald, daß es den beiden lieber wäre, wenn sie nicht ins Haus gekommen wäre.

Der Müller war freundlich zu ihr. Wenn seine Frau ihn am Morgen im Rollstuhl aus der Schlafkammer gebracht hatte, existierte sie für ihn den Tag über nicht mehr. Dann war es die Angela, die ihn ins Freie und zur Säge hinüberfahren und dem Alois oder seiner Mutter die Wünsche und Befehle des Müllers überbringen mußte.

Sie hatte sich trotz dieser seltsamen Verhältnisse bald so weit eingewöhnt, daß sie all die Arbeit kannte, die ihr zustand, und keine besonderen Anweisungen mehr brauchte. Sie kümmerte sich um den Stall, half ungerufen in der Küche, griff auch, ohne daß es ihr befohlen war, in der Säge zu. Oft hielt der Müller sie mit einigem Gerede auf oder befahl ihr kurz und bündig, bei ihm zu bleiben. Mitten in einer freundlichen Unterhaltung konnte er plötzlich abbrechen und düster vor sich hinstarren. Sie konnte sich denken, was ihn bedrückte. Warum erwähnte er aber mit keinem Wort seine Sorgen? Warum fragte er sie nicht ein einziges Mal, was man etwa im Ort redete?

So kamen die Tage und gingen sie.

In einer Nacht schlief sie unruhig. An das Geräusch

des Baches hatte sie sich schon so gewöhnt, daß sie über das Sausen hinweg auch andere Laute ausmachen konnte. Sie lag bis nach Mitternacht, als sie deutlich das Quietschen der Haustür drüben am Wohnhaus hörte. Sie verließ das Bett und ging zum Fenster. Über den Hofraum schlich eine Gestalt zum Bach und wieder zurück. Es war ein Mann, der einen Eimer oder Kübel trug.

Was geschah in der Nacht dort drüben?

Fast bekam sie es mit der Angst zu tun, und sie glaubte schon, im Beihaus verdächtige Geräusche zu hören, überzeugte sich, daß sie das Zimmer abgesperrt hatte, und sah wieder in die dunkle Nacht hinaus.

Nicht lange dauerte es, dann kamen vom Weg herüber zwei Männer auf die Mühle zu und pochten an die Tür.

Mit klopfendem Herzen wartete sie, bis drüben in der Wohnstube Licht gemacht wurde und sie im Schein der Hausganglampe erkannte, daß der Alois die beiden Polizeibeamten einließ.

Rabinger hatte sich zu einer überraschenden nächtlichen Haussuchung entschlossen und den Hausdurchsuchungsbefehl des Untersuchungsrichters beschafft. Eine ganze Woche und in den letzten Tagen zu zweit, hatten sie die Mühle nachts beobachtet und um Mitternacht gesehen, daß der Alois das dunkle Haus verließ und zum Bach ging. Was er dort wollte, konnten sie sich nicht erklären. Jedenfalls war in der Mühle jemand wach gewesen, obwohl kein Licht im Hause brannte. Das schien Rabinger verdächtig genug, um die Haussuchung vorzunehmen.

Das alte Mühlenhaus unterm geduckten Walmdach und mit dem dunklen hölzernen Obergeschoß kauerte wie ein lauerndes Tier in der Finsternis, und wenn im Bach das Wasser sein monotones Rauschen unterbrach und über den Grundkieseln aufgluckerte, klang es wie ein geheimnisvolles Seufzen oder verhaltenes spottendes Geplauder. Der

Himmel war mit leichtem Gewölk überzogen und gab kein Sternenlicht.

Die Beamten näherten sich der Mühle auf der Wiese, um den Laut ihrer Schritte auf dem Weg zu vermeiden.

„Fast habe ich das Gefühl, daß heute nacht der Bernhard im Hause ist", murmelte Rabinger. Entschlossen trat er an die Haustür heran und pumperte mit den Fäusten dagegen. Nichts rührte sich.

„Die müssen das doch hören!" ärgerte er sich und trommelte kräftiger gegen das Holz. Wieder dauerte es eine Weile, dann knarrte im Hause die Bodenstiege und wurde das Licht im Hausgang angedreht. Die Haustür wurde einen Spalt weit geöffnet, und der Alois sah die Polizisten ohne Überraschung an. Höhnisch fragte er:

„Gibt es was Wichtiges, weil ihr mitten in der Nacht kommt?"

Rabinger antwortete nur kurz: „Haussuchung!" und drückte die Tür auf.

Das Gesicht des Alois spannte sich, und er stellte sich den Beamten breitbeinig in den Weg.

„Jetzt? Mitten in der Nacht? Nun wird es mir aber zu dumm! Haben Sie einen Durchsuchungsbefehl?"

„Jawohl, hier", tat Rabinger ungerührt und fragte scharf: „Wie lange sind Sie schon im Bett?"

„Ich? Seit neune!"

Daß er gar nicht so aussah, als wäre er eben erst aus dem Schlaf geweckt worden, hielt Rabinger ihm lieber nicht vor.

„Also, dann ist unser Einschreiten doppelt berechtigt, denn wir haben vor einigen Minuten einen Mann gesehen, der vom Bach zum Haus ging. Gehen Sie voran und machen Sie überall Licht."

Als sie in die Wohnstube traten, kam aus der Schlafkammer nebenan die Müllerin, völlig angezogen. Ächzend setzte sie sich auf die Stubenbank und hatte weder einen

Gruß noch eine Frage für die Ruhestörer. Nur in ihren Augen war ein Lauern und um den Mund ein verächtliches Zucken.

„Da drinnen liegt der Vater, wollen Sie unbedingt hinein?“ meinte der Alois. Rabinger riß die Tür auf, entschuldigte sich bei dem im Bett hochgelagerten Müller, der ebenfalls nichts sagte, sah sich in der Kammer um und verließ sie wieder. Solange sie die ebenerdigen Räume durchsahen, verhielt sich der Alois ruhig, als sie aber nach oben gingen, begann er plötzlich überlaut die Maßnahme der Polizei zu kritisieren. Es hatte sich seit der ersten Durchsuchung vor einer Woche nichts geändert, nur in der Dirnenkammer fehlte im Bett der Strohsack. Schedl ging hinter seinem Vorgesetzten und tat sehr uninteressiert, ließ aber den Einarmigen nicht aus den Augen. So entging ihm nicht das erleichterte Aufatmen, als sie das Wohnhaus verließen und die verfallenden Räume der ehemaligen Mühle, Stall und Stadel und das Sägewerk durchsuchten.

Mit einem unterdrückten Grinsen wies der Alois schließlich noch auf das Beihaus.

„Da ist auch noch jemand drinnen.“

Die Angela hatte vom Fenster aus alles mit angesehen und gemerkt, daß die Polizei etwas suchte. Sie zog sich rasch an, und als die Beamten an der Haustür klopften, öffnete sie sofort.

„Laß uns schnell einmal hineinschauen, Angela“, machte hier Schedl den Wortführer, „versteckt hat sich ja hier niemand? Oder?“

Rabinger war sichtlich verwundert, daß die Hausmagd zu diese. Stunde ihnen völlig angekleidet öffnete, aber er fragte nicht. Sie sahen alle Räume durch und gingen wieder.

„So, jetzt stören wir dich nimmer. Schlaf dich gut aus“, sagte Schedl beim Gehen. Wieder auf dem nächtlichen Hofraum, wandte sich der Alois an den Polizeimeister:

„Sie meinen wohl, daß der Bernhard sich hier versteckt? Da sind Sie auf dem Holzweg! Ich verspreche Ihnen, daß ich es sofort melde, wenn er zurückkommen sollte." Darauf blieben sie ihm die Antwort schuldig und entfernten sich.

Auf dem Rückweg ins Dorf rückte Rabinger mit seinem Ärger und seiner Enttäuschung heraus.

„Ich sage dir, dieser Brebeck bringt mir die Galle hoch! Wenn ich dem einmal eins auswischen kann, dann tue ich es! Eigentlich wär er ja dran wegen unterlassener Hilfeleistung, und wenn der Ertl Xaver sterben sollte, dann zeig ich den Alois auch deswegen an. Der hat gewußt, daß der Ertl niedergeschlagen wurde und hat sich nicht darum gekümmert. Der Bursche lacht uns ja aus. Ist dir nichts aufgefallen?"

„Nichts Besonderes."

„Der Mann sah nicht aus, als wäre er gerade erst aus dem Bett gekommen. Also war er es, den wir im Hofraum gesehen haben. Was hat ihn in der Nacht herumgetrieben? He? Und die Hastreiter Angela war völlig angezogen. Haben sich vielleicht die beiden in der Nacht getroffen?"

„Das glaub ich net!" brauste der Schedl auf. „So eine ist die Angela net! Und wenn der Alois die Angela net in Ruhe läßt, dann dreh ich ihm den Hals um!"

„Oha!" lachte Rabinger.

„Mein voller Ernst! Es kommt mir sowieso vor, als hätte ich mit diesem Taugenichts einmal zu tun. Hab mir heute so meine Gedanken gemacht."

„In bezug auf die Sache mit dem Bernhard und dem Ertl Xaver?"

„Vielleicht!" Mehr sagte der Schedl nicht.

In dieser Nacht brannte das Licht in der Wohnstube der Mühle noch länger. Als der Alois die Haustür wieder abgesperrt hatte und zurückgekommen war, saß seine Mutter immer noch, steif und mit schlaffem Gesicht, auf der Stubenbank. Heiser flüsterte sie:

„Da siehst du es, die geben keine Ruhe, bis sie dahinterkommen! Da muß doch was geschehen! Alles ist anders gekommen, als du gemeint hast! Jetzt kannst du schauen, wie wir aus der Sache herauskommen!“

Wütend zischte er: „Kümmere dich net drum, ich mache das schon! Und mache ja keine Dummheiten! Du weißt nix, verstehst! Brauchst also auch nix zu sagen. Die Polizisten fürchte ich net, die sind mir zu dumm. Jetzt haben wir die Geschichte angefangen — und ich lasse nimmer aus, bis ich die Mühle habe!“

„Wie willst du das jetzt machen, wo alles ganz anders gekommen ist?“

„Pah, hab mir die Sache schon überlegt. Wir müssen so bald wie möglich den Alten herumkriegen. Wir brauchen einen Brief für ihn, und den mußt du schreiben. Meine Schrift ist zu grob. Gleich jetzt schreibst du. Sag ihm, daß du net schlafen kannst und Kopfweh hast, ich hol derweilen Papier und Schreibzeug.“

„Er wird meine Schrift kennen, und wie willst du das mit dem Poststempel machen?“ ängstete sie.

„Entweder machst du mit, oder ich lasse alles auf dir sitzen! Ich bin es net allein gewesen, der halbe Plan stammt von dir!“

Müde schleppte sie sich in die Schlafkammer und war wieder zurück, als der Alois von oben Briefpapier und Federhalter brachte.

„Der Alte ist so komisch“, zischelte sie, „der traut uns net. Kannst du denn mit dem Brief net noch eine Weile warten?“

Er drängte: „Nein, solange der net glaubt, daß der Bernhard nimmer kommt, läßt er wegen der Übergabe net mit sich reden.“

„Und ich sag dir, er traut uns net!“

Sie schreckte zusammen, als er sie zornig anfuhr: „Der soll mich net närrisch machen, sonst fällt er einmal in den Bach! Wir wollen ihm ja nix Unrechtes! Er soll mir die Mühle übergeben, dann hat er seine Ruh!" Höhnisch zahnte er sie an: „Dann kann er mit seiner lieben Zilli ins Beihaus ziehen und sich pflegen lassen, oder er kann auch in dieser Keuchen bleiben, denn es kann leicht sein, daß ich heirat und ins neue Haus zieh."

„Wenn du so daherredest, dann kannst du mich zu nix mehr haben, dann mache ich nimmer mit! Wenn du es mir zu dumm machst, dann könnt ich dir leicht einen Strich durch deine Rechnung machen! Ins Beihaus geh ich mit dem Alten! Muß wissen, wo ich bin, wenn er einmal nimmer lebt."

Er kicherte boshaft: „Ist ja recht! Ist ja lange noch net soweit. Schreib jetzt!"

Das eifrige Geflüster der beiden, die unter der Lampe am Tisch saßen und die Köpfe zusammensteckten, verschluckte die muffige Stubenluft, die der Zigarettenrauch schwängerte. Er diktierte:

„Also: Lieber Vater! Ich komme nicht mehr heim. Es hat keinen Zweck, wenn man nach mir sucht, und die Polizei wird mich auch nicht finden. Ich gehe weit fort. Kannst dem Alois die Sach übergeben und dich zur Ruhe setzen, die du schon lange verdient hast. Es muß so sein, weil ich keine Stunde in das Gefängnis gehe und mir lieber was antun würde. Sag es auch der Sabine, sie soll nicht auf mich warten. Dein Bernhard."

„Das ist ganz gut ausgedacht. Du bist so schlau, daß man sich vor dir fürchten könnt!" schnaufte die Müllerin. „Aber das sag ich dir: wenn du deine eigene Mutter hereinlegen willst, dann hast du dich getäuscht!"

„Ach was, gib her!"

Sie schrieb das Kuvert, und er klebte den Brief zu.

„Ich trag ihn gleich in der Frühe zur Poststelle, dann

wird er am Montag schon zugestellt. Wegen dem Poststempel weiß ich, wie das zu machen ist."

Dann erlosch in der Mühle das Licht.

Der Sonntagmorgen kam hell und blau herauf. Um die verschlafene Rumpachmühle spielten Sonne und Frühlingswind schon eine Weile, ehe sich im alten Wohnhaus unter dem blühenden Schwarzkirschbaum etwas rührte. Auf dem Dach gurrten die Tauben, um die sich niemand mehr kümmerte, seit der Bernhard verschwunden war.

Übernächtig und ein wenig ratlos verließ die Angela das Beihaus, und da drüben die Haustür noch versperrt war, begann sie mit der Stallarbeit. Als sie damit fertig war, hörte sie in der Wohnstube das Klappern des Kaffeegeschirrs. Als sie hineinging, sahen die Müllerin und der Alois sie so abweisend an, als hätte sie die zwei gerade bei einem wichtigen Gespräch gestört. Daß ihr Morgengruß nicht beantwortet wurde, daran war sie schon gewöhnt, aber warum taten sie so betreten? Um das peinliche Schweigen zu überwinden, fing sie selber zu reden an:

„Ist eine unruhige Nacht gewesen. Was haben denn die Polizisten wollen? Die könnten beim Tag auch kommen!"

„Dir haben sie nix wollen", meinte die Müllerin schroff, und der Alois fixierte sie so aufdringlich, daß sie ihm den Rücken zukehrte.

Mit diesen Leuten ist einfach nicht zu reden, nicht einmal an einem Sonntag, dachte sie voller Unmut. Entweder waren es Verrückte oder es plagte sie ein böses Gewissen, das ihnen schier aus den Augen schaute. Wollten sie etwa durch ihr Verhalten, daß sie wieder ging? Wollten sie die Hausmagd aus der Mühle hinausekeln? Sie tat doch ihre Arbeit! Warum waren sie so feindselig gegen eine Hausmagd, die sie doch brauchten? Die Müllerin konnte doch die Stallarbeit kaum tun, sie war in ihrer Leibesfülle dazu ja gar nicht in der Lage! Und der Alois dachte wohl überhaupt nicht daran!

Stumm deckte sie den Tisch. Aus der Schlafkammer rief der Müller nach seiner Frau, und sie humpelte verdrossen davon.

„Heute kannst du dir einen freien Tag machen“, knurrte indes der Einarmige unfreundlich, und das reizte sie, ihm zu erkennen zu geben, daß sie seinen Bescheid für nichts halte.

„Ich werde den Herrn fragen, vielleicht gibt er mir am Nachmittag frei.“

Daß er sie wohl verstanden hatte und darüber einen roten Kopf bekam, freute sie. Mit jedem Tag wurde ihr der Einhandl unsympathischer.

Es dauerte länger als sonst, und das mürrische Hin und Her in der Schlafkammer war lauter, bis die Müllerin endlich ihren Mann in die Wohnstube schob. Er war sonntäglich gekleidet. Wie immer suchte der Blick seiner blaugrauen Augen prüfend die Stube ab, blieb eine kurze Spanne lang auf dem Alois ruhen, und dann folgte eine Bewegung des Kopfes, als wäre damit die morgendliche Musterung beendet und Mutter und Sohn für den Müller für diesen Tag nicht mehr vorhanden.

Anders verhielt er sich an diesem Morgen der Hausmagd gegenüber.

„Dirndl, du wirst mich heute in die Kirche fahren. Bin froh, daß ich endlich einmal ein anderes Gesicht um mich habe.“

Die Angela nickte, und der Müller redete in der nächsten halben Stunde mehr als in den acht Tagen zuvor. Doch mit keinem Wort wandte er sich an seine Angehörigen, und er erzählte der Angela, daß er auch ihre Mutter gut gekannt habe, sprach von alten Zeiten, fragte sie nach ihrem Alter und meinte neckend:

„Du bist eine ganz Saubere! Augen hast du wie unsere Schwarzkirschen und ein Gesichtel wie ein Apfel! Um dich werden sich die Mannsbilder noch reißen! Oder hast du schon einen auf der Seite?“

Die Erinnerung an ihre Mutter verstimmte sie etwas, denn sie mußte daran denken, was der Vater ihr aus den Nottagen der Kriegszeit erzählt hatte, in denen der Müller lieber die Kirschen hatte am Baum faulen lassen, als daß er der Mutter einige gegeben hätte. Und sie mußte unwillkürlich daran denken: ob der Müller wohl jetzt in dem Bett lag, das mit der Bettwäsche überzogen war, für die die Mutter in der Not Mehl eingetauscht hatte.

Mit verschlossenen Gesichtern und oft schnelle Blicke wechselnd waren die Müllerin und der Alois der Unterhaltung gefolgt, und es klang böse, als sie endlich die Angela aufforderte, den Tisch abzuräumen und das Geschirr zu spülen. Noch heftiger aber wurde nun der Müller:

„Das kannst du heute selber tun! Ich möchte die Kirche net versäumen. Angela, hol mir das Gebetbuch und mach dich fertig! Das Büchl liegt in der Stube droben. Entweder auf dem Tisch oder im Kasten.“

Daß der Müller heute so energisch auftrat, versöhnte sie wieder, und sie eilte aus der Stube. Mit langen Schritten folgte ihr der Alois, schloß hastig die Tür und hielt sie im Hausgang fest.

„Ich hol das Büchl schon! Es ist ausgemacht, daß du im Haus nix zu suchen hast. Kannst dich derweilen anziehen.“

Sie ließ ihn wortlos stehen, ging ins Beihaus hinüber und legte das Sonntagsgewand an. Als sie wiederkam, erwartete er sie vor der Haustür und reichte ihr stumm das Gebetbuch. Auch er war fast fertig zum Kirchgang.

Niemand half ihr, den Rollstuhl ins Freie zu bringen, und als sie auf dem Sträßlein waren, sagte der Müller plötzlich:

„Mein Weib und der Alois können dich net leiden. Mußt dich in acht nehmen! Brauchst dir aber gar nix gefallen zu lassen. Sag mir nur, wenn sie dir das Leben sauer machen wollen, dann schaffe ich dir schon Ruhe!"

„Ich wehr mich schon selber auch!" lachte sie. „Bin ja auch net auf das Maul gefallen!"

„Wollt dir das schon einmal sagen, aber ist ja bei uns kaum eine Gelegenheit dazu. Lauern ja die zwei alleweil herum. Wissen möchte ich, was sie auszumachen haben, wovon ich nichts wissen darf. Mußt ein wenig aufpassen, vielleicht hörst einmal was. Dann sagst du es mir."

Sollte sie nun auch für den Müller herumhorchen, nachdem schon der Hauptwachtmeister Schedl sie darum angegangen hatte? Was war denn eigentlich los, und was wollte man denn von ihr?

„Ich hör nix und will auch nix hören. Ich mag net auf meinem Dienstplatz herumspionieren."

„Du wärst schon die Richtige, aber du weißt halt noch net, wie schlecht die Welt ist! Hörst: Ich glaube an die Geschichte mit dem Bernhard und dem Ertl Xaver net! Zu dir sag ich das, weil ich es zu sonst niemand sagen kann. So ist das net gewesen, wie es erzählt wird, da muß ganz was anderes dahinter sein. Wissen möcht ich, ob da auch meine Alte und der Alois die Hände im Spiel haben. Deswegen hab ich gemeint, du solltest ein wenig aufpassen. Aber wenn du net willst, macht das auch nix."

Auf dem Dorfplatz standen die Kirchgänger in Gruppen. Sie waren an diesem Sonntag wohl deswegen schon zeitig vor Beginn des Gottesdienstes gekommen, um Neuigkeiten über das Geschehen des vergangenen Sonntags zu erfahren und einander vorsichtig die Meinung abzuhören. Es waren wenige, die den Rumpachmüller mit einem Zunicken grüßten, viele stellten sich so, daß sie ihn nicht zu sehen brauchten.

„Fahr mich in den Friedhof!" befahl er mürrisch der

Angela, und sie brachte ihn an das Grab seiner ersten Frau.

„Ist ein gutes Weib gewesen, obwohl wir viel miteinander gestritten haben. Wenn die wüßte, was ich mir für die alten Tage noch auf den Buckel gebunden habe, die würde sich im Grab umdrehen!"

Die Angela wußte darauf nichts zu sagen, faltete die Hände und betete der Verstorbenen ein Vaterunser, während sie neben dem Rollstuhl stand und den neuen Schmuck mancher Gräber betrachtete. Das Grab der Müllerin war verwahrlost, und sie nahm sich vor, ein paar Blumen hinzupflanzen.

Das letzte Zeichen zum Gottesdienst klang vom Turm.

„Es ist Zeit", sagte der Müller, und sie bemerkte, daß er feuchte Augen hatte.

Dieser Kirchgang wurde für die Sabine vom Böhmhof zu einem verdrießlichen Spießrutenlaufen. Hätte sie gewußt, wie die Leute auf dem Platz zuvor von ihr geredet hatten, wäre sie wohl zu Hause geblieben.

So freundlich sie auch die Dorfleute grüßte, so kalt und abweisend blieben deren Gesichter. In manchem Blick lag offene Ablehnung, ja sogar Feindseligkeit. Der Bernhard von der Mühle war als ein heiterer und zu allen im Dorf freundlicher junger Mann sehr beliebt gewesen, und auch der Ertl Xaver hatte seine Anhänger, während man an dem Stolz der Sabine schon öfter Anstoß genommen hatte. Als gar der alte Orthofer mit dem Hakenstecken auf sie deutete und zu den Umstehenden etwas sagte, senkte sie betroffen den Kopf und eilte in die Kirche. Den Brebeck Alois, der sich etwas abseits gehalten hatte, bemerkte sie nicht. Ihm entging jedoch nichts von der Ablehnung der Dörfler, und er schmunzelte befriedigt.

„Das bricht deinen Stolz, dann ist leichter mit dir zu reden“, sagte er zu sich.

Daß er selber aus dem Fenster der Landpolizeistation vom Hauptwachtmeister Schedl beobachtet wurde, ahnte er nicht. Ehe er in die Kirche ging, sprach er noch die alte Suberin an und wollte wissen, wann ihr Sohn aus dem Gefängnis käme, dann drückte er sich an der Friedhofsmauer entlang zum Haus der Kramerin, die die Poststelle hatte, und steckte einen Brief in den Postkasten.

Freunderl, wem wirst denn du schreiben? fragte sich der Schedl auf seinem Beobachtungsposten. Ob er dem Rabinger raten sollte, herauszufinden, ob da nicht ein Brief an einen Bernhard Karg aufgegeben worden war? Dann wüßte man gleich, wo der Kerl steckte! Aber so dumm würde wohl selbst der Alois nicht sein und auf diese Weise den Aufenthalt seines Stiefbruders verraten. Er hatte aber das Gefühl, als wollte der Alois nicht gesehen werden bei seinem Briefeinwurf.

Die letzten verschwanden in der Kirche, und nun ging auch er hinüber.

Vor den Betbänken stand der Rollstuhl mit dem Müller und an dessen Seite hatte sich die Angela postiert. Der Alois hatte sich in eine Bank gedrückt, und die Sabine saß auf der Frauenseite und starrte mit strengem Gesicht in ihr Gebetbuch.

Schedl blieb hinter den Bänken stehen und konnte so die kleine betende Gemeinde überblicken. Wenn er nur hinter all diese Stirnen sehen könnte! Dann wäre es eine Kleinigkeit, den Fall Bernhard Karg zu Ende zu bringen! Den Alois Brebeck plagte die Andacht nicht, das sah man ihm an. Seine Blicke irrten in der Kirche umher und wandten sich schnell ab, wenn sie den Hauptwachtmeister trafen. Den Böhmhofer würgte wohl ein Ärger, denn sein Gesicht war rot, und er schneuzte seinen Zorn laut in das blauleinene Taschentuch. Vom Kummer niedergedrückt, buckelte der Orthofer Josef Ertl in der Betbank, und neben ihm kniete schmal und schmächtig seine Tochter Katharina. Die würden wohl für ihren Sohn und Bruder bitten, denn was sollte mit dem Orthof werden, wenn der Xaver stürbe? Je länger er darüber nachdachte, desto mehr kam ihm die Überzeugung, daß am Xaver ein Mord versucht worden war. Nach dem ärztlichen Befund wurde ihm der Schädel mit einem Stein buchstäblich zertrümmert, und dabei mußte der Täter nicht nur einmal zugeschlagen haben. Und das sollte der blonde und allzeit lustige Bernhard Karg gewesen sein? Allerdings, im Bierrausch — und wenn die Eifersucht dahintersteckte, war alles möglich.

Die Sabine kniete unbeweglich wie eine Holzfigur. Ob ihr bewußt war, daß sie mitschuldig war? Obwohl sie sich gab, als wäre sie mit dem Bernhard verlobt, brüskierte sie ihn immer wieder und bevorzugte den Xaver. Und so dürfte es auch am Abend der Maibaumfeier gewesen sein.

Und da war noch der Hastreiter, der ihm auffiel. Der Kriegsinvalide kauerte mit verkniffenem Gesicht in der Bank und wandte keinen Augenblick seine Aufmerksamkeit vom Müller ab. Was er sich dabei dachte, war sicher nichts Freundliches, das war ihm anzumerken. In so einem Dorf spielten Freundschaft und Feindschaft meist im Verborgenen, und es war den Leuten oft viel aus den Mienen abzulesen, wenn sie sich unbeobachtet glaubten.

In den nächsten Tagen mußte er einmal beim Hastreiter vorbeischauen. Dieser Mann interessierte ihn schon lange. Wenn er mit ihm gutstand, würde auch die Angela zutraulicher werden. Seit sie wieder im Ort war, mußte er sehr oft an sie denken, und er gestand sich ein, daß sein Herz schneller klopfte, wenn er ihr gegenüberstand. Dieses Mädel war frisch und lebendig, und in ihrer Natürlichkeit ganz anders als die Bauerntöchter, ganz anders als die Sabine. Nun, er wußte ja, daß sie jeden Tag gegen Abend unterwegs war, um bei ihrem Vater daheim aufzuräumen. Diese Gelegenheit mußte er in den nächsten Tagen nützen, um sie zu treffen. Vielleicht konnte sie ihm weiterhelfen. Er hatte sich vorgenommen, selber den Fall Bernhard Karg in die Hand zu nehmen.

Der Gottesdienst ging zu Ende, und Schedl trachtete als erster aus der Kirche. Er kehrte wieder an seinen Beobachtungsposten am Fenster der Landpolizeidienststelle zurück. Noch einmal wollte er die Leute an sich vorbeiziehen lassen, die in irgendeiner Weise mit dem Fall Bernhard Karg in Verbindung zu bringen waren. Es war ihm klargeworden, daß es sich nicht nur um eine Rauferei handelte, sondern besondere Umstände mitgewirkt haben mußten.

Die meisten Dörfler, vor allem die Frauen, hatten es mit dem Heimgehen eilig. Einige Männer gingen zum Kirchenwirt. Der Böhmhofer, sonst immer ein sonntäglicher Gast beim Wirt, sonderte sich ab und verließ den Platz durch die Gasse, die beim Schmied vorbei zur Höhe führte. Es mußte ihn etwas geärgert haben, denn sein Gesicht war verdrossen. Hatte wohl die Ablehnung bemerkt, die man seiner Tochter entgegenbrachte. Der Brebeck Alois kam aus der Kirche und blieb wartend stehen, hatte also auch etwas anderes vor als, wie üblich, ins Wirtshaus zu gehen. Als die Sabine kam, war er sofort an ihrer Seite und schien ihr etwas einzuflüstern. Ihr Gesicht blieb unbewegt. Er blieb an ihrer Seite, und sie entfernten sich ebenfalls durch das Schmiedgaßl.

Man sollte halt wissen, was der Alois der Sabine Wichtiges zu sagen hatte. Trat er nun als Werber um die reiche Hoferbin auf, nachdem der Bernhard und der Xaver vorläufig ausgeschieden waren? Der Hastreiter kam, sah sich um und verließ den Platz mit langen Schritten, und dann folgten der Orthofer und seine Tochter. Der alte Mann war in den letzten Tagen noch krummer und buckliger geworden und stützte sich, vornübergebeugt, auf seinen Gehstock. Und die Katharina hatte verweinte Augen. Als letzte kam die Angela und mühte sich, den Rollstuhl mit dem Müller über die beiden Kirchenstufen zu bringen.

Schade, daß sie nicht allein ist, dachte Schedl. Er hätte sie gerne auf dem Weg zur Mühle begleitet, denn er wurde das Gefühl nicht los, daß man in dieser Sache nur über die Angela weiterkommen konnte. Sie war die einzige, die Gelegenheit hatte, bei den Mühlleuten herumzuhorchen.

Der alte Rumpachmüller lehnte sich im Rollstuhl zurück und hatte den Hut tief ins rotgefleckte Gesicht gezogen. Die Umgebung kümmerte ihn nicht. Schedl sah ihnen nach, bis sie um eine Biegung des Weges verschwunden waren. Nun kam nur noch der Mesner Sigl aus der Sakristei und steuerte dem Wirtshaus zu, dann blieb der Platz menschenleer. Leicht bewegten sich die bunten Bänder am Maibaum, und am Himmel zogen Schafwölkchen dahin. Die Dohlen kreischten um den Kirchturm. Schedl öffnete das Fenster weit, um die frische Maienluft einzulassen, setzte sich an seinen Schreibtisch und überdachte, ob es in den nächsten Tagen nicht einen Grund gäbe, wieder einmal in der Mühle nachzusehen. Man durfte diese verschrobenen Leute nicht in Ruhe lassen.

Polizeimeister Rabinger hatte seinen freien Tag und den Schedl gebeten, doch auf der Station zu bleiben. Schade um diesen schönen Maitag.

Sie kamen bis an den Dorfrand, ehe die Sabine sich endlich herbeiließ, dem Alois eine Antwort zu geben.

„Was redest denn daher! Ich soll mich net aufregen! Hast denn net gesehn, daß alle weggeschaut haben, als ich kam? Ich wäre am liebsten umgekehrt!“

Begütigend meinte er: „Weißt ja, wie gehässig die Leute sein können. Laß sie doch gaffen! Das kann dir doch nix ausmachen! Und wenn sich jemand das Maul an dir wetzen sollte, dann bin ich schon da! Die tun es kein zweites Mal mehr! Ich trete schon für dich ein!"

Mit spöttischem Lächeln erwiderte sie: „Wie willst du denn das machen? Wenn mir einer der Burschen das Maul anhängt, willst du dann mit ihm raufen? Kannst dir ja doch net helfen mit deinem Arm."

„Mit dem ganzen Dorf werde ich fertig, wenn ich dir einen Gefallen tun kann", versicherte er großsprecherisch.

Nun kam ihr der heimliche Zorn wieder, und sie preßte die Zähne zusammen, daß ihre Backenknochen noch mehr hervortraten. „Wem habe ich das alles zu verdanken? Deinem saudummen Stiefbruder! Die Leute tun ja jetzt, als hätte ich ihn angestiftet, daß er den Xaver umbringt! Hat er noch nix von sich hören lassen?"

„Nein! Ich verstehe es auch net! Zuerst einen halb erschlagen und sich dann feige davondrücken! Wenn mir das passiert wäre, dann hätte ich halt die Strafe auf mich genommen. Wirst sehen, er kommt nimmer! Als er fort ist, hat er es selber gesagt, und versprechen hab ich ihm müssen, daß ich mich um dich annehme. Was tust du denn heute nachmittag? Wäre gern auf einen kleinen Plausch zu dir heraufgekommen. Ins Wirtshaus möcht ich net, und daheim herumsitzen freut mich auch net."

Sie sah ihn mit einem schnellen Seitenblick an und sagte zögernd: „Kann sein, daß ich so gegen drei zum Waldbrünnl hinaufgehe. Muß aber net sein, daß du den gleichen Weg gehst und die Leute was zu reden haben, wenn sie uns beisammen sehen."

„Was scher ich mich um die Leute!"

Wo unterhalb des Böhmhofs ein Feldweg ins Mühltal hinunter führte, blieb sie stehen.

„Wäre auch net nötig gewesen, daß du jetzt so weit mit mir gegangen bist."

Er kniff die Augen zusammen, als wollte er sagen, daß sie mit ihm nicht Katz und Maus spielen könnte, wie mit dem Bernhard und dem Ertl Xaver. Freundlich aber und sich in die Brust werfend, als wäre er schon der rechtmäßige Besitzer der Mühle, sagte er:

„Ich komme zum Waldbrünnl hinauf."

Ohne Gruß gingen sie auseinander.

Beim Kirchenwirt saßen sie indessen um den Mitteltisch gedrängt, und wer dazu kam, zwängte immer noch seinen Stuhl in die Runde. Fast zusammenhanglos fielen die Bemerkungen, die die Unterhaltung in Schwung bringen sollten.

Ob der Bernhard schon wieder aufgetaucht sei und ob die Sabine sich überhaupt darüber Gedanken mache, daß ihre Liebhaber in so ein Schlamassel gekommen waren. Der Böhmhofer sei auch gleich heimgegangen, und der Alois, der sonst nie gefehlt habe beim sonntäglichen Frühschoppen, ließe auch auf sich warten. Den Müller habe es ebenfalls schwer getroffen, das sei ihm anzumerken gewesen. Die Müllerin habe überhaupt gefehlt.

Da lachte einer: „Die Zilli? Die wird halt nimmer gehen können vor lauter Speck! Tät halt auch bald so einen Rollstuhl brauchen wie der Karg!"

„Wie die sich ausgewachsen hat! Ist doch alleweil ein strammes Weibsbild gewesen", meinte ein anderer.

„Als Kellnerin hat sie halt fleißig rennen müssen, da ist sie net fett geworden. Jetzt wird sie halt gut essen und wenig tun. Ist schon ihre Mutter so dick gewesen. Das liegt halt in der Familie."

„Gar so gern hat sie den Müller net genommen", bemerkte der Wirt, „aber sie hat halt den ledigen Buben gehabt. Den hat sie fortbringen müssen, weil der noch keine Stunde gearbeitet hat. Ist in drei Lehrstellen gewesen und hat sich net gehalten."

Der Schmied überlegte laut: „Wenn nun jetzt der Bernhard wirklich ins Ausland gegangen ist und nimmer kommt, wie man hört, dann kann der ganze Besitz leicht einmal dem Alois zufallen!"

Sie sahen sich an und schüttelten zweifelnd die Köpfe. So einfach würde das wohl nicht sein. Dafür kannte man den alten Müller zu gut.

Nur einmal hatte der Rumpachmüller auf dem Heimweg von der Kirche, aus seinem Dahinsinnen heraus die Angela angesprochen.

„Dirndl", hatte er gesagt, „fahren wir halt wieder heim zu unseren Geiern, die es gar net erwarten können, mich zu zerreißen. Gut, daß du da bist, hab ich wenigstens einen Menschen um mich, den ich noch leiden kann. Du bist ehrlich und inwendig noch net angefault. Dir kennt man das an deinen schwarzen Kirschenaugen an. Du wärst eine gewesen für —" Er sprach es nicht aus, und sie wußte auch nicht, was sie darauf sagen sollte.

Als sie ihn in die Wohnstube gebracht hatte, rannte sie davon, um sich schnell umzuziehen und der Müllerin in der Küche zu helfen. Der Empfang dort war nicht freundlich.

„Mich mit der Arbeit allein lassen! Wofür bist du denn eigentlich da!" kreuschelte die Alte.

„Aber der Herr hat ja —"

„Halt den Mund! Das Dawiderreden mag ich schon gar net!"

Als der Alois kurz vor dem Essen in die Küche kam, entging es der Angela nicht, daß er seiner Mutter zublinzelte, worauf diese der Hausmagd befahl, ins Wohnzimmer zu gehen und den Tisch zu decken.

Beim Mittagessen war es wie alle Tage: es wurde kein Wort gesprochen. Erst als sie gegessen hatten, fing der Müller rauh und grob zu reden an, so daß sie alle zusammenschraken. Er wandte sich an den Alois:

„Der Koller will net alleweil aushelfen. Schau dich um einen Sagschneider um oder um einen Helfer!"

Der Alois nickte nur.

Zur Angela sagte der Müller etwas ruhiger, aber dabei die andern ansehend: „Könntest mich vor das Haus bringen, Angela. Die zwei können einmal miteinander abspülen. Haben sowieso alleweil soviel miteinander auszumachen."

Sie brachte ihn hinaus und stellte den Rollstuhl in den Hausschatten.

„Wenn es dir nix ausmacht, kannst du mir ein wenig Gesellschaft leisten", meinte er, und fast klang es bittend.

Sie wurde rot und stotterte: „Eigentlich hätt ich bitten wollen — wollte am Nachmittag heimgehen — müßte waschen, weil der Vater sich mit der Wäsche gar net helfen kann."

„Dann, freilich, gehst eben heim! Ich wollt, ich hätte auch eine Tochter, die sich so um den Vater sorgt. Sagst ihm einen schönen Gruß!"

Nun tat ihr der alte Mann leid, und zögernd sagte sie: „Aber wenn ich dableiben soll? Ich kann ja auch einmal in der Nacht waschen."

„Geh nur!" fuhr er sie nun grob an. „Brauch dich net!"

Ratlos stand sie noch eine Weile, dann ging sie ins Haus, um auch der Müllerin Bescheid zu sagen. Dazu mußte sie allen Mut zusammennehmen. Diese Frau fürchtete sie. Und der Müller? Sie waren gar nicht wie Eheleute. Alles war so seltsam in diesem Haus. Sie hätte doch bleiben sollen! Vielleicht wollte der Müller einmal jemanden um sich haben, mit dem er reden könnte.

Wenn sie jetzt noch der Müllerin in der Küche half, dann hätte diese schon nichts dagegen, wenn sie sich den Nachmittag frei nahm.

Die Gummisohlen ihrer Sonntagsschuhe hatten wohl ihre Tritte nicht laut werden lassen, denn als sie die Tür der Wohnstube öffnete, fuhren die Müllerin und der Alois, die am Tisch saßen, überrascht auf und sahen sie böse an.

„Das Herumschleichen, das mag ich!" krächzte die Alte bissig.

Der Angela kam der Zorn über diese Verdächtigung. „Ich schleiche net herum, Frau, daß ihr es wißt! Wollt nur Bescheid sagen, daß ich jetzt heimgehen darf, und fragen, wann ich wieder dasein muß."

„Zur Stallarbeit halt", übernahm es der Alois, zu antworten.

Die waren anscheinend froh, wenn sie das Haus verließ. Gut, dann ging sie eben.

Als sie wieder aus der Stube war, vergewisserte sich der Alois mit einem Blick aus dem Fenster, daß sie zur Straße hinüberging, und zischte seiner Mutter wütend zu:

„Die hat uns gerade noch gefehlt! Dieses Mädel ist mir zu gescheit, die müssen wir wieder losbringen! Ich an deiner Stelle tät sie lieber heute als morgen weiterschicken."

„Das kann ich net. Was soll ich dem Alten sagen?"

„Dann bring ich sie noch so weit, daß sie geht, bevor der Monat aus ist!" drohte er.

Sie wiegte sich überlegend wie ein schwankender Sack und wichtigte: „Wir müssen es anders angehen. Wenn wir dem Alten verdächtig werden, dann kannst du dir die Mühle in den Mond schreiben! Wir müssen uns jetzt halt mit der Angela abfinden, er hält was auf sie. Wenn wir es zur Übergabe bringen wollen, dann müssen wir ihn einwickeln, verstehst! Freundlich müssen wir zu ihm sein."

„Das auch noch!“ höhnte der Alois, und seine Mutter ärgerte sich.

„Glaubst du, der gibt die Mühle einem Taugenichts? Ich hab alleweil für dich sorgen müssen, jetzt ist es Zeit, daß du selber an die Arbeit gehst! Wenn er sieht, daß du dich um die Säge kümmerst, wird er es sich anders überlegen. Und wenn du net willst, daß sich da einmal seine Verwandtschaft hereinsetzt und wir gehen müssen, dann hast du höchste Zeit, dich umzustellen.“

Wieder zahnte er hintergründig: „Ich tät auf andere Weise auch mit ihm fertig werden, aber wenn du meinst, dann probieren wir halt die andere Tour. Gern tu ich es net. Ich mag den Alten net, das weißt du!“

Ächzend erhob sie sich und watschelte in die Küche.

Eine Weile saß der Einarmige noch und starrte düster vor sich hin, dann zog er die Joppe an, ging vor das Haus und tat zu seinem Stiefvater, als wäre nie zwischen ihnen eine Spannung gewesen.

„Ich schau mich heute einmal um, ob ich net einen Helfer auftreibe. Wenn der Koller nimmer will, dann kann ja ich an das Sägegatter gehen. Möchte schon lange eine richtige Arbeit. Am Gatter komme ich mit meinem einen Arm schon zurecht.“

Mißtrauisch prüften ihn die blaugrauen Augen, und die Antwort des Müllers war nur ein zweifelndes „So? Na ja“.

Der Alois biß sich auf die Lippen und überlegte. Nun hatte er schon damit angefangen, sich bei dem Alten einzuschmeicheln; jetzt mußte er schon einigen Ärger hinnehmen. Und als sorgte er sich um den Müller, sagte er:

„Also, ich gehe jetzt. Wenn du was brauchst, dann klopfe nur an die Mauer, die Mutter hört dich schon.“

Als er um die Hausecke verschwunden war, lachte der Müller grimmig hinter ihm her. „Aha, jetzt singt der Vogel anders!“ Getraut hatte er den beiden nie, jetzt wußte er, daß er noch vorsichtiger sein mußte. Wenn sie einen anderen Ton anschlugen, dann wußten sie wohl, was sie damit erreichen wollten.

Der Alois dachte auch gar nicht im Ernst daran, sich nach einem Helfer für die Säge umzusehen. Über den Wiesenhang hinter der Mühle schritt er dem Wald zu, der im frühlingsbunten Farbgemisch gegen den Berg anstieg. Beim Waldbrünnl, einer kleinen Quelle neben einer Kapelle auf halber Höhe, setzte er sich ins Moos. Er wartete den ganzen Nachmittag vergeblich auf die Sabine und machte sich am Abend, enttäuscht und wütend, auf den Weg zurück ins Tal.

Wollte die Sabine mit ihm das gleiche Spiel treiben wie mit dem Bernhard und dem Xaver? Wollte sie ihn anziehen und wieder abstoßen, so wie es ihr Spaß machte? Da machte der Alois Brebeck nicht mit! Er war weder der grobe Xaver Ertl noch der dumme Bernhard Karg! Und so schlau wie die Sabine war er längst! Das Mittel, um sie kirre zu machen, würde sich finden lassen.

Verdrossen ging er zum Kirchenwirt, fand dort keine rechte Unterhaltung, und als der Hauptwachtmeister Schedl ebenfalls dort zukehrte, verließ der Einhandl von der Rumpachmühle grußlos die Wirtsstube.

Ein Mairegen rauschte in der Nacht nieder und frischte die Fluren auf. Im neuen Tag brummte die Turbine ihren gleichmäßigen Ton, und das Sägegatter biß sich kreischend in das Holz. In den ungezählten Wasserperlen glitzerte die Sonne. Rotkehlchen zwitscherten um den Kirschbaum und suchten in seinem Geäst einen Nistplatz.

Der Angela fiel auf, daß den Einarmigen schon am frühen Morgen Rastlosigkeit und Unruhe umtrieb. Schließlich kam er zu ihr in den Stall und meinte:

„Wenn es dir recht ist, holen wir von der Mühlwiese das Futtergras. Ich spanne dir die Scheckin ein, sonst macht sie dir Schwierigkeiten, weil du ihr doch noch zu fremd bist, und das Luder kann recht störrisch sein."

Sie konnte nichts dagegen haben, brachte aber das Gefühl nicht los, daß er mit seiner Hilfsbereitschaft etwas Bestimmtes wollte. Sie fuhren zur Wiese, die beim Mühlwäldl lag, und während er bei der Kuh stehen blieb, mähte sie das Gras, ohne sich weiter um ihn zu kümmern. Erst als sie fertig war, bemerkte sie, daß der Alois verschwunden war und das Gefährt im Stich gelassen hatte. Während sie das gemähte Gras auflegte, wartete der Einarmige im Wäldchen an der Straße zum Dorf. Es war die Zeit, in der der Postbote den täglichen Weg über die Rumpachmühle zum Stiegler und auf den Böhmhof ging. Es dauerte auch nicht lange, bis er kam und dem Alois eine Zeitung und den Brief übergab, den der Einhandl tags zuvor selber in den Briefkasten geworfen hatte. Hinter einer Staude radierte er mit dem Taschenmesser am Poststempel, bis dieser nicht mehr zu entziffern war, und kehrte dann auf die Wiese zurück, wo die Angela eben mit dem Kuhgespann abfahren wollte.

Warum kümmerte er sich nicht mehr um die störrische Scheckin und ließ die Hausmagd mit dem Fuhrwerk allein? Warum hatte er diese Ausrede gebraucht? Mit langen Schritten stelzte er davon, dem Wohnhaus zu.

Die Angela schüttelte den Kopf. Es verging kein Tag, ohne daß sie sich über das Verhalten der Mühlleute wundern mußte.

Am meisten verwunderte sie, daß niemand vom verschwundenen Bernhard redete. Gerade, als hätte es ihn nie gegeben. Sie mußte an den Hauptwachtmeister Schedl denken, der doch von ihr alles wissen wollte, was im Haus des Müllers vorging. Aber er würde sie wohl nur auslachen, wenn sie ihm erzählte, wie sonderbar sich die Mühlleute oft verhielten. Daß es recht sonderbare Leute waren, wußte man in der ganzen Umgebung ohnedies.

Der Alois legte in der Wohnstube dem alten Müller Zeitung und Brief hin und sagte, sich scheinheilig anbiedernd: „Da ist die Post. Ist heute was Besonderes zu tun? Hab grad der Angela das Kuhgras einfahren helfen. Es braucht eine Weile, bis sie mit der Scheckin umgehen kann."

Der Stiefvater greinte: „Zu tun? In der Säge ist alleweil was zu tun! Hilf dem Koller, statt daß du herumstehst! Bei Tag will ich dich nirgendwo anders sehen als in der Säge!"

Immer noch zögerte der Alois und wartete, den Alten heimlich beobachtend, bis dieser den Brief geöffnet und gelesen hatte. Das Gesicht des Müllers verriet keine Bewegung. Er faltete den Brief zusammen und steckte ihn ein. Da schlich sich der Einhandl aus der Stube in die Küche zu seiner Mutter.

„Er hat den Brief schon gelesen."

Sie wurde blaß vor Neugierde: „Was hat er gesagt?"

„Gar nix! Das ist es ja! Hoffentlich hat er deine Schrift net erkannt. Hast sie auch gut verstellt?"

„Kann sie gar net erkannt haben. Er braucht halt eine Zeit zum Überdenken. Ein harter Knochen ist er alleweil schon gewesen. Der läßt sich net leicht was anmerken", atmete sie schwer.

„Schau du einmal hinüber, vielleicht sagt er dir was!" riet der Alois.

Mit auffallender Eile schlurfte sie davon. Der Müller hatte das Kinn auf der Brust und rührte sich nicht. Lauernd näherte sie sich ihrem Mann und fragte in falscher Freundlichkeit:

„Simon, was willst du denn heute zum Mittagessen?""

Er sah sie an, daß es ihr ein Frösteln über den Rücken jagte.

„Seit wann fragst du mich, was du kochen sollst? Das ist ja was ganz Neues“, gab er zurück. Ihre Blicke huschten wie scheue Vögel.

„Hab halt gemeint, du könntest einmal was Besonderes wollen.“

Da wurde er grob: „Hast alleweil gewußt, was du kochen mußt, und hast mich nie gefragt. Wird dir auch heute was einfallen! Laß mich in Ruhe!“

Sie gab nicht auf: „Hast du heute aber eine Grantigkeit! Ist was los?“

„Gar nix ist los, wenigstens nix, das dich was angehen tät!“

Das süßliche Lächeln machte ihr schwammiges Gesicht häßlich: „Soll ich dich hinausbringen? Ist ein schöner Tag draußen.“

„Ich glaube, ich müßt eher dich fragen, ob heute was Besonderes los ist“, grämte er. „Dich treibt was um, das kenn ich! Schick mir die Angela!“

„Ist nix, wenn man es auch gut meint“, murrte sie und ging, um die Hausmagd zu holen.

„Von dir will er hinausgebracht werden! Hast ihn schon ganz schön eingewickelt“, richtete sie gehässig der Angela aus.

Diese sagte lieber nichts darauf und brachte den Müller in seinem Rollstuhl an den Platz zwischen dem Wohnhaus und der Säge, von wo er die Arbeit im Werk und den Hofraum der Mühle überblicken konnte. Geschäftig tat sich der Alois in der Säge um. Die Erde vibrierte leicht unter den Stößen des Sägegatters.

„Wart noch ein wenig!“ befahl der Müller, und nach kurzem Besinnen fragte er: „Wie lange wirst du es bei uns aushalten? Ist in der letzten Zeit keine Magd länger als einen Monat geblieben.“

„Mir gefällt es, und ich brauche mich ja net um das zu scheren, was mich nix angeht. Und gefallen lasse ich mir auch nix, wenn ich im Recht bin. Weiß net, warum ich net länger bleiben sollt. Arbeiten muß man überall, und bei euch ist die Arbeit gar net soviel."

Nach einer Weile sah er auf, und seine blaugrauen Augen wurden scharf, als wollte er ihr bis in ihre geheimsten Gedanken hineinsehen.

„Du bist ein recht schneidiges Dirndl und wirst dich schon net unterkriegen lassen. Wenn du eine Klage hast, dann sag es mir nur."

Sie bemerkte, daß der Alois sie beobachtete, und dachte sich: Nun wird er mich wohl wieder fragen, was der Müller gesprochen hat. Plötzlich wandte sich der Müller wieder um.

„Was sagst du zu der Mühle? Sind das net schöne Liegenschaften? Du wärst eine richtige Müllerin!"

Belustigt lachte sie: „Wie käme ich dazu! Freilich möcht ich net alleweil Dienstbote sein. Aber wir haben ja das kleine Haus, und wenn ich einen heirate, der in die Arbeit geht, dann kann man schon leben."

„Deine Mutter hat mich net mögen. Hab ihr unrecht getan in der Kriegszeit, und was sie mir damals angewunschen hat, vergeß ich nie. Oft ist mir, als wäre das genauso eingetroffen."

„Meine Mutter? Davon hat sie mir nie was gesagt. Aber ich war ja noch ein Schulkind, als sie starb. Da müßt Ihr schon recht ungut zu ihr gewesen sein, denn sie hat daheim nie ein böses Wort gehabt."

„Kannst recht haben. Bist wenigstens offen und sagst deine Meinung. Du wärst grad die Richtige gewesen für meinen Bern —"

Er kniff die Lippen zusammen und sah zur Seite.

„Kannst ins Haus gehen, wird die Zilli dich zur Arbeit brauchen."

Wie es in diesem Haus zuging! Schier nicht zu begreifen, dachte sie. Hier hatte keines vor dem anderen auch nur die geringste Achtung. Er sprach von der Frau nur wie von einem Dienstboten, sie nannte ihn nur den Alten, und der Einarmige schien sich über beide lustig zu machen. Vielleicht wäre eine andere Hausmagd nach den ersten Tagen wieder gegangen, ihr aber war, als könnte sie nicht gehen, ehe nicht etwas Bestimmtes und Unbekanntes geschehen war.

Die Woche verging, und vom Schwarzkirschbaum sanken die Blüten wie Schnee.

Aus dem Krankenhaus hörte man, daß der junge Orthofer Xaver Ertl außer Lebensgefahr sei. Der robuste Bursche würde wieder gesund, hieß es, ob ihm aber von der schweren Kopfverletzung nicht doch ein Schaden bliebe, wisse man noch nicht. Polizeimeister Rabinger hatte den Ertl Xaver aufgesucht und ihn einvernommen. Es war nicht viel dabei herausgekommen. Der Xaver gab zu, daß er auf den Bernhard gelauert und ihn zur Rede gestellt habe. Er sei aber so betrunken gewesen, daß er sich an nichts mehr erinnern könne. Der Bernhard habe ihm eine Ohrfeige gegeben, dann sei er hingefallen, habe dann noch einen schweren Schlag auf seinen Kopf gespürt, und weiter wisse er nichts mehr.

Die Ausschreibung im Fahndungsbuch nach dem Sägewerksbesitzerssohn Bernhard Karg hatte keinen Erfolg gebracht. Im Dorf verdrängte der Alltag das Gerede um das böse Geschehnis im Mühlwäldl. Die Gemüter hatten sich wieder beruhigt. Die Mühlleute aber schlossen sich immer mehr von ihrer Umwelt ab. Den Müller sah man nur kurz an den Sonntagen, wenn die Angela ihn in die Kirche brachte, die Müllerin ließ sich überhaupt nicht mehr sehen, und der Alois verzichtete auf den Wirtshausbesuch und war zum sonntäglichen Begleiter der Sabine vom Böhmhof geworden.

Dann kam doch wieder einmal die Rumpachmühle ins Gerede. Was der Stieglermaurer beim Kirchenwirt erzählte, machte die Runde durch den Ort. Auf dem Heimweg in der Nacht habe er es in der Mühle reden, jammern und stöhnen gehört, obwohl im ganzen Haus kein Licht brannte. Das sei so scheusam gewesen, daß er sich schleunigst aus dem Staub gemacht habe.

Die Mühlgeister gingen wieder um.

So war es gewesen, als die erste Frau des Müllers starb, und wer weiß, was sich nun wieder ankündigte. Vom Mühlgeist hatten schon die alten Leute zu erzählen gewußt. Wenn im alten Haus am Wasser das nächtliche Seufzen und Stöhnen zu hören war und es im oberen Stockwerk polterte, dann stand wieder ein dunkles Geschehnis vor der Tür. Und genau dieses nächtliche Jammern und Rumpeln wollte der Stiegler gehört haben.

Schon tagelang ging das Gerücht im Ort um, und die Mühlleute hätten davon vielleicht nie etwas erfahren, wenn nicht der Alois in der Schmiede zu tun gehabt hätte. Der Dorfschmied war ein grober, doch gerader und ehrlicher Mann, der mit nichts hinterm Berg hielt. Sein Taktgefühl galt nur seinem Hammer. Brühwarm erzählte er dem Einarmigen, was man im Dorf redete, und frotzelte ihn: „Vielleicht futtert ihr euren Hausgeist zu wenig und er winselt vor Hunger?“

Erstaunt bemerkte er, daß darüber der Alois im Gesicht aschgrau wurde und ganz genau wissen wollte, was denn der Stiegler gehört und gesehen habe. Einlenkend meinte der Schmied:

„Ist ja grad ein Spaß gewesen! Was er alles gehört haben will, darum mußt ihn schon selber fragen. Wird halt einen Rausch heimgetragen haben, und im Suff hört man sowieso mehr als nüchtern.“

Inzwischen hatte sich der Alois gefaßt, und mit einem schiefen Lächeln erklärte er dem Schmied: „Den Geist kannst fast jede Nacht hören, weil die Mutter im Liegen so hart schnauft und fast keine Luft bekommt. Sie hat einen inwendigen Kropf." Dann hatte er es eilig, aus der Werkstätte zu kommen.

Als an diesem Abend der Stieglermaurer von der Arbeit heimging und an der Mühle vorbeikam, wartete der Alois auf ihn. Die Wut verzerrte sein Gesicht, als er den Maurer anfuhr:

„Wenn du wieder einmal in der Nacht besoffen heimgehst und einen Geist hörst und dann im Dorf deine saudummen Geschichten herumträgst, dann ist es mit der Arbeit bei uns aus. Das läßt dir mein Vater ausrichten. Wir bauen das alte Haus um, aber wenn du meinst, daß du uns ins Leutgered bringen mußt, dann gibt es auch andere Maurer. Auf dich sind wir net angewiesen!"

„Brauchst dich doch deswegen net aufzuregen!" beschwichtigte ihn der Stiegler. „Ist ja eh nur eine Dummheit gewesen."

„Ich hab es dir halt gesagt, damit du dich danach richten kannst! Es gibt auch noch andere Mittel, und gefallen lassen wir uns eine solche Verleumdung net!"

„Ist ja recht, ich sag schon nix mehr", sagte der Stiegler und dachte sich beim Weitergehen: Das mit dem Kropf hat er mir doch nicht erzählt, wie er es dem Schmied aufbinden wollte. Besoffen bin ich nicht gewesen, und ein Weibsbild war es schon gar nicht, das ich gehört habe. Hättest gesagt, der Alte ist es gewesen, der in der Nacht lamentiert, dann hätte ich es geglaubt. Ich rede kein Wort mehr davon. Arbeit ist Arbeit, und wenn der Müller umbaut, dann möchte ich dabeisein!

Erst am späten Abend, als der Müller schon ins Bett gebracht und die Angela schlafen gegangen war, erzählte der Alois auch seiner Mutter von dem Dorfgerede.

„Alles geht noch schief, wirst es sehen!" erschrak sie. „Was willst du denn nun machen?"

„Ich hab es dir immer wieder gesagt: Du weißt nix und brauchst dich auch um nix zu kümmern!“

„Schau wenigstens, daß du mit der Sabine ins reine kommst! Wenn das einmal klappt, dann kann man mit dem Alten auch reden.“

„Das braucht schon noch seine Zeit“, sagte er ärgerlich. „Der Böhmhofer redet nix, und die Bäuerin schaut mich an, als wäre ich einer, der etwas aus dem Haus tragen will.“

„Und die Sabine?“

„In der kenne ich mich net aus. Alles ist ihr recht, was ich sage, aber ich hab das Gefühl, daß sie mich in die Luft hinein reden läßt. Weiß schon, daß es bald Zeit wird, sie direkt zu fragen.“

„Kein Wort sagt der Alte mehr vom Bernhard, seit er den Brief hat. Hab ihm schon vorgeredet, daß du jetzt den ganzen Tag in der Säge mitarbeitest. Mußt dich mehr mit ihm unterhalten. Kannst ja einmal ein Wörtel fallenlassen, daß es mit der Sabine was werden könnte.“ Nach dieser langen Rede wurde ihr wieder der Atem zu kurz, und sie suchte die Schlafkammer auf. Mitten in der Nacht weckte der Müller sie.

„Wer trappt denn da noch im Haus herum? Hörst du es net?“

„Wird der Alois sein. Hat am Abend schon über Zahnweh geklagt und gemeint, daß er net wird schlafen können.“

Auf dem Böhmhof war es wieder einmal zu einer Auseinandersetzung gekommen, als der Alois nach einem Besuch gegangen war. Mürrisch hatte der Bauer das Gerede des Einarmigen mit angehört, der der Sabine berichtet hatte, wie er umbauen und das alte Haus herrichten wolle, wenn der Müller ihm einmal übergeben habe. Die Sabine würde mit jedem Tag schöner, heuchelte er, und seine Beteuerung, daß es bald im Ort keine Schönere mehr gäbe, klang so läppisch, daß es dem Bauern zu dumm wurde und er sagte, es wäre Zeit, zu Bett zu gehen.

„Der kommt mir zu oft!" grantelte er, als der Alois gegangen war.

„Dann sag ihm, daß er ausbleiben soll. Ich hab ihn net herbestellt", wehrte sich die Sabine.

„Wirst schon so zu ihm sein, daß er immer wieder kommt!" Und strittig widersprach die Sabine.

„Was ist denn dran? Freundin hab ich keine und ein wenig Unterhaltung möchte ich doch auch haben."

„Ich kann den Burschen einfach net vertragen!" brauste der Bauer auf. „Mit dem kommst du noch in die Mäuler der Leute!"

„Die haben mich schon lange im Maul, und das ist mir auch egal!"

Nun rührte sich auch die Bäuerin: „Kann man sich ja denken, was er will. Der sucht ein warmes Nest, wenn der Müller ihn einmal hinauswirft! Wirst wohl net glauben, daß der Karg sein Sach dem ledigen Kind von der Zilli gibt! Noch dazu so einem arbeitsscheuen Kerl!"

„Der Müller hat es ihm schon lang versprochen, weil mit dem Bernhard nimmer zu rechnen ist", maulte sie auf. „Meint ihr, ich möchte eine Bauerndirn bleiben? Wenn ich den Xaver nehme, dann kann ich mir die Stallarbeit selber tun! Das kenne ich! Wenn aber meine Sach und die Mühle zusammenfallen, dann kann ich mir Dienstboten halten, soviel ich will. Ich hab dem Alois nichts versprochen, und wenn er net Müller wird, dann will ich auch nix von ihm wissen! Wie es jetzt steht, kann ich noch gar nix sagen."

Die Bäuerin ließ nicht locker: „Das ist ein saudummes Geschwätz! Wenn du den Xaver heiratest, dann fallen auch zwei Höfe zusammen, und dann kannst du auch

Dienstboten genug haben. He, und wenn es mit dem Alois nix ist? Ich tät mir den Xaver schon auch noch warmhalten. Ist Zeit, daß du ihn einmal aufsuchst."

„Ihr zwei seid schon ganz schlau!" mischte sich der Böhmhofer wieder mürrisch ein. „Müßt aber erst sehen, wie euch eure Spekulation hinausgeht."

„Ich fahre morgen in die Stadt und such den Xaver auf", entschloß sich die Sabine. „An einem Wochentag bekommt er sonst keinen Besuch, und ich möchte auch mit niemandem zusammentreffen."

„Wenn nur das Dirndl einmal wüßte, wo es hinauswill!" klagte die Böhmhoferin noch vor dem Einschlafen.

„Wird schon einen bekommen, der ihr die Mistgabel in die Hand drückt! Daß sie gar nix von der Bauernarbeit wissen will! Oder sie bleibt übrig, wie alle die, die glauben, daß sie sich alleweil ein paar Mannsbilder warmhalten müssen", krittelte der Bauer. „Du bist um kein Lot besser gewesen!"

Als der Brebeck Alois sich am nächsten Tag schon am frühen Nachmittag von der Arbeit davonstahl, um wieder auf den Böhmhof zu gehen, empfing der Böhmhofer ihn mit schadenfrohem Grinsen:

„Suchst die Sabine? Die ist zum Xaver ins Krankenhaus. Will nachsehen, wie es ihm geht. Werden vielleicht bald heiraten, wenn er herauskommt."

„Pah!" tat der Alois. „Daraus, meine ich, wird schon lange nix mehr!"

„Warum net?" feixte der Böhmhofer. „Wirst doch net meinen, daß die Sabine einen armen Teufel heiratet, wo sie net bei der Bauernarbeit bleiben will? Fallen zwei gute Höfe zusammen, da kann sie sich genug Ehhalten einstellen und die Frau spielen. Dumm ist die Sabine net."

„Hast du mit dem armen Teufel mich gemeint? Da kannst dich täuschen! In ein paar Wochen übergibt mir der Vater!"

Voller Groll stapfte der Einarmige zur Mühle hinunter. Seine Mutter fand er allein in der Küche, und wütend fuhr er sie an:

„Jetzt ist Zeit, daß du mit ihm wegen der Übergabe redest. Länger kann ich nimmer warten."

„Laß dir Zeit! Wenn er merkt, daß es uns pressiert, mag er schon gar net. Warum sagt er kein Wort vom Bernhard? Warum redet er net von dem Brief? Weil er noch alleweil glaubt, daß der Bernhard wiederkommt. Und da soll ich von der Übergab anfangen?"

„Du mußt ihn dazu bringen! Wie du das machst, ist mir gleich!"

„Und ich sag dir, daß es umsonst ist, solang er net überzeugt ist, daß der Bernhard nimmer kommt!" keuchte sie strittig. „Dein ganzer Plan ist danebengegangen. Zu mir hast du gesagt, daß der Xaver tot ist — und was ist gewesen? In ein paar Wochen ist er wieder gesund! Eingebrockt hast du dir das selber."

Er knirschte vor Zorn: „Jawohl, angefangen hab ich es, und zum Ende bring ich es auch, darauf kannst dich verlassen! Mein Plan allein ist es net gewesen. Du wolltest, daß ich die Mühle bekomme!"

„Wenn er net will, dann kannst du lange warten. Der kann noch zwanzig Jahre leben, sein Vater ist auch neunzig alt geworden."

„Er kann aber auch einmal in den Bach fallen!" drohte er und verließ das Haus.

Düster vor sich hinbrütend, schlenderte er dem Dorf zu. Den Spott des Böhmhofers spürte er wie einen Holzsplitter in der Brust. Er hätte heulen mögen vor Wut. Die Zeit mußte kommen, wo er es ihm heimzahlen konnte, so oder so: als Schwiegersohn oder nicht, das war egal. Einer mehr, mit denen er sich quitt machen wollte. Vergessen wird der Brebeck Alois gar nichts! Erst mußte er etwas sein: entweder Rumpachmüller oder Böhmhofer.

Oder beides!

Dann wird er ihnen den Herrn zeigen, allen denen, die den ledigen Sohn der Kellnerin Zilli über die Schulter anschauten! Das wurmte in ihm, schon seit er als kleiner Bub öfter zu hören bekommen hatte, daß er nur der ledige Bankert der Zilli sei. Bei fremden Leuten war er aufgewachsen, damit die Mutter ihrem Beruf nachgehen und Geld verdienen konnte!

War das eine Mutter? Und wer war sein Vater? Warum sagte sie es ihm nicht? Einmal würde er sie dazu zwingen, mit der Wahrheit herauszurücken. Daß sein Vater im Krieg gefallen sei, das glaubte er ihr nicht mehr. War das eine Mutter? Seine Mutter? Pah, nicht ein bißchen fühlte er davon, was ein Sohn für die Mutter fühlen müßte. Erst als sie den Rumpachmüller geheiratet hatte, nahm sie ihn zu sich. Da war es zu spät. Wie ein Gnadenbrotesser kam er sich vor!

Auch das wird einmal anders! Er wird ihr schon zeigen, wer einmal in der Mühle etwas zu reden hat! Er traute ihr nicht.

Was er ausgedacht und mit ihrer Hilfe eingefädelt hatte, mußte er allein durchführen, und wenn alles vorbei war, dann würde es bei ihm kein Teilen geben.

Auf dem abendlich besonnten Dorfplatz war es ruhig. Der kleine Tännling auf dem Gipfel des hohen Maibaumes wurde schon braun und dürr, die bunten Bänder waren von Sonne und Regen gebleicht.

Nur der Mesner Sigl stand schnupfend vor der Kirche und wartete, daß jemand vorbeikäme, mit dem man ein Weilchen plaudern konnte.

„He!“ rief er den Alois an, der zum Kirchenwirt hinüber wollte: „Ist ja der Suber auch wieder da!“

„Was schert mich der Suber!“ antwortete der Alois grob und ließ sich nicht aufhalten. Er war schon vorbei, als es ihm plötzlich einen Riß gab. Er blieb stehen und fragte: „Der Suber ist wieder da? Seit wann?“

„Seit heute mittag. Haben ihm wahrscheinlich einen Teil der Strafe geschenkt —“

Der Einarmige achtete nicht mehr auf den redseligen Mesner. Statt dem Wirtshaus zuzusteuern, schwenkte er ab und ging dem unteren Dorf zu. Nun war sein Zorn verflogen. Als hätte der Mesner ihm eine gute Botschaft bestellt, so eilig hatte er es. Vor dem Austragshäusl eines Bauernhofs, in dem die Suberin mit ihrem ungeratenen Sohn hauste, hielt er an und klopfte ans Fenster. Er brauchte nicht lange zu warten, bis der dunkelhaarige Bursche, neugierig und verschlagen dreinblickend, herauskam.

„Willst du dir hundert Mark verdienen?“ wispelte der Einarmige ihm zu.

Der Suber zog die Augenbrauen hoch. „Eine ehrliche Sache ist es net, das sehe ich dir an. Und wegen hundert Mark lasse ich mich net gleich wieder einsperren. Sagen wir zweihundert Mark.“

„Meinetwegen zweihundert, aber klappen muß es, sonst gebe ich keinen Pfennig!“ sagte der Alois ungeduldig und flüsterte auf den anderen ein.

„Wird schon eine Lumperei sein, aber wenn es sonst nix ist, das kann ich tun. Da denke ich mir nix dabei. Lieber wäre mir, du wüßtest für mich eine Arbeit. Sie haben mich vorzeitig entlassen, aber ich muß sofort eine Arbeit nachweisen können.“

„Kannst gleich bei uns in der Säge anfangen.“

„Kannst dich auf mich verlassen, und das Geld hole ich mir dann schon!“

Pfeifend kehrte der Einarmige ins Dorf zurück und verzichtete auf den Wirtshausbesuch.

„Gehst schon wieder heim?“ versuchte es der Mesner noch einmal mit einer Unterhaltung.

„Muß schon", tat der Alois gut gelaunt, „der Vater hat es net gern, wenn bei der Abendsuppe net alles beinander ist."

In der Wohnstube der Mühle hatten sie sich gerade an den Tisch gesetzt, und der Alois entschuldigte sich: „Hab grad noch einmal wegen einem Helfer geschaut."

Als der Müller sich nicht rührte, begann er von neuem: „Also, Vater, ich treib einfach keinen Helfer auf. Aber den Suber können wir haben, der sucht eine Arbeit, und da hab ich mir gedacht, wir probieren es mit ihm. Der Koller hört am Samstag auf, ist halt doch ein alter Mann, der es nimmer schafft. Ich geh ans Sägegatter, da komme ich mit meinem Arm schon zurecht."

Eine Weile dauerte es, bis der Alte etwas erwiderte. Während er den Alois prüfend ansah, meinte er: „Ist recht."

Zufrieden, daß zwischen dem Müller und seinem Stiefsohn nun doch wieder ein Gespräch möglich war, wollte die Müllerin den Faden nicht abreißen lassen:

„Mußt halt den Suber hübsch dranhalten, sonst ist er sein Geld net wert", bemerkte sie.

„Ich schenke ihm schon nix! Der Bursch kann arbeiten, wenn er will", brüstete sich der Alois und fuhr, an den Müller gewandt, fort: „Soviel ich weiß, schlägt der Böhmhofer heuer noch Holz ein. Soll ich einmal mit ihm reden? Sonst wird uns das Blochholz zu wenig, und die Säge rentiert sich nur, wenn es was zum Schneiden gibt."

„Mit dem rede ich selber", murrte der Müller, „wir brauchen selber ein Bauholz. Heut schreib ich noch dem Baumeister. Möcht noch im Sommer das Haus abreißen lassen, und wenn er gerade Zeit hat, kann er gleich damit anfangen."

Der Müllerin entfiel der Löffel, er klapperte auf den Tisch. Der Alois zuckte zusammen, als hätte ihn jemand gestoßen. Die Angela sah auf und bemerkte, wie beide erschrockene Blicke wechselten.

„Ist es da net schon zu spät?" meinte der Alois vorsichtig, „hätten wir da net zeitiger im Frühjahr anfangen müssen?"

„Um das brauchst du dich net zu kümmern, das ist meine Angelegenheit", betonte der Müller unfreundlich.

Der Einarmige rumpelte auf, faßte sich aber wieder und entschuldigte sich: „Ich hab ja nur gemeint."

Über die dicken Wangen der Müllerin rannen plötzlich Tränen, und sie jammerte röchelnd: „Laß es doch heuer noch, wie es ist! Die werden ja mit dem Haus nimmer fertig bis zum Winter!"

Der Widerspruch des Stiefsohnes und das Gejammer seiner zitternden Frau rührten den Alten nicht.

„Das Haus kann im Rohbau stehen bleiben. Das alte Gelump muß weg und so bald wie möglich! Da lasse ich mir gar nix einreden!"

Betreten sah die Angela auf ihren Teller nieder und hielt den Atem an. Sie würden doch nicht etwa streiten? Soviel wie heute hatten die Mühlleute noch nie miteinander geredet, seit sie hier in Diensten war. Sie hörte den falschen Klang in der Stimme des Alois, als dieser es noch einmal versuchte, den Stiefvater von seinem Vorhaben abzubringen.

„Es wird dir halt zu hart werden, Vater, wenn du dich auch noch um das Bauen kümmern mußt — bei deinem Zustand — ich meine, auf mich kannst du dich verlassen, ich nehme dir schon was ab."

Mit grimmigem Spott brummte der Alte: „Das wäre was Neues!"

Wie scheinheilig der Alois sein kann, dachte die Angela, und wie verlogen er das Wort Vater ausspricht!

Die Müllerin schien nun gewillt, den Faden der Rede nicht mehr abreißen zu lassen und die Gelegenheit zu benützen, um für ihren Sohn zu reden. Gar nicht böse, sondern mit einem nachsichtigen Lächeln meinte sie: „Geh, Simon! Was du alleweil hast! Er tut doch, was er kann, und arbeitet den ganzen Tag in der Säge mit. Was man halt mit einem Arm tun kann. Schließlich hat er ja den Arm in der Säge verloren — und was hat er davon?"

Davon wollte der Alte nichts hören, und scharf wies er sie ab: „Hätte besser aufpassen sollen! Bring mich ins Bett, ich mag dieses Geschwätz net."

Es war nur die Angela, die ihm eine gute Nacht wünschte, und er dankte ihr mit einem freundlichen Zuzwinkern. Es kam ihr vor, als wollte er ihr damit sagen: wir zwei kennen uns schon aus! Sie mußte noch im Bett lange darüber nachdenken, was ihr an diesem Abend aufgefallen war.

Mit dem Hausumbau hatte der Müller seinem Weib und dem Alois ja einen gehörigen Schrecken eingejagt. Warum? Hatte nicht die Müllerin bei ihrem Einstand gesagt, daß sie deswegen im Beihaus wohnen müsse, weil das alte Haus umgebaut werden sollte? Jetzt aber waren Mutter und Sohn so offensichtlich dagegen!

Sie hatte schon eine Weile geschlafen, als sie durch ein Geräusch geweckt wurde. Jemand war auf dem Hof gewesen, und nun konnte sie, trotz des Wasserrauschens, das Klappen der Haustür drüben ausmachen. Sie ging zum Fenster und sah, daß in der Wohnstube noch Licht brannte. Da waren bestimmt Mutter und Sohn noch wach. Wenn sie jetzt zuhören könnte, dann wüßte sie vielleicht, warum die Leute in der Mühle gar so sonderbar und verdreht waren. Ob sie auch von ihr redeten? Nun waren es bald vier Wochen, daß sie im Hause war. Sollte sie aufsagen? Die Alte und der Einhandl könnten sie keine Stunde halten, ihr war aber, als müßte sie wegen des Müllers bleiben.

Am Morgen weckte sie das Gekreisch der Säge, und das

Beihaus zitterte leicht. Hatte sie sich verschlafen? Dann mußte der Wecker nicht richtig gehen. Rasch zog sie sich an und rannte ins Haus hinüber. Die Küchenuhr zeigte die gleiche frühe Stunde. Die Müllerin war wohl in der Wohnstube.

Die Angela stutzte. Sie hatte doch gestern abend noch das ganze Geschirr gewaschen, und auch nach dem Mittag war alles abgespült worden! Nun stand auf der Anrichte ein Topf mit Resten der Kartoffelsuppe, die es zum Mittag gegeben hatte!

Sie hörte die Tür zur Wohnstube gehen und machte sich schnell daran, im Herd Feuer zu machen. Die Müllerin kam, und die Angela bemerkte, daß sie hastig den Topf griff und in den Schrank einschloß.

„Den Kaffee mache ich schon, kannst gleich in den Stall gehen", befahl ihr die Alte, und sie verließ die Küche. Nach der Stallarbeit trat sie in den Hof hinaus und sah, daß die Müllerin in der Säge drüben bei ihrem Sohn stand und auf ihn einredete. Wen meinte die Alte wohl mit ihrem Deuten? Redeten sie von ihr, weil sie nun beide zu ihr herübersahen?

An diesem Vormittag fand sich der Suber in der Dienststelle der Landpolizei ein und zeigte seine Entlassungspapiere vor.

„Also, nun sehen Sie sich halt sofort um eine Arbeit um", ermahnte ihn Polizeimeister Rabinger.

„Kann gleich in der Rumpachmühle als Sägehelfer anfangen", brüstete sich der Bursche, „muß sowieso dem Müller etwas ausrichten von seinem Bernhard."

Rabinger sah überrascht auf, und der Hauptwachtmeister Josef Schedl fuhr auf seinem Stuhl herum und fragte: „Wo hast du denn den Bernhard gesehen?"

„Am selbigen Morgen, wie ich zum Einsperren gefahren bin, da ist er auch im Zug gesessen.“

Die Beamten sahen sich an, und Rabinger forschte weiter:

„Und was sollen Sie dem Müller ausrichten?“

Als der Bursche sich ein wenig zierte, schnauzte Schedl ihn an:

„Heraus damit! Was hat er dir aufgetragen?“

„Ich soll ihm sagen, daß er auswandert und von daheim nix mehr wissen will. Der Müller soll net nach ihm suchen lassen, weil ihn doch niemand finden wird.“

„Hat er gesagt, wohin er geht? Zu Verwandten oder Bekannten? Rede, Mensch! Was hat er alles gesprochen?“

„Nix weiter, als was ich schon gesagt habe.“

Rabinger zog einen Bogen Papier zu sich und notierte: „Das war also am 2. Mai, morgens um?“

„Halbe sechse.“

„Sie können gehen“, entschied Rabinger enttäuscht und wandte sich, nachdem der Suber das Zimmer verlassen hatte, an seinen Kollegen:

„Das ist ein Schmarren und nützt uns gar nichts.“

„Kann schon sein, daß es ein Schmarren war, aber ich werde ihn noch einmal genauer fragen. Mir ist es gerade vorgekommen, als wollte er diesen Schmarren unbedingt auftischen“, meinte der Schedl nachdenklich.

„Zu welchem Zweck?“

Darauf wußte Schedl keine Antwort.

Pfingsten kam, und in den Gärten blühten die Stockrosen.

Die Angela hatte sich, ohne daß es ihr anbefohlen war, viel Mühe gemacht, das Vorgärtlein herzurichten und die Fenster im Untergeschoß zu putzen. Nach oben durfte sie nicht, dort wollte die Müllerin selber den Pfingstputz machen. Er unterblieb. Zum erstenmal seit langer Zeit hatte sich an diesem Pfingstsonntagmorgen auch die Müllerin in ein sonntägliches Kleid gezwängt, das an allen Nähten zu platzen drohte. Sie ließ es geschehen, daß die Hausmagd auf den Wohnstubentisch eine weiße Decke legte und Blumen hinstellte. Mit dem sauber geschrubbten Boden und den hellen Fenstern sah die alte Stube recht gemütlich aus, was der alte Müller schmunzelnd zur Kenntnis nahm.

Die Sonne schien so hell und freundlich auf die Rumpachmühle, als leuchtete sie auf den friedlichsten Flecken der Erde, und die Rotkehlchen tanzten im Schwarzkirschbaum und sangen mehr als gewöhnlich.

Schon früh kam der Maurermeister Eberl vom Nachbarort, um mit dem Müller über den geplanten Hausbau zu reden. Die Zilli ging herum, als täte man ihr ein großes Unrecht an. In Gegenwart des Maurermeisters versuchte sie noch einmal, ihren Mann umzustimmen, bis er sie aus der Wohnstube wies. Mit rotem Kopf zog sie sich in die Schlafkammer zurück, weil sie dort alles hören konnte, was gesprochen wurde. Der Alois drückte sich, bereits sonntäglich angezogen, auf dem Hof herum, und die Angela kleidete sich in ihrem Zimmer im Beihaus zum Kirchgang an. Heuchlerisch hatte sich am Morgen die Müllerin erboten, ihren gelähmten Mann selber in die Kirche zu fahren. Er hatte es abgelehnt.

„Mit dir mach ich kein Aufsehen mehr, aber mit der Angela kann man sich sehen lassen!"

Das hatte der Angela nur wütende Blicke eingebracht. Aber sie hatte sich schon so sehr daran gewöhnt, von der Müllerin keine Freundlichkeit erwarten zu dürfen, daß deren offener Zorn ihr die pfingstliche Stimmung nicht verdarb. Vor sich hinträllernd, zog sie sich an und beobachtete dabei aus dem Fenster den Einarmigen, der unruhig hin und her ging, immer wieder an das Wohnstubenfenster schlich und horchte. Plötzlich rannte er weg und versteckte sich hinter dem alten Mühlstadel.

Drüben kam der Maurermeister Eberl aus dem Haus. Die Angela sah noch, wie der Alois um das Haus herumrannte, um vom Wohnstubenfenster aus nicht gesehen zu werden, und dann über die Wiesen dem Mühlwäldl zueilte.

Das war doch ein Heimtücker! Vor dem mußte sie sich in acht nehmen.

Über die Hänge her kam das Läuten der Glocken, hallte vom Wald zurück und sang in den Lüften fort. Nun war höchste Zeit, und der Müller würde schon warten.

Im Mühlwäldl hatte der Alois den Maurermeister eingeholt.

„Na, Eberl, ist es dann bald soweit? Wann kann denn angefangen werden?"

„Sobald der Plan genehmigt ist, abreißen kann ich aber sofort."

„Ist Zeit, daß die alte Bruchhütte wegkommt! Regnet schon überall hinein", tat der Alois interessiert. Nach einem prüfenden Seitenblick auf den Meister fuhr er vertraulich fort: „Muß dir doch was sagen, Eberl. Ist dir net aufgefallen, daß der Vater schon ein wenig durcheinander ist? Seine Krankheit halt. Wir hätten gern, daß er noch mit dem Doktor redet, bevor er das Bauen anfängt, sonst sitzen wir da, wenn ihm was passiert. Der Mutter ist ganz angst. Wir können mit ihm net darüber reden, weil er alles gleich falsch auffaßt und sich aufregt. Einen zweiten Schlaganfall übersteht er net. Könntest du net einen Grund finden, daß er das Bauen für heuer sein läßt? Du könntest ihm das am besten ausreden. Wenn du sagst, du hättest so viel Arbeit, daß du mit dem Abreißen erst im Herbst anfangen kannst, dir glaubt er das."

Der Maurermeister zog bedauernd die Schultern hoch. „Mir ist der Vater ganz gesund vorgekommen. Und wenn ich sage, daß ich jetzt net zum Abreißen und zum Bauen komm, dann nimmt er schließlich einen anderen, und mir geht das Geschäft verloren."

Als wäre ihm das Gespräch sehr zuwider, wand sich der Einarmige. „Dann muß ich dir reinen Wein einschenken, aber ganz im Vertrauen. Der Bernhard kommt nimmer, das wissen wir. Er hat dem Vater vom Ausland her einen Brief geschrieben. Nun will mir der Vater bald alles übergeben und sich zur Ruhe setzen. Ich möchte halt net, daß er vorher noch was anfangt, das ich dann ausbaden muß. Es steht net so gut um uns, wie die Leute meinen. Jetzt bauen und dann die Handwerker net bezahlen können, das möcht ich vermeiden."

„Das ist allerdings was anderes", meinte der Eberl bedächtig. „Mir kommt aber der Simon gesund genug vor, daß er auch weiß, was er tut! Der ist geistig noch auf der Höhe! Ich tät ihm trauen."

„Lieber net, Meister! Wir haben zwar kleine Außenstände, aber ob wir die hereinbringen? Besser ist, du hältst ihn noch ein paar Wochen hin, das Geschäft kommt dir ja net aus, denn wenn ich einmal übernommen habe, können wir wieder davon reden."

„Na ja, drei Wochen oder auch vier kann ich ihn schon vertrösten", erbot sich nun doch der Maurermeister, und befriedigt versicherte ihm der Alois:

„Schaden sollst du deswegen keinen haben. Darüber reden wir schon noch."

Sie waren auf den Dorfplatz gekommen, und nun hatte der Alois es eilig. Er verabschiedete sich und ging das Schmiedgaßl hinauf, um die Sabine auf dem Kirchgang abzufangen. Er traf sie überm Dorf und begrüßte sie lachend:

„Ein schöner Pfingsttag, was?"

Ihre Zurückhaltung überging er, plauderte in bester

Stimmung und fragte mittendrein: „Wie geht es dem Xaver?“

„Oh, schon ganz gut. Hab ihm versprochen, daß ich ihn morgen wieder aufsuche. Er schaut zwar schlecht aus und ist ganz mager geworden. In drei Wochen, meint er, wird er entlassen. Man kann schon ganz vernünftig mit ihm reden. Hat ihn närrisch gefreut, daß ich gekommen bin.“

„Das glaube ich“, meinte er zweideutig.

„Das hat ihn natürlich mitgenommen, und er ist jetzt ein ganz anderer Mensch. Viel ruhiger und sympathischer.

„Und worüber habt ihr gesprochen?“

Unter den halbgeschlossenen Lidern hervor sah sie ihn geringschätzig an. „Von allerhand und natürlich auch von der Zukunft. Hab ihm gesagt, daß es mit dem Bernhard aus ist und ich keinen mag, der einen anderen so brutal zusammenschlägt.“

Er biß sich auf die Lippen, und seine gute Laune verflog: „So? Ist es nun der Xaver und nimmer der Bernhard?“

„Das will ich grad net sagen. Das muß man sich doch überlegen!“

Er beherrschte sich mühsam und zwang sich zu einem Lächeln. Eine Wut fraß in ihm, daß er an sich halten mußte, um sie nicht in ihr hochmütiges Gesicht zu schlagen. Das wußte er: Wenn er es einmal so weit gebracht hatte, daß sie mit einer Heirat einverstanden war, dann würde sie ihm so gleichgültig sein wie ein Stück Holz und weniger wert als eine Kuh im Stall. Er mußte mit ihr ins reine kommen, noch ehe der Xaver aus dem Krankenhaus zurück war.

„Ich hab halt gehört, daß ihm was bleiben wird“, heuchelte er Bedauern. „Ganz normal wird er nimmer, und das ist halt zuwider. Mir tut er leid.“

„Hab nix gemerkt, daß ihm was bleiben könnte.“

„Man sagt, daß die Katharina den Orthof wird nehmen müssen, weil es der Xaver doch nimmer schaffen kann. Das soll der Doktor dem Orthofer gesagt haben."

Dieser Pfeil saß, das merkte er ihr an. Zweifelnd sagte sie:

„Meinst du wirklich, daß das stimmt?"

Das war der Augenblick, auf den er gewartet hatte! Jetzt mußte er eine Entscheidung erzwingen, sonst war alles gefährdet, was er mit soviel List aufgebaut hatte.

„Freilich stimmt es! Für den Xaver ist es ein Unglück, aber man kann es halt net ändern. Und du tätest mir auch leid, wenn du dich da auf etwas einlassen würdest, was net guttun kann. Sabine, ist es denn mit uns zwei gar nix? So gern, wie ich dich habe, hat dich keiner! Alles tu ich für dich! Kannst dich denn gar net entscheiden?"

Ihr Gesicht wurde noch strenger, und ihre Antwort traf ihn wie ein kalter Wasserstrahl.

„Wie ist es denn nun mit der Mühle? Weißt du gewiß, daß der Bernhard nimmer kommt? Ich kann es net glauben, und der Müller wird es auch net glauben. Bevor er nichts Gewisses weiß, wird er dir net übergeben."

„Mit dem Bernhard brauchst du nimmer zu rechnen", zischte er verbissen, „das kann ich dir für gewiß sagen! Und der Vater gibt mir die Mühle schon bald, das kann ich dir auch garantieren! Spürst es denn net, wie dich alle schief anschauen? Beim Wirt haben sie über dich geredet und gesagt, daß nur du allein daran schuld bist, daß das zwischen dem Bernhard und dem Xaver passiert ist. Kann ich mich für dich einlegen, wenn ich net weiß, wie ich dran bin? Entscheide dich, und ich stopfe ihnen die Mäuler! Soll dann noch einmal jemand was über dich sagen!"

Durchbohrend sah sie ihn an. „Wenn ich wüßte, daß ich das ganze Dorf damit ärgern könnt, wenn ich dich nähme —"

„Freilich, zeig ihnen, daß du dir von niemandem was einreden läßt! Jeden schlag ich nieder, der noch ein Wörtel über dich sagt!"

Sie kamen ins Dorf, und sie blieb stehen.

„Ich überleg mir das noch. Aber jetzt geh voran. Ist mir lieber, wenn die Leute uns net alleweil miteinander sehen — und solange du nix hast, kannst du von mir nix verlangen."

Seine geballte Faust zuckte, als wollte er zuschlagen, und mühsam beherrscht fragte er: „Soll ich heut abend oder morgen zu euch hinaufkommen? Kannst du mir dann einen Bescheid geben?"

„Das weiß ich noch nicht", stieß sie ungeduldig hervor, und der kalte Hochmut versteinerte ihre Züge, daß die Backenknochen hervortraten.

Da ging er mit langen Schritten davon, und sie folgte langsam.

Auf der Straße durch das Mühlwäldl schob die Angela den Rollstuhl. Der pfingstfrohe Tag und das Singen der Vögel im hellgrünen Birkenwald stimmten sie festlich, und auch der Müller war heute redseliger als sonst und sprach von diesem herrlichen Tag. Dann wandte er sich zurück und wollte wissen:

„Angela, oft wirst du dir halt über uns so deine Gedanken machen. So wie es bei uns zugeht — was denkst du dir da?"

Sie wich aus: „Oh, da denke ich net viel! Mich geht es ja nix an."

„Sag es nur, ich möchte es wissen", drängte er.

Zögernd meinte sie: „Eigentlich kümmert mich nix, aber mich wundert doch, daß niemand vom Bernhard redet — ist gradso, als wäre er nie dagewesen oder schon gestorben. Nix für ungut."

Er nickte. „Wir sind uns alle feind. Ich kann mit niemandem reden, wie ich oft gerne möchte. Ich traue ihnen net, der Zilli net und dem Alois erst recht net. Warum der Bernhard auf und davon ist, will mir net in den Kopf. Kann doch nur Notwehr gewesen sein, denn wenn ihm der andere schon auflauert — Und wenn er auch ein paar Monate absitzen muß, was ist das gar? Deswegen läßt man doch net alles im Stich!"

„Der kommt wieder, Herr, sogar geträumt hat es mir schon, wie er auf dem Sträßl dahergegangen ist."

„Willst mir halt gut zureden. Alleweil hab ich auch eine Tochter wollen. Ist das ganze Wünschen umsonst gewesen. Da hätte ich wenigstens noch ein Einziges, an das ich mich halten könnte."

Als sie darauf nichts zu sagen wußte, fuhr er fort:

„Du weißt noch net, wie die zwei sind. Die größte Dummheit meines Lebens hab ich noch als alter Mann gemacht. Hab diese Kellnerin geheiratet. Sie hat mir gleich einen erwachsenen Buben mitgebracht, und nun spinnen sie zusammen, wie sie mich um die Sach bringen können. Jetzt sind sie auf einmal so freundlich, und da muß ich erst recht auf der Hut sein! Wird wohl auch schon dir aufgefallen sein?"

„Ich möchte da lieber nix sagen", wich sie aus.

„Versteh dich schon. Aber mit mir kann es auf einmal aussein. Darauf warten sie, und da meinen sie halt, wenn der Bernhard nimmer kommt, dann hätten sie die Rumpachmühle in der Hand. Die werden sich aber noch wundern!"

Dann hing er seinen düsteren Gedanken nach und sprach nicht mehr, bis sie nach dem Gottesdienst die Kirche verlassen hatten.

„Dirndl, jetzt bringst mich zum Orthofer. Ich muß mit dem reden!"

Das hochmütige Zunicken der Böhmhofer Sabine beachtete er nicht, und deren Vater grüßte er nur mit einem lässigen Winken. Sonst kümmerte sich der Rumpachmüller nicht um die Leute, die ihm auf dem Kirchenweg begegneten. Sie kannten den verschlossenen Mann und kümmerten sich nicht um ihn. So änderten sich eben die Zeiten. Als er noch gesund war, schätzte man ihn als einen guten Gesellschafter, der nach Alkoholgenuß allerdings hochfahrend und unerträglich wurde.

Der Orthofer war mit seiner Bäuerin und der Tochter gerade von der Kirche heimgekommen, und sie wunderten sich nicht wenig, als die Hastreiter Angela mit dem Müller im Rollstuhl in ihrem Hof erschien.

„Was will denn der?" regte sich der Orthofer auf. „Wenn ich einen Hund hätte, dann tät ich ihn hetzen!"

Draußen rief der Rumpachmüller rauh und fast befehlend: „Sepp! Komm heraus!"

„So eine Unverschämtheit!" grollte der Bauer. „Da kannst lange warten, bis ich —"

„Ei ja, Vater", trieb ihn die Katharina an, „freilich gehst du hinaus, denn wenn er hereinkommt, mußt ja auch mit ihm reden."

Zögernd und fuchtig trat der Ertl vor seine Haustür und stellte sich breitbeinig auf, wartend, was der Müller von ihm wollte.

„Wir zwei haben nix miteinander", begann der Müller unwirsch, „was da passiert ist, dafür können wir nix."

„Was willst du dann überhaupt?"

„Durch meinen Bernhard habt ihr einen Schaden gehabt, du und dein Xaver. Wollt dir sagen, daß es mir recht zuwider ist und daß ich natürlich für alles aufkomme."

Der graue Schnurrbart des Ertl sträubte sich, und unhöflich lehnte er ab: „Ich kann von dir nix verlangen, das weiß ich selber. Die Sache wird schon vors Gericht kommen, und was dann ist, muß uns recht sein!"

„Ich gehe vor kein Gericht und möchte selber reinen Tisch machen“, wurde der Müller störrisch. „Entweder du sagst, was du haben willst, oder ich lasse den Schaden schätzen. Wie geht es dem Xaver?“

„Was kann man sagen? In drei Wochen soll er wieder daheim sein! Möcht wissen, wer bei uns das Altheu einbringen wird!“

„Dafür sorge ich, daß du Helfer bekommst, und die bezahl ich! Das andere kannst du dir noch überlegen. Ich bezahle, das kannst du von mir erwarten! Du weißt net, wie mir ist. Sag deinem Buben einen schönen Gruß und sag ihm, daß es mir leid tut. Und jetzt, Angela, fahren wir wieder!“

Der Orthofer lenkte ein: „Alsdann, Simon, wir tragen dir ja nix nach, und wir brauchen auch keine Feindschaft zu haben, weil unsere dummen Buben aufeinandergerumpelt sind.“

Die Orthoferin kam nun ebenfalls vor das Haus und wollte wissen, warum der Müller nicht in die Stube komme. Dieser winkte nur resigniert, und die Angela schob ihn wieder auf die Dorfstraße hinaus, heimwärts.

„Ist wirklich ein schöner Pfingsttag“, sagte der Müller zufrieden, „ist zwar ein hartes Reden mit so einem Waldbauernschädel, aber nachtragend ist der Orthofer net.“

Die Angela fühlte sich geehrt, weil der als so wortkarg und eigensinnig verschriene Rumpachmüller einem Dienstboten gegenüber so gesprächig war, und, um auch ihrerseits seinen Gedanken entgegenzukommen, wagte sie die Frage:

„Wollt Ihr das alte Haus umbauen? Hab so was gehört.“

Prüfend und listig sah er sie an.

„Kann sein, kann aber auch net sein. Die Zilli möchte schon lange ins Beihaus ziehen, aber den Gefallen tu ich ihr net, solange net der Bernhard wieder da ist. Halt einmal an, jetzt sieht uns niemand."

Sie waren im Mühlhölzl, als er in die Tasche griff, einen Brief herauszog und ihn ihr reichte:

„Hab in meinem Leben niemandem mehr getraut als dir. Du mußt auf meiner Seite sein, denn sonst hab ich keinen Menschen. Da lies!"

Während sie die Zeilen las, ließ er sie nicht aus den Augen.

„Was sagst du dazu?"

„Ich verstehe das net! Was hat ihn denn fortgetrieben?"

Er flüsterte nun geheimnisvoll, als könnte hinter den Wegstauden und den Birken jemand sein, der sie belauschte: „Mit diesem Brief stimmt was net! Aber wem soll ich das sagen, und wen soll ich fragen? Fast möcht ich meinen, es wäre dem Bernhard seine Schrift, dann kommt sie mir wieder fremd vor. Und es ist net seine Art, er hätte anders geschrieben!"

Sie sah ihn fest an: „Müller, ich tät den Brief der Polizei geben. Vielleicht finden sie den Bernhard dann eher. Ich tät ihn suchen lassen!"

Sein Gesicht wurde wieder finster, und er riß ihr das Schreiben aus der Hand. „Mit der Polizei will ich nix zu tun haben! Und du halte gefälligst den Mund, sonst reut es mich, daß ich es dir gesagt habe."

„Ich tät net alles so geheim machen! Aber mich geht es nix an, und ich rede auch nix."

Irgendwie aber hatte das Gespräch den Müller verstimmt.

Beim Mittagstisch hörte sie sich schweigend das Getue an, mit dem die Müllerin ihren Mann zu einem freundlichen Gespräch zu bewegen versuchte, und die falsche Aufgeräumtheit des Alois, der tat, als bestünde unter den Mühlleuten plötzlich das beste Einvernehmen. Diese Heuchelei widerte sie an. Oft sah sie schnell nach dem Müller, der, mit sich selber beschäftigt, gar nicht hinzuhören schien.

„Was hast du mit dem Maurermeister ausgemacht?" rückte schließlich die Zilli heraus, und gespannt wartete der Alois auf die Antwort, die sein Stiefvater nun geben mußte.

„Das werdet ihr schon sehen", murrte dieser, dann zuckte es um seinen Mund, als wäre ihm etwas eingefallen, womit er die anderen ärgern könnte, und er wandte sich an die Angela: „Heute und morgen hast du frei. Sollen sich die zwei da um die Stallarbeit kümmern."

Das trug ihr zwar giftige Blicke ein, aber seine Anordnung wurde ohne Widerrede angenommen. Mit einem süßlichen Lächeln versuchte es zwar die Müllerin und meinte, daß der Pfingsttag gerade richtig sei, um den Vetter im Nachbarort einmal zu besuchen, und daß die Angela ihn hinüberbringen könnte, der Müller tat dies aber mit einer unwilligen Handbewegung ab.

Es war sommerlich still an diesem Pfingstsonntag um die Rumpachmühle und das grüne Tal. Die Nachmittagssonne zeichnete scharfe Schatten. Am Schwarzkirschbaum rührte sich kein Blatt, und die Rotkehlchen schliefen in den Nestern. Die Tauben hockten wie weiße Bälle auf dem alten Dach und bewegten sich nicht. Nur der Bach sauste leise und sang den alten Müller in den Schlaf, dessen Rollstuhl bei den schattigen Erlen stand.

Im Haus machte sich der Alois zum Ausgehen fertig und redete halblaut mit seiner Mutter:

„Was will sie denn? Die ist noch froh um mich! Aber ich muß sie herumkriegen, ehe der Xaver aus dem Krankenhaus kommt, sonst überlegt sie es sich wieder anders.

Hab es ihr heute schon gesagt, und sie hat net direkt nein gesagt. Ich weiß schon, daß der Böhmhofer mich net recht leiden kann, aber wenn die Sabine ja sagt, dann hat er sicher auch nix dagegen." Und sich im Spiegel betrachtend, brüstete er sich: „Böhmhofer und Müller, verstehst du, Mutter? Das setze ich durch und wenn ich —"

„Ich träume alleweil so schlecht", raunzte sie.

Mit einem spöttischen Lachen verließ er das Haus.

Vom Dorf her kam der Hauptwachtmeister Schedl, und sie trafen auf dem Weg vor der Mühle zusammen.

„Willst du zu uns?" fragte der Alois vorsichtig.

„Eigentlich net. Ist die Angela da?"

„Was willst denn von ihr? Etwas Dienstliches?"

„Das geht dich einen nassen Staub an! Ist sie da, oder ist sie net da?"

Grinsend, aber mit zornroter Stirn erwiderte der Einarmige: „Oder tust du nur ein bissel herumspionieren? Na ja, sie ist net da. Hat bis morgen abend frei."

Kritisch musterte Schedl den Einarmigen, der ihn mit offener Feindseligkeit ansah.

„Brebeck, ich meine alleweil, daß wir zwei noch ein Wörtl miteinander zu reden haben. Dich brauche ich nur anschauen, dann weiß ich, daß du mit einem schlechten Gewissen herumrennst."

Mit spöttischer Überlegenheit gab ihm der Alois zurück: „Wenn ich bloß so ein kleines Gendarmerl wäre, dann tät ich net so groß angeben. Es könnten auch andere Zeiten kommen!"

„Aha, du meinst, wenn du einmal der Rumpachmüller bist und vielleicht auch noch der Böhmhofer dazu? Ich meine aber, daß dagegen ein Kraut gewachsen ist."

Schedl machte kehrt und ging zum Dorf zurück, und mit düsterer Miene stelzte der Alois zum Böhmhof hinauf.

Dort lehnte der Bauer an seinem Zaun und sah ihm die Pfeife rauchend entgegen.

„Ist die Sabine daheim, Nachbar?" tat der Alois freundlich.

Der Böhmhofer schüttelte den Kopf und antwortete kurz angebunden: „Nein! Weiß auch net, wo sie hin ist. Vielleicht in die Stadt ins Krankenhaus!"

Vom schönen Pfingstwetter wollte der Einarmige zu reden anfangen, aber der Bauer kehrte ihm den Rücken und ging ins Haus.

„Wird gar nix vergessen, Böhmhofer!" knirschte der Alois hinter ihm her. „Und wenn es mir hinausgeht, wie ich meine, dann frißt du mir noch aus der Hand!"

Langsam schlenderte er auf dem Wiesenweg hinunter zur Mühle. Was wollte der Schedl von der Angela? Dieses Dirndl mußte aus dem Haus! Und das bis zum nächsten Ersten! Man mußte es ihr so zuwider machen, daß sie selber aufkündigte. Wenn die Mutter das nicht fertigbrachte, dann mußte er es tun.

Wenn man es sich im Leben aussuchen könnte, dann —

Warum wurde er unruhig, wenn er an das Hastreiterdirndl dachte? Diese Angela hatte Augen, deren Schwärze und Größe unerträglich werden konnten, war ein anständiges, ruhiges und recht arbeitswilliges Weibsstück. Aber was nützte es, wenn sie eine arme Haut war? Gar nichts! Freilich müßte es eine Freude sein, so eine Frau zu haben — eine Müllerin.

Geld! Besitz mußte man haben, dann war man jemand! Von der Liebe war noch niemand satt geworden! Hatte das nicht die Mutter einmal gesagt? Er kicherte böse vor sich hin. Die Mutter wußte, warum sie den alten Rumpachmüller heiratete.

Und wenn er auch so vernünftig dachte, dann hatte er es eben von der Mutter. Darum durfte er keine falschen Gefühle aufkommen lassen. Auch der Angela gegenüber nicht! Die konnte ihn ohnedies nicht leiden, das ahnte er. Und er würde ihr jetzt ein Spiel vormachen, daß sie gerne ging!

Die Zwickmühle, in der er saß, wurde immer enger. Nun kam vieles, was er nicht bedacht hatte. Der schöne Pfingsttag war ihm verleidet, und in wütendem Selbstgespräch schlenderte er heimwärts.

Der ledige Bub von der Kellnerin Zilli war er, und alle ließen ihn das spüren! Alle sahen ihn schief an, und die Sabine wollte ihn wohl auch nur zum Narren halten, wie den Bernhard und den Xaver? Unmöglich mußte er sie machen, im Ort und in der Umgebung, dann wäre sie noch froh, wenn der Brebeck Alois als Freier blieb! Und dazu gehörte die Mühle, damit er auftreten konnte. Er mochte sie nicht. Ihr steinernes Gesicht war ihm zuwider! Aber war es nicht gleich, mit wem man verheiratet war, wenn man auf diese Weise viel Besitz zusammenbrachte? Obenauf mußte er kommen, dann sollten sie spüren, wie er sie haßte!

Er fand die Mutter in der Wohnstube. Ihr Gesicht war verkniffen und voller Ängste.

„Warum bist du schon wieder da?" stöhnte sie.

„Weil sie mich wieder einmal hat aufsitzen lassen! Ins Krankenhaus ist sie, meint der Bauer!" fauchte er sie böse an.

„Du mußt was tun! So geht es net weiter, sonst kommt noch alles auf! Was ist, wenn sie das Haus abreißen?"

„Vor ein paar Wochen fängt der Eberl net an. Hab mit ihm geredt!"

„Und wenn er doch mittendrin mit seinen Leuten kommt und reißt ab? Ich mach nimmer mit! Wenn es schiefgeht, dann weiß ich nix, verstehst! Wegen dir laß ich mich net einsperren!"

Verächtlich sah der Einarmige auf seine jammernde Mutter. „Du willst nix mehr wissen? Merk dir: das haben wir miteinander angefangen, und was mir net eingefallen wäre, ist dir eingefallen! Hast du den Brief geschrieben oder net? Bist du in derselbigen Nacht aufgewesen oder net? Wenn es schiefgeht, dann bist du genauso dran wie ich — und ich rede mich heraus, darauf kannst du dich verlassen!"

„Du bist ein ganz gefährlicher Bursche", wimmerte sie. „Das hätte ich eigentlich wissen können! Ich komme aus der Angst nimmer heraus! Oft meine ich, ich sage es dem Simon."

Er lachte häßlich: „Sag es ihm doch! Hängenbleibt es an dir, und ich könnte noch einiges dazu sagen."

„Geben wir es auf — wenn wir sagen, daß wir es mit dem Bernhard gut gemeint haben —"

Drohend hielt er ihr die Faust unter die Nase. „Reiß dich zusammen, sonst kannst du mich einmal anders kennenlernen! Wenn du nur ein Wörtl sagst —"

Keuchend fing sie zu weinen an. „Wie redest du mit deiner Mutter!"

„Auf meine Mutter pfeife ich, daß du es weißt! Hast du mich net unter fremden Leuten aufwachsen lassen? Hast du dich um mich gekümmert? Jetzt schaffe ich mir selber mein Recht! Den Arm hab ich da in der Mühle verloren, und an die Mühle halte ich mich! Glaubst du, ich lebe alleweil von den paar Markeln, die du dem Geizhals stehlen mußt? Du hast mir versprochen, mir zu helfen, daß ich die Mühle bekomme. Entweder du machst mit, oder du mußt froh sein, wenn ich dich noch in der Dirnenkammer schlafen lasse!"

„Du bist ja zum Fürchten!" ächzte sie.

„Jetzt weißt du, wie du dran bist! Kannst dich danach richten!"

Er ging zum Kasten, nahm aus einer Kaffeetasse Geld und verließ das Haus. Seit jener Mainacht, in der der junge Orthofer Xaver Ertl im Mühlwäldl zusammengeschlagen wurde, mied er den Kirchenwirt, heute aber wollte er sich dort wieder sehen lassen. Sie sollten nicht meinen, daß der Alois einen Grund hätte, den Dörflern aus dem Weg zu gehen. Nach dem, was vorgefallen war und was er da und dort schon vorsichtig angedeutet hatte, konnten sie annehmen, daß sie es mit dem künftigen Rumpachmüller zu tun hatten, und so wollte er auch auftreten!

Der Stiegler, der Schmied und der Mesner saßen zusammen, und es reizte ihn, sich heute gerade zu diesen Männern zu setzen, die ihn immer etwas von oben herab ansahen.

Die Unterhaltung ging zäh voran. Die Gaststube war gut gefüllt, und ein Ziehharmonikaspieler lieferte mit unbeholfenen Ländlern eine schnarrende und gleichförmige Musik.

„Heut hast du aber einen Durst!" meinte der Mesner, als der Alois die erste Halbe Bier in einem Zug leerte.

„Oder einen Kummer", reizte der Schmied, worauf der Alois lachte.

„Im Gegenteil, grad heut bin ich gut aufgelegt!"

Der Mesner wollte das Gespräch in eine bestimmte Richtung bringen und fragte so nebenbei und gemütlich schnupfend: „Wie geht es denn dem Xaver? Hab gehört, daß er schon ganz wohlauf ist."

Darauf kam keine Antwort, aber der Schmied hatte das Stichwort verstanden und ging nun den Alois geradeheraus an: „Hört man vom Bernhard gar nix?"

Der Einarmige zuckte nur die Schultern, doch der Schmied bohrte weiter:

„Wenn er nimmer kommt, was ist dann mit der ganzen Sach, mit der Säge und dem Besitz?"

Der Alois schüttelte die nächste Halbe Bier hinunter und sagte mit verhaltener Drohung: „Mir ist das egal, und dir kann es auch gleichgültig sein."

Der Stiegler stieß den Schmied unterm Tisch mit dem Fuß an, und die Unterhaltung tröpfelte wieder eine Weile mit belanglosen Reden dahin. Bis wieder den Schmied der Spott juckte und er scheinheilig wissen wollte, wo denn heute die Sabine hingegangen sein möge, da sie sich so aufgeputzt habe. Wieder war es der Mesner, der harmlos in die gelegte Schlinge trat und den Gedanken fortsetzte:

„Vielleicht weiß es der Alois? Der soll ja jetzt alle Tage auf dem Böhmhof sein."

„Das geht niemanden was an! Eine gute Nachbarschaft halten, ist auch was wert", versetzte dieser kalt.

Wieder wurde das Bierglas leer, und was er nicht hatte verraten wollen, wußten nun die anderen längst. Der Einhandl trank in den Zorn hinein, wie man zu sagen pflegte.

Der Brebeck Alois bekam schon einen roten Kopf und trommelte nervös mit den Fingern auf dem Tisch. Nun ging ihn der Schmied noch einmal an, und wißbegierig spitzte der Mesner die Ohren.

„Wenn aber der Bernhard wirklich nimmer kommt? Dann wird deine Mutter erben, und die wird wohl net wieder heiraten. Dann fällt die Mühle dir zu. So ist es doch? Wär also gar net so übel, wenn der Bernhard ausbleiben tät."

„Das geht doch dich nix an!" fuhr der Alois auf. „Ich will davon nix mehr hören! Kümmert euch um eure Angelegenheiten!"

Der Mesner wollte nach seiner Art schlichten und meinte: „Ist ja nur, daß man redet. Vorläufig ist ja der Bernhard noch da und am Leben. Der müßte ja zuerst auf sein Erbe verzichten."

„Verzichten?" murmelte der Alois, stierte die anderen mit leerem Gesicht an, nahm sein Bierglas und setzte sich allein in eine Ecke.

„Jetzt habt ihr ihn vertrieben", stellte der Stieglermaurer fest.

„Bin froh, daß er gegangen ist, ich kann den Burschen net leiden", versicherte der Schmied.

Den Rest des Nachmittags verdöste der Alois im Wirtshaus, und sie ließen ihn ungeschoren. Als am Abend der Hauptwachtmeister Schedl in die Gaststube kam, ließ der Einarmige sein Bier stehen, zahlte und torkelte davon.

„Da geht das schlechte Gewissen", sagte Schedl.

Der Mesner beugte sich neugierig über den Tisch und fragte: „Warum?"

„Wenn ich das wüßte, dann hätte ich ihn schon lange beim Kragen!"

Der Alois hatte sich in seinem Rausch in die Mühlwiese gelegt und erwachte erst, als es schon dunkel war und der Nachttau das Gras feuchtete. Er raffte sich auf und wusch sich im Mühlbach das Gesicht.

„Verzichten muß er!" flüsterte er. „Das muß ich dem Alten hinlegen!"

Noch machte ihm der Alkohol den Kopf schwer, als er in die Wohnstube trat, in der er die Mutter allein antraf.

„Schläft er?"

„Ja."

„Hast du mit ihm gesprochen wegen der Übergabe oder wegen dem Bernhard?"

„Er redet überhaupt nix", schnaufte sie. „Wegen dem Übergeben getrau ich mir gar nix zu sagen. Da ist die Zeit noch net dazu. Es müßt erst etwas kommen — ich weiß net was —"

„Aber ich weiß es!" triumphierte er.

„Du bist ja besoffen! Mach keine Dummheiten!"

Aus dem Kasten nahm er das Schreibzeug und legte es vor sie hin: „Verzichten muß der Bernhard, das ist dann etwas, auf das ich mich stützen kann! Das kann ich ihm unter die Nase halten!"

Zweifelnd stöhnte sie. „Warum kannst du dir net Zeit lassen!"

„Schreib!" fuhr er sie roh an, setzte sich ihr gegenüber an den Tisch und diktierte:

„Ich, Bernhard Karg, Sohn des Simon Karg, Sägewerksbesitzer in Rumpachmühle, verzichte zugunsten meines Stiefbruders Alois Brebeck auf meinen rechtmäßigen Erbanspruch und wünsche, daß das Anwesen auf ihn übergeht. Und die Unterschrift!"

„Wie willst du ihm das zeigen? Und woher willst du das haben?" jammerte sie. „Ich fürchte, daß du da eine Dummheit machst!"

„Wenn alles gehen soll, wie ich es haben will, dann kann ich nimmer länger warten. Den Umschlag adressieren wir an mich. Ich trag den Brief morgen zur Post."

„Und der Poststempel?"

„Ich fange den Postboten schon ab, darum brauchst du dich net zu kümmern!" Und hinterhältig grinsend fügte er hinzu: „Ich habe ja keinen Brief geschrieben, das bist du gewesen."

„Alle zwei bringst du uns noch ins Zuchthaus!" fing sie zu schluchzen an.

Er kümmerte sich nicht mehr um seine Mutter, verließ die Wohnstube, zog die Schuhe aus und hantelte sich schleichend die Bodenstiege hinauf. Leise drückte er die Tür seiner Schlafkammer auf und setzte sich auf sein Bett. In seinem Kopf summte noch der Rausch und trieb seine Gedanken an. Was ihn noch vor Stunden unsicher gemacht und in Wut und Sorge gebracht hatte, erschien ihm nun in anderem Licht.

Wenn auch alles ganz anders gekommen war, als sie es sich ausgedacht hatten, er war schlau genug, um auch jetzt nicht aufzugeben. Aber es ging alles zu langsam, und die Unruhe und Unsicherheit mußte er überwinden. Retten konnte ihn nur seine Kaltblütigkeit, und dazu mußte jedes Mittel her, auch die Gewalt.

Taumelnd erhob er sich, horchte in das Haus, schlich an das Fenster und zog die Vorhänge zu. Aus der Stubenecke holte er eine Laterne, stellte sie auf den Tisch und zündete die Kerze darin mit zitternder Hand an.

Dann ging er an den großen Schrank, stemmte sich mit der Schulter dagegen und schob ihn vorsichtig von der Wand. Dahinter war eine Tür. Ein fester Eisenriegel hielt diesen verborgenen Zugang zur Sackkammer der alten Mühle verschlossen.

„Wenn das der Alte wüßte!" murmelte der Einarmige. Die Sackkammer war immer sein großes Geheimnis gewesen. Dort hatte er im Krieg das schwarzgemahlene Mehl und die heimlich in den Nächten geschlachteten Schweine verborgen. Der Alois war schon lange Schlafkamerad seines Stiefbruders gewesen, ehe dieser ihm verraten hatte, was hinter dem Schrank war.

„Dieses Loch finden sie net."

Wer sich in dem alten Gebäude nicht auskannte, vermutete auch von außen nicht, daß dort, wo sich die alte Mühle in den Hang stemmte, neben der oberen Kammer noch ein schmaler Raum war. Den kleinen Schlitz, der ein wenig Licht und Luft in die Sackkammer ließ, verdeckte die dichte Krone des Schwarzkirschbaums.

Nun holte er die Laterne, schob den Riegel zurück und öffnete langsam, um das Knarren der Angeln zu vermeiden, die Holztür. Der dumpfe Schein der Kerze fiel auf eine grauverschimmelte und feuchtglänzende Wand des kaum anderthalb Meter breiten, langgestreckten Raumes. Modrige Kellerluft schlug ihm entgegen. Vom wandernden Schein der Laterne getroffen richtete sich im hintersten Winkel ein bleicher junger Mann von einem Strohsack auf und starrte dem Einarmigen wortlos entgegen.

Sein blondes Haar war wirr, und um das Kinn sproßte ein flaumiger verwahrloster Bart. Kalkweiß und eingefallen leuchtete das Gesicht mit den blauen Augen. Sie waren voll Angst und Mißtrauen.

„Warum kommst jetzt? Was ist los?"

„Nix ist los", murrte der Alois, stellte die Laterne auf den schmutzigen und von verfaulten Strohresten bedeckten Boden und verdeckte die Laternenseite zu dem dunklen Wandschlitz mit dem Taschentuch. Dann lehnte er sich an die Wand und sah mit einem grimmigen Lächeln auf den Stiefbruder.

„Wollt dir nur ein wenig Gesellschaft leisten", maulte er heiser. „Heute geht es, sonst aber lauern die Polizisten alleweil ums Haus."

„Gib mir eine Zigarette."

Lässig zog der Alois die Zigarettenschachtel aus dem Hosensack und warf sie ihm hin, dazu die Streichhölzer. Der andere griff gierig danach; und, das Zündholzflämmchen vorsichtig mit der Hand abdeckend und mit hastigen Zügen rauchend, lehnte er sich zurück.

„Lange halte ich es nimmer aus. Alleweil denk ich, ob es net besser ist, ich stelle mich", klagte er.

„Du bist wohl wahnsinnig!" zischte der Einarmige. „Lange dauert es nimmer, dann bring ich dich über die Grenze. Oder willst du dein Leben lang im Zuchthaus sitzen?"

Der Bernhard flüsterte: „Ich kann net glauben, daß man beim Gericht net ein Einsehen hat. Was hab ich denn getan? Bin selber so erschrocken, wie der Xaver auf einmal aus dem Wäldl gesprungen ist — und da hab ich halt zugeschlagen. Ist denn das net Notwehr? Das müssen die Richter doch einsehen!"

„Das Reden ändert nix, Bernhard. Mag sein, daß der Xaver so dumm gefallen ist, daß er sich an einem Stein den Schädel eingeschlagen hat, aber wer soll dir das glauben? Ich hab mit dem Rabinger gesprochen. Der sagt, daß es, so oder so, nur lebenslänglich geben kann."

„Aber ich wollt ihn doch net umbringen!" stöhnte der Bernhard.

Heftig werdend, zischte der Alois: „Ach was! Tot ist tot, und Mord ist Mord! Im ganzen Dorf findest keinen, der net sagt, daß du den Xaver einfach umgebracht hast aus Eifersucht oder im Zorn, was weiß ich."

„Du glaubst mir ja selber net!" klagte der Bernhard.

„Was nützt es denn, wenn ich sage, daß ich dir glaube oder net glaube? Net einmal der Vater und die Mutter glauben es dir. Das ganze Dorf schaut uns schief an, und alle weichen uns aus, als hätten wir die Pest im Haus."

Nach einer Weile düsteren Schweigens begann der Bernhard wieder zu fragen: „Was sagt der Orthofer?"

Der Alois grinste: „Meinst du etwa, daß der dich lobt? Als sie den Xaver eingegraben haben, hat er dich am offenen Grab verflucht. Ist eine ganz große Beerdigung gewesen."

Als der Bernhard nichts darauf sagte, fuhr der Einarmige zynisch fort: „Und die Sabine rennt im Trauergewand herum."

Da fuhr der andere auf: „Das glaub ich net! Wir sind doch versprochen gewesen, die kann doch net um den Xaver trauern!"

„Du wirst sie besser kennen als ich. Aber in deiner Dummheit hast du ja gar nimmer gemerkt, daß sie dich grad zum Narren gehabt hat."

Der Bernhard verdeckte das Gesicht mit den Händen und seufzte: „Drum ist es das beste, ich stelle mich. Hier halte ich es nimmer aus!"

„Du bist närrisch! Die paar Tage kannst du noch warten. Ich muß ja erst noch ein wenig Geld für dich beschaffen, ohne daß es auffällt. Wenn ich das habe — und bis dahin wird dir der Bart besser gewachsen sein —

dann gehen wir in der Nacht los. Hab alles schon ganz genau ausgedacht. Sechs Stunden gehen wir zu Fuß, dann erreichen wir schon den Frühzug nach Wegscheid oder einen Postbus, und nach Österreich hinüber hat es keine Schwierigkeiten. Bei deiner Tante mußt du dich noch ein paar Monate ruhig halten. Bis dahin kann ich dir wieder Geld schicken, und dann mußt du halt schauen, wie du weiterkommst nach Afrika oder Südamerika. Dann bist du ein freier Mensch."

Über den Steinboden huschte eine Maus.

„Tag und Nacht rennen diese Viecher herum, und wenn ich schlafen möcht, laufen sie mir übers Gesicht!"

„Fang sie!" höhnte der Alois. „Dann wird dir wenigstens der Tag net lang!"

Der Bernhard erhob sich und suchte durch das fahle Dämmerlicht der Laterne das Gesicht des Einarmigen. „Hast du getrunken?"

„Was geht es dich an!"

„Was hast denn auf einmal?"

Der Alois knirschte mit den Zähnen, und sein Gesicht verzerrte sich: „Weil es mir selber bald zu dumm wird! Aber das kannst du alles net wissen. Dir mache ich ja den Hanswurschten! Trag deinen Kübel raus und bring dir das Futter!"

„Alois, wenn das so ist, dann laß mich hinaus!"

Mit einem Fauststoß warf der Einarmige den Bernhard wieder auf den Strohsack zurück.

„Kein Wort mehr! Getrunken hab ich, ja — und wenn es so weitergeht, dann werden sie mich noch treiben wie einen gehetzten Hund!" Er riß die Laterne hoch.

Der Bernhard jammerte verstört: „Meinst du denn, ich hab nix auszuhalten? Zum Verzweifeln ist es in diesem Loch!"

Ohne noch etwas zu sagen, schlüpfte der Alois aus der

Tür. Der Riegel knirschte. Langsam rückte er den Schrank wieder zur Wand und löschte die Kerze.

„Hänge dich auf, dann ist alles anders!" zischte er und griff sich an den Kopf. Wäre das am Ende die beste und die einzige Lösung?

Es kroch ihm kalt über den Rücken. Er taumelte ans Fenster und schob die Vorhänge zurück. Eine schmale Mondsichel stand über dem Mühltal und leuchtete die Wiesen geisterhaft an.

Aus dem Schatten des Mühlwäldls löste sich eine Gestalt und kam näher, blieb stehen und verharrte lange, ging am Haus vorbei und über den Felderweg wieder zurück, dem Dorfe zu. Scharf zeichnete sich die Mütze des Polizisten ab.

„Das ist der Schedl, der Hund!"

Angekleidet warf er sich auf das Bett und raufte sich mit dunklen Träumen in den Schlaf.

Im Dienstzimmer der Landpolizei saßen sich am Pfingstmontagmorgen der Polizeimeister Rabinger und der Hauptwachtmeister Schedl gegenüber, sahen auf den Dorfplatz hinaus, auf dem sich die Leute vor der Kirche sammelten, und dachten beide die gleichen Gedanken, bis Rabinger, mit dem Bleistift auf den Schreibtisch trommelnd, verärgert meinte:

„In der Sache Karg kommen wir einfach nicht weiter! Es ist zum Teufelholen!"

Schulterzuckend sagte darauf der Schedl: „Da können wir gar nix tun, als zuwarten."

Verdrossen klopfte Rabinger auf ein Blatt Papier: „Da! Der Staatsanwalt will aber etwas mehr wissen, und wir sitzen da wie die Blamierten!"

„Den Täter können wir doch auch net herzaubern, und was sollen wir sonst tun?"

Rabinger zuckte die Schultern: „Ich weiß es auch nicht. Die haben alle Vernehmungsniederschriften, aber wahrscheinlich bezweifeln sie, daß der Bernhard Karg weit fort ist, und glauben, der hält sich hierherum versteckt und es wäre unsere Sache, ihn zu finden. Habe das ja auch gedacht, aber nach der Aussage des Suber glaube ich doch, daß der Karg nicht mehr im Lande ist."

„Und wenn uns dieser Gauner angelogen hat?"

„Aus welchem Grund denn?"

Der Glockenklang kam laut durch das offene Fenster, und die Dorfleute, die sich in Gruppen unterhalten hatten, gingen in die Kirche.

„Heute ist von der Mühle niemand da", sagte Schedl nachdenklich und spann laut seine Gedanken weiter: „Oft habe ich mir schon einen ganzen Kriminalroman ausgedacht, um diesen Fall einmal von einer anderen Seite zu betrachten, aber so raffinierte Kriminalfälle gibt es ja in einem Bauerndorf net."

Rabinger sah ihn interessiert an. „Sag das nicht. Vorkommen kann alles. Laß deinen Roman mal hören!"

„Ich gehe davon aus, daß auch der Brebeck Alois in diese Sache verwickelt ist; je öfter ich ihm begegne, desto mehr glaube ich nämlich daran. Irgend etwas hat der Bursche ausgefressen. Nehmen wir an, dieser Alois spekuliert darauf, einmal die Mühle zu erben, dann ist ihm der rechtmäßige Erbe, der Bernhard, im Wege. Wer weiß, was sich damals in der Mainacht in der Mühle abgespielt hat und ob dabei nicht auch die Zilli die Finger in der Suppe hat. In meinem Roman kommt der Bernhard heim, der Alois ebenfalls gleich hinter ihm, erledigt ihn nach einem vorgefaßten Plan und bringt den Toten irgendwo unter die Erde. Mir sind da bei unseren Haussuchungen ein paar Kleinigkeiten aufgefallen, weiß aber damit nix anzufangen. In meinen Roman könnten sie aber hineinpassen. So ein Drama könnte sich abgespielt haben, ohne daß der Müller überhaupt etwas bemerken konnte, setzt aber unbedingt die Mitwisserschaft oder Mittäterschaft der Zilli voraus. Na? Was sagst du zu meinem Roman?"

„Phantastisch!" lachte der Polizeimeister. „Aber doch ein wenig zu phantastisch!"

„Wieso?" verteidigte nun Schedl seine Kombinationen. „Könnte doch alles möglich sein! Vor vier Jahren hat drüben in Seuffertsried eine Bäuerin ihren Mann umgebracht, weil sie es mit dem Knecht hatte, und dieser Knecht war Mittäter. Diese Bäuerin hat dann bei der Polizei angezeigt, daß ihr Mann sie verlassen hätte und wollte ihn suchen lassen. Gefunden hat man ihn dann, vergraben hinterm Stadel."

Rabinger wiegte zweifelnd den Kopf. „Da könnten wir uns eine nette Suppe einbrocken! Angenommen, der Müller hätte einen ähnlichen Verdacht, dann könnte er darüber Anzeige erstatten und wir könnten wie die Wünschelrutengänger herumsuchen, uns mit dem Alois und seiner Mutter herumschlagen, sie stundenlang vernehmen, und schließlich käme nichts heraus als Mumpitz? Dann könnten wir uns schleunigst versetzen lassen. In dieser alten Geistermühle sind wir nun schon zweimal bis unter die Dachsparren gekrochen und haben in jedes Rattenloch geschaut. Vielleicht, hm, wenn man das Haus auf den Kopf stellen könnte!"

„Das alte Wohnhaus wird demnächst abgebrochen, da brauchen wir uns nimmer zu bemühen."

„Na also!" lachte der Polizeimeister. „Denke dir nur gleich einen anderen Krimi aus! Am Ende fällt dir doch etwas ein, was wahrscheinlicher ist. Ich bleibe heute zu Hause, kannst am Nachmittag frei machen."

„Paßt mir ganz gut, hab ohnedies was vor."

Von der Kirche herüber kam leise der Orgelton, und am Maibaum auf dem Dorfplatz raschelte ein leichter Sommerwind mit den Bändern und dem verdorrten Tännling auf der Spitze.

„Also, Servus!“ verabschiedete sich der Hauptwachtmeister. „Kann sein, daß ich bis morgen einen anderen Roman weiß!“

Immer wieder zog es den jungen Hauptwachtmeister ins Tal der Rumpachmühle, und auch an diesem Pfingstmontagnachmittag führte ihn sein Spaziergang zuerst dorthin. Wo das Mühlwäldl die Höhe des Talhanges erreichte und an die Wiesen und Äcker anschloß, setzte er sich ins Gras. Einige Nächte lang war er auf diesem Platz gewesen und hatte auf Wohnhaus, Sägewerk und Beihaus niedergeschaut. Umsonst!

Heute lagen die Gebäude im Grund, als wären sie von den Menschen verlassen, und das vorgezogene Walmdach auf dem alten Haus glich ihm einer Schlafhaube, unter der die Fenster wie schmutzigtrübe lauernde Augen hervorguckten, schläfrig und blinzelnd. Der Kirschbaum, der damals wie ein riesiger weißer Blumenstrauß dicht an den alten Mauern gestanden hatte, prangte jetzt im saftigen Grün seiner Blätter.

Blöd ist das, ärgerte er sich. Er saß hier und sah zur Mühle hinunter, als brauchte er nur zu warten und der Bernhard träte aus der Tür. Den Rabinger beschäftigte die Anmahnung des Staatsanwaltes, ihm, dem Hauptwachtmeister, konnte das gleich sein. Mochte der Staatsanwalt denken, was er wollte: Vielleicht, daß da hinten in der entlegenen Landpolizeistation, fast an der Grenze, faule oder wenig schlaue Beamte sitzen, ausgehen würde es ja am Rabinger! Der war der Postenchef.

Allerdings: wenn der Hauptwachtmeister die Spürnase hätte und diesen Fall abschließen könnte, das wäre schon eine Sache!

Dieser prächtige Kirschbaum da drunten!

Das Wasser wollte ihm im Munde zusammenlaufen. In einigen Wochen würden die Schwarzkirschen reif sein, dann mußte er einmal ein wenig freundlicher in der Mühle vorsprechen.

Oder war es gar nicht die Mühle, nicht der Fall Bernhard Karg und nicht die schwarzen Kirschen, die ihn so oft ins Mühltal trieben? Wenn er an die Kirschen dachte, dann mußte er zugleich auch an ein Paar große schwarze Augen denken, und das war täglich so. Wie war dieses Mädel, die Angela, in der Zeit, in der sie in der Stadt gedient hatte, herangewachsen! Auch die Dorfleute hatten das längst bemerkt, und er wußte, daß sie ihr nachsahen und von ihr redeten. Eigentlich war ihm das immer ein wenig peinlich und paßte ihm gar nicht. Und warum nicht?

Darüber brauchte er gar nicht mehr lange nachzudenken. Das Mädel gefiel ihm, und wenn er damit rechnen könnte, daß auch er — Auf einem Umweg konnte er ja einmal beim Hastreiter vorbeikommen, vielleicht und sogar wahrscheinlich war sie zu Hause.

Er setzte seinen Rundgang um den Ort fort, bis er über die Wiesengründe des Orthofers zum Haus des Kriegsinvaliden kam. Daß dieser gerade auf seiner Hausbank saß, erleichterte ihm seine Absicht. Er setzte sich zu ihm, lobte den schönen Tag und erkundigte sich, wie es der Angela, die er im Hause arbeiten hörte, in der Mühle gefalle.

„Wird ihr net recht gefallen, aber es hat so sein müssen, daß sie diese Stelle angenommen hat."

„Warum hat das sein müssen?" wunderte sich der Schedl.

„Das wird sich schon noch herausstellen!" lachte der Hastreiter.

„Sie könnte doch auch einen anderen Platz finden.

Meine Hausfrau, die Frau Graßl, hat auch schon verlauten lassen, daß sie es allein nimmer machen kann und bald eine Hausmagd braucht."

„Sie muß in der Mühle bleiben", meinte der Hastreiter ernst. „Ich weiß das ganz bestimmt, und ich will auch, daß sie dort bleibt, obwohl ich den alten Simon Karg gar net leiden kann."

„Du bist aber komisch!"

„Von der ersten Stunde an hab ich gewußt, daß das richtig ist. Oft hab ich so Augenblicke, da weiß ich mehr als andere, und wenn der Moment wieder vorbei ist, dann weiß ich wieder nix mehr. Oft hab ich halt so Einbildungen. Das wird wohl von meiner Kopfverletzung herkommen. Als damals im Krieg neben mir die Granate eingeschlagen hat, da habe ich Dinge gesehen, die ich net einmal beschreiben kann. Da muß ich für einen Augenblick schon in der anderen Welt gewesen sein."

Aus dem Hause kam die Angela, und der Schedl stand stramm, als hätte er einen hohen Vorgesetzten vor sich, und tat erfreut:

„Das ist aber ein schöner Zufall, daß ich dich treffe! Gefällt mir gleich der Nachmittag besser!"

Sie lachte, und in ihren schwarzen Augensternen glänzte der Schalk: „Dem Zufall traue ich net recht! Du bist ein Schandarm, und da muß man vorsichtig sein. Sag lieber gleich, daß du hergekommen bist, weil du gewußt hast, daß ich daheim bin."

Ihre frische Offenheit machte ihn verlegen, und er parierte: „Du bist wohl auch so eine Hellseherin wie dein Vater? Sagen wir halt halb und halb. Bin schon gerne hergegangen, was soll ich sonst an so einem freien Tag treiben? Ins Wirtshaus sitzen? Hock dich ein wenig zu uns. Und weil du sowieso alles weißt, kann ich dich ja gleich fragen, wie es in der Mühle zugeht."

„Wie halt woanders auch. Ein bißchen verkehrt sind diese Leute schon, und mögen tun sie sich auch net", erzählte sie und verschwieg wohlweislich, was der Müller ihr anvertraut hatte. „Der Alois und seine Mutter haben alleweil was zu tuscheln, aber wenn sie mich sehen, dann gehen sie auseinander."

„Jetzt arbeitet ja der Suber in der Säge, ist wohl so eine Freundschaft zwischen ihm und dem Alois?"

„Darum kümmere ich mich net."

Er ließ nicht locker. „Ist dir denn noch gar nix aufgefallen? Sind doch bald acht Wochen, daß du dort bist."

Sie überlegte: „Sind mir doch schon einige Kleinigkeiten aufgefallen, aber das vergesse ich wieder."

Nun sagte er geradeheraus: „Der Rabinger meint, daß der Bernhard gar net weit fort ist und bei der Nacht hie und da einmal heimkommen könnte. Sich was zu essen zu holen und so."

„Hab ihn nie gesehen, und das glaub ich auch net."

Er merkte ihre Ablehnung und lenkte ein: „Ist ja auch net so wichtig. Bin auch net deswegen hergekommen. Ich bin da, weil ich dich halt gern sehe. Als du fort bist in die Stadt, bist grad aus der Schule gewesen und hast noch zwei Zöpfe gehabt. Ich hätte dich bald nimmer erkannt, als ich dich wiedersah!"

Die Angela errötete, und ihr Vater sagte stolz: „Gradso ist ihre Mutter auch gewesen, und die schwarzen Augen hat sie von ihr."

Sie verplauderten den Nachmittag, bis die Angela erklärte, daß sie nun wieder in die Mühle müsse.

„Da können wir ja ein ganzes Stück miteinander gehen", bot sich Schedl an, und der alte Hastreiter meinte: „Net mit jedem lasse ich sie gehen, aber mit dir schon."

Über das Dorf kam der Abend, als sie an den Häusern und der Kirche vorbeigingen, und es folgten ihnen die Blicke der Dörfler. Die letzte Sonne säumte die Dachfirste und die Baumwipfel, leuchtete noch einmal den Kirchturm an und die Waldhänge.

„Schade, daß du in der Mühle bist", bedauerte er, „da kann ich dich doch net aufsuchen."

„Wenn es nach mir ginge, dann tät ich bestimmt bald den Dienst aufsagen, aber der Vater bildet sich ein, ich muß dort bleiben, bis die Kirschen reif wären. Er ist oft so sonderbar."

„Mir paßt das einfach net!" grollte er, „da muß ich alleweil an den Einhandl denken, daß der sich einmal an dich heranmachen könnte. Aber so dumm bist du ja net."

„Da brauchst dir keine Gedanken zu machen. Wenn ich den seh, dann fürcht ich mich. Aber er will mir nix und ich ihm auch net, und wenn er einmal frech werden sollt, mit dem werde ich fertig!"

„Brauchst es mir nur zu sagen", drohte er. „Dem drehe ich den Hals um!"

Sie lachte hellauf. „Das wär er gar net wert!" Und ernst fuhr sie fort: „Oft meine ich, daß der Alois noch was anstellt, ich weiß grad net was. Der hat was in den Augen wie einer, der zu allem fähig ist. Aber um mich brauchst du dich net zu sorgen. Und warum auch?" Sie sah ihn forschend an.

„Warum? Wenn das so leicht gesagt wäre! Aber ich sag es dir schon einmal."

Sie lachte, und da sie am Ende des Mühlwäldls angelangt waren, trennten sie sich.

„Aber wenn du frei hast, darf ich dann zu euch kommen?"

„Dagegen hab ich nix!" Sie wandte sich rasch ab und eilte der Mühle zu.

„Sapperlot! Jetzt weiß ich aber bestimmt, wieviel es bei mir geschlagen hat", redete der Hauptwachtmeister mit sich selbst und rieb sich das Kinn. Dann ging er quer durch den kleinen Wald aufwärts, bis er auf den Weg kam, der vom Böhmhof ins Dorf führte. Im Dämmern erkannte er die hochgewachsene Gestalt, die ihm entgegenkam.

„Die Sabine? Auch noch auf dem Weg?"

Sie blieb stehen und sah ihn prüfend an.

„Habe es daheim net ausgehalten und bin gestern noch in die Stadt. Das ist kein Leben bei uns, und alleweil nur herumsitzen, das mag ich net. Gar nix mehr wissen möchte ich von daheim! Ich mag einfach die Bauernsach net, und wenn ich einmal allein bin, verkaufe ich alles."

„Aber geh! Was täten denn da deine Eltern sagen! Ist der schönste Hof rundum, und aufgewachsen bist du auch da. Das Vaterhaus gibt man doch net einfach so weg!"

„Ich habe das nur dir gesagt." Ihre Hände spielten nervös, und als er weitergehen wollte, fing sie hastig wieder zu reden an: „Ich mag auch keinen Bauern! Alle sind sie so ungebildet. Ich kann keinen leiden!"

Warum sagte sie ihm das? Und was sollte er dazu sagen? Ehe er noch antworten konnte, bat sie:

„Könntest leicht noch ein Stückerl mit mir gehen. Finster wird es auch schon und — ich fürcht mich."

Er spürte den Unmut bis unter die Haare und fand doch nicht den Mut, sich schnell zu drücken.

„Na ja, wenn du meinst, dann begleite ich dich bis zum Hof hinauf."

Als sie sich bei ihm einhängte, kam ihm der Ärger, und er sagte: „In dir kennt man sich net aus. Bist du denn net mit dem Bernhard versprochen? Oder ist es jetzt wieder der Ertl Xaver? Und den Hof willst einmal verkaufen? Da komme ich überhaupt net mit."

Sie drängte sich an ihn und flüsterte: „Das ist ja alles bloß ein Spiel gewesen! Ich will dem Bernhard nix und dem Xaver erst recht net! Kann ich denn was dafür, daß sie sich meinetwegen gerauft haben?"

„Was willst denn dann?" fragte er grob.

„Ich heirate einmal nur einen Beamten. Einen Haushalt führen, das tu ich, aber in den Stall gehen, in der Miststatt stehen und mich mit dem Heuen, der Getreideernte und dem Kartoffelgraben schinden? Nein!"

Nun hatte er sich wieder gefaßt und lachte gezwungen. „Also einen Beamten? Vielleicht finde ich mal einen, den ich dir bringen kann!"

„Geh!" schmollte sie, und ihre Stimme klang falsch. „Du willst mich net verstehen."

Sie hatten den Hof fast erreicht, und plötzlich hatte er es eilig.

„Schon über eine Stunde bin ich zu lange aus. Der Rabinger wird schon schimpfen. Also, gute Nacht."

„Gute Nacht!" zischte sie, böse wie eine Natter, und mit langen Schritten ging er davon, nahm die Mütze ab und wischte sich den Schweiß von der Stirn.

„Daß es so was gibt!" sagte er grimmig und kopfschüttelnd. Auf dem Böhmhof brauchte er keine Nachfragen nach dem Bernhard mehr anzustellen. Dieses Weibsstück war froh, wenn der Müllerssohn nicht mehr auftauchte. Einen Beamten wollte sie haben. In diesem großgewachsenen Mädel mit dem harten Gesicht und dem kalten Blick war kein Funken Herz. Wenn er da an die Hastreiter Angela dachte!

Die Sabine schrak zusammen, als am Hoftor plötzlich ein Mann vor ihr stand. Der leere Joppenärmel schlenkerte, als er auf sie zutrat, und sie erkannte ihn.

„Was willst du?" entfuhr es ihr schroff, und wütend zischte er:

„Kein Wort hast du mir gesagt, daß du gestern mittag

weggefahren bist. Hatten wir denn net ausgemacht, daß ich heraufkomme?"

Spöttisch erwiderte sie: „Kann schon sein! Aber ich habe es mir halt anders überlegt. Ich werde doch net dich fragen müssen? Bin bei meiner Base in der Stadt gewesen."

Häßlich lachte er. „Und hast den Xaver aufgesucht, weil du ihn dir warmhalten willst!"

„Nein, und wenn ich ihn aufgesucht hätte, dann ginge dich das gar nix an!"

Er wütete leise: „Du bringst mich noch ganz durcheinander! Sag lieber gleich, daß du mich bloß zum Narren hast! Sag doch einmal ehrlich, wie es mit uns beiden steht!" Ganz nahe brachte er sein Gesicht an das ihre, um ihr in die Augen zu sehen. Sie wich zurück.

„Ich weiß net, was mit uns sein soll. Vorläufig ist doch gar nix! Solange du nix hast, brauchen wir gar net weiter davon reden."

Seine Zähne knirschten im Zorn, und er griff nach ihr und faßte sie um die Hüfte. Nun versuchte er es mit Schmeicheln.

„Kannst denn du gar net ein bisserl net sein? Bist ein so hübsches Dirndl. Wegen der paar Tage, bis mir der Vater übergeben hat, brauchst dich doch net so zu sträuben! Willst mich ja nachher auch gernhaben, und da könntest ein wenig Vorschuß drauf geben." Fast hätte er aufgeschrien, so fest preßten ihre Finger seinen Arm und schoben ihn zurück. „Du hast aber eine Kraft!" stöhnte er.

„Mit dir werde ich alleweil noch fertig! Bist ja bloß ein halber Mann!"

Noch einmal versuchte er es mit Betteln und Schöntun.

„Kannst doch net alleweil so eiskalt mit mir sein! Du wirst die Müllerin und eine Frau, wie es weitum keine zweite geben soll."

„Lange warte ich nimmer. Auf dich bin ich net angewiesen."

Nun lachte er häßlich. „Weiß schon! Hab schon gesehen, wer dich heimbegleitet hat! Wenn ein windiger Schandarm dir lieber ist als der Rumpachmüller —"

Sie rannte ihm davon und verschwand im Haus.

„Das bringe ich dir noch herein!" schäumte er und stampfte vor Wut auf den Boden.

Es ging einfach alles anders, als er es sich ausgedacht hatte! Über dieses eingebildete Weibsbild durfte er sich nicht zu sehr ärgern, sonst brachte sie ihn schließlich noch dazu, daß er einen Fehler machte.

Der Schedl!

Ob der wirklich auf die Sabine ausging? Oder ob er nur herumhorchte, um von ihr etwas über den Bernhard zu erfahren? Trauen durfte er diesem Schnüffler nicht. Stand er jetzt wieder irgendwo im Dunkeln und belauerte die Mühle?

Das konnte kein Zufall gewesen sein, daß der Polizist in der vergangenen Nacht vorbeigekommen war.

Der Einarmige schlich am Waldrand entlang, watete durch den Bach und näherte sich von der anderen Seite der Säge, horchend und lauernd. Im Wohnhaus brannte kein Licht. Die Mutter wartete also nicht auf ihn. Im Beihaus stand das Fenster des Zimmers offen, in dem die Angela untergebracht war.

An der Haustür lehnend, überlegte er. Wenn er zudringlich wurde, war das vielleicht für die Angela ein Anlaß, die Mühle zu verlassen. Drüben am Stadel war eine Leiter! Dieses Mädel war zu klug und konnte durch einen dummen Zufall einmal etwas erfahren, was sie nichts anging! Aber sie war nicht neugierig! Und wenn er sie vertrieb, dann kam eine andere ins Haus, die vielleicht neugieriger war. Er durfte sie nur nicht aus den Augen lassen. Daß sie sich mit dem Schedl anscheinend so gut vertrug, war zu verdächtig!

Vorsichtig sperrte er die Haustür auf, zog die Schuhe

aus und zog sich am Geländer der Bodenstiege hinauf. Ein Brett knarrte, und er fluchte leise. In seiner Kammer horchte er hinter den Schrank, setzte sich dann auf das Bett und sinnierte.

Geld brauchte er, und die Mutter mußte es beschaffen, damit er den Bernhard fortbringen konnte. Der mußte bald aus dem Haus, erst dann würde er ruhig schlafen können.

Die Pfingsttage waren vorbei.

Das Sägewerk lärmte und schnarrte in einen neuen Werktagsmorgen, verstaubte feines Holzmehl und verbreitete um die Mühle den Ruch der frisch geschnittenen Bäume. Am Sägegatter stand der Alois, und der Suber trug unlustig und übernächtig die geschnittenen Bretter ins Freie zu den Stapeln, die auf dem Wiesenfleck hinter der Säge emporwuchsen. Fuhrleute brachten schon am frühen Morgen neues Blochholz und luden es neben der Säge ab.

Der alte Rumpachmüller fühlte sich an diesem Morgen nicht wohl und war noch in seiner Schlafkammer. Durch die Zilli ließ er dem Alois sagen, daß er das angefahrene Holz übernehmen und messen solle. Dieser tat es mit einem zufriedenen Lächeln und führte angeberische Reden, als wäre er schon der Besitzer und Herr auf der Rumpachmühle. In der Wohnstube schrieb die Müllerin ihnen die Fuhrlohnzettel aus und zählte ihnen das Geld auf den Tisch. Sie legte noch ein Trinkgeld drauf, was einen der Fuhrmänner veranlaßte, zu bemerken:

„Das ist ja bei euch ganz was Neues."

„Werden eh bald neue Zeiten werden", schnaufte die Zilli und tuschelte: „Gefällt mir gar nimmer, mein Mann!

Heute ist er wieder gar net gut beinand. Wenn mein Alois sich net um alles kümmern tät, dann ging es längst nimmer."

„Hört man von dem andern gar nix?" getraute sich einer zu fragen und wurde brüsk abgewiesen:

„Ich weiß nix, hab es auch net gern, wenn sich die Leute drüber das Maul zerreden."

Die Fuhrleute trappten aus der Stube, und bald rollten ihre Wagen davon. Dann rief der Müller in der Schlafstube und ließ sich in den Wohnraum bringen.

„Sollen wir net den Doktor holen?" tat die Zilli sorgend.

„Brauch keinen!"

Der Alois kam und berichtete, daß er schnell in die Schmiede müßte, und ob nicht für eine halbe Stunde die Angela dem Suber in der Säge helfen könnte. Als darauf niemand antwortete, wandte er sich an den Müller:

„Ist dir net gut? Solltest mal was für deine Gesundheit tun. Geh doch für ein paar Wochen in ein Bad."

„So viel Geld haben wir net!" brauste der Alte auf.

Die Müllerin warf einen Blick auf die Uhr und blinzelte ihrem Sohn zu, der nun eilig das Haus verließ. Erst, als er im Mühlwäldl war, wurde er langsamer und verzögerte, bis ihm der Postbote entgegenkam.

„Nix für mich?"

Er ließ sich den Brief mit der Verzichterklärung Bernhards aushändigen und sah auf den Poststempel. Der war unleserlich, und plötzlich gut gelaunt, reichte er den Brief wieder an den Postboten zurück.

„Da, bring ihn selber hin! Der Vater hat es net gern, wenn man ihm net die ganze Post auf den Tisch legt."

Dann wartete er, bis der Postbote die Mühle schon hinter sich hatte und zum Böhmhof hinaufging. Mit zufriedenem Grinsen kehrte er zur Säge zurück.

Das war nun der Schachzug Nummer zwei, und er hatte

alles bis ins kleinste überlegt. Bis zum Mittag wollte er sich im Haus nicht sehen lassen. Wenn er den Brief aufmachte, mußte der Alte dabeisein. Dann würde er ein wenig Komödie spielen, um alles glaubhafter zu machen, und das Weitere würde sich schon ergeben.

Sie saßen schon beim Mittagessen, als er kam. Aufgeräumt sprach er von den schönen Blöchern, die angefahren waren, und da der Müller sich nicht zu einem Diskurs bequemte, versuchte er es mit einem anderen Thema.

„Hoffentlich wirst du net krank, jetzt wo du das Bauen vorhast."

Der Müller ließ nur ein unverständliches Brummen hören.

Unbeteiligt aß die Angela und spürte doch die Spannung, die über dem Tisch hing, das Mißtrauen und den verborgenen Haß, der die drei Mühlleute verband. Der Alois sah finster unter den dunklen Augenbrauen hervor, und die unruhigen Blicke der Müllerin huschten fragend und gehetzt von einem zum anderen.

Die beiden, Mutter und Sohn, warteten auf etwas Bestimmtes, fühlte die Angela, und sie wurden nervös, weil das nicht eintreten wollte.

Endlich fing der Alte zu reden an, deutete auf die Kommode und murrte: „Für dich ist ein Brief da."

Das ist es, worauf sie warten, dachte die Angela und sah den Einarmigen an, der ganz erstaunt tat.

„Für mich? Wer sollt denn mir schreiben? Wüßte niemanden."

Langsam erhob er sich, holte den Brief, kam damit an den Tisch zurück und riß ihn mit den Zähnen auf. Umständlich entfaltete er das Schreiben, las es langsam und heuchelte Erstaunen, zögerte mit einem bedeutsamen Seitenblick auf die Angela und legte dann das Schreiben wortlos seinem Stiefvater hin.

„Was soll ich damit?" fragte dieser unwirsch.

„Lies nur!"

Mißlaunig nahm der Alte das Blatt auf und las. Die Müllerin hielt den Atem an, bis sie fast einen Erstickungsanfall bekam. Der Alois trommelte mit den Fingern auf den Tisch. Mit gekrauster Stirne und die anderen wütend musternd, knallte der Müller den Brief auf den Tisch.

„Das hat er net geschrieben! Das könnte euch so passen!"

Die Müllerin schnaufte pfeifend und wurde grau im Gesicht. Der Alois zuckte nur die Schultern und meinte, ohne besonderes Interesse zu zeigen: „Wer sollte es dann geschrieben haben?"

Der Simon Karg nahm das Schreiben noch einmal und hielt es dicht vor die Augen.

„Zilli, hol mir einmal die Feldpostbriefe vom Bernhard her. Sind in der Schublade im Kasten."

Das fette Gesicht der Müllerin erstarrte, und sie machte keine Miene, aufzustehen. Der Alois wurde blaß und biß sich auf die Lippen.

Nun war das Unheil in der Stube, und der Hausmagd kroch es kalt über den Rücken.

„Hol die Briefe vom Bernhard!" drängte der Alte. „Da stimmt was net!"

Der Einarmige hatte sich schnell gefaßt und entriß seinem Stiefvater den Brief. Sein Mund verzerrte sich, und während er das Schreiben zerknüllte und in den Hosensack steckte, knirschte er:

„Da! Wenn du meinst, daß ich so darauf aus bin, deinen alten Krempel zu haben —"

Der stahlblaue Blick des Alten ließ ihn nicht los und drohend forderte er: „Gib den Brief her!"

„Der ist an mich adressiert! Was willst du denn noch? Was darin steht, will ich net! Ich hab es net auf deinen Besitz abgesehen und brauch die Erklärung vom Bernhard net!" Seine Lippen zitterten vor verhaltener Wut.

„Da hat er recht", maulte seine Mutter.

Der Müller fuhr herum. „Woher weißt denn du, was in dem Brief steht?"

„Ich?" Völlig aus der Fassung gebracht, duckte sie sich, als wollte sie unter den Tisch kriechen. Ein Blick auf die in peinlicher Verlegenheit am Tisch sitzende Angela half ihr aus der Not, und sie hatte sich wieder völlig in der Gewalt. Rauh kreischte sie:

„Räum den Tisch ab! So viel Anstand solltest schon haben und wissen, daß der Dienstbot geht, wenn es in der Familie was zu reden gibt, was ihn nix angeht!"

Der Müller lachte heiser auf. „Die kann ruhig dableiben! Soll nur wissen, was bei uns vorgeht! Vielleicht brauche ich einmal jemanden, der das weiß! Ich verstehe euch zwei besser, als ihr meint. So krank ist der Simon Karg noch net!"

Eilig begann die Angela das Geschirr vom Tisch zu nehmen und es in die Küche nebenan zu tragen.

Der Alois begann nun den Spieß umzukehren. „Alleweil dieses Mißtrauen! Das mache ich bald nimmer mit! Ich werkel mit meinem einen Arm wie ein ganzer Sagschneider, kümmere mich, damit es überhaupt noch umgeht, und hab dafür nur schlechten Dank! Wenn ich meine zwei Arme hätte, wäre ich längst nimmer da, das kann ich dir sagen! Aber wo soll ich Krüppel hin!"

Störrisch unterbrach ihn der Müller: „Meinetwegen kannst du bleiben, aber wenn es dir hier net paßt, dann möcht ich dich net aufhalten."

Nun kamen der Zilli wieder die Tränen. „Aber recht hat er, und du brauchst ihn doch, wenn der andere nimmer kommt! Du bist ja ein Unmensch!"

„Du weißt soviel, Zilli", argwöhnte er, „woher weißt du denn überhaupt, um was es in dem Brief geht, von wem er ist? Woher weißt du denn, daß er nimmer kommt?"

Darauf wußte sie nichts zu sagen und zog es vor, in die Küche zu watscheln und die beiden Männer allein zu lassen.

Für sie gab der Alois die Antwort und knirschte unbeherrscht. „Der kommt nimmer, darauf kannst du dich verlassen!"

Dann verließ auch er die Stube.

Später tauchte er im Stall auf, wo die Angela die Kühe fütterte und melkte, und sagte entschuldigend:

„Ist schon gar nimmer schön, wie es bei uns zugeht. Wirst dir oft so deine Gedanken machen."

„Da mache ich mir keine Gedanken, weil es mich nix angeht."

Er kaute an seiner Unterlippe und wartete eine Weile.

„Dann ist es ja gut, wenn du weißt, daß es dich nix angeht. Ich tät dir auch net raten, das ins Dorf zu tragen, was du bei uns hörst und siehst. Da könntest du auf die Minute deine Stellung verlieren, denn da versteht der Vater keinen Spaß."

Was wollte er eigentlich? Nun reizte es sie, ihn zu ärgern.

„Der Vater? Ich meine, daß du dich sorgst, es könnte was unter die Leute kommen. Deswegen verlier ich die Stellung net. Wenn es einmal soweit ist, dann gehe ich von selber."

„Dann tu es nur bald!" höhnte er. „So eine haben wir gleich wieder!"

Vom Stall ging er ins Haus zurück und suchte seine Mutter in der Küche auf.

„Jetzt glaube ich bald selber, daß irgend was geschehen muß. Wenn ihn nur bald der Teufel holen tät! Aber der ist ja zäh wie Leder! Das mit dem Brief ist danebengegangen, und jetzt ist er mißtrauisch. Da hat er noch den andern Brief und kann ihn mit der Schrift vom Bernhard vergleichen. Das mußt du verhindern. Hättest uns sowieso beinahe aufgebracht mit deinem saudummen Dreinreden!"

„Du bringst nix vom Fleck!" wehrte sie sich. „Was ist denn mit der Sabine? Hast gesagt, es stimmt alles. Nix stimmt! Warum bringst du den andern net weg? Mir hast du weisgemacht, daß du ihn schon nach ein paar Tagen ins Österreichische hinüberbringst. Gar so schlau bist du net, das hast vorhin wieder gesehen. Ich hab es ja gleich gefürchtet, dieses Briefschreiben."

Da stampfte er wütend zur Säge hinüber und ließ die Turbine an.

„Der Alte hat dir die Botschaft vom Bernhard net geglaubt", frotzelte er den Suber, „wirst es ihm schon so blöd erzählt haben."

„Genau wie ausgemacht. Aber ich könnt ihm auch sagen, daß du mich angestiftet hast, sag aber nix, wenn du noch einen Fuchziger zahlst."

„Keine Mark!" schäumte der Einhandl. „Wenn ich dir das Maul stopfen muß, dann tu ich es gleich so, daß du überhaupt kein Wort mehr reden kannst, das merke dir!"

„Oho! Du bist ja ein ganz gefährlicher Bursche! War ja nur ein Spaß."

Die Altheuernte war vorbei.

Sie hatte die Tage vom Morgengrauen bis zum Abenddämmern ausgefüllt, hatte die Dorfleute so beschäftigt, daß nicht mehr viel Zeit geblieben war, anderen Dingen nachzudenken.

Tagelang stand die Säge im Mühltal still, denn als die Mühlwiesen gemäht und das Heu eingebracht war, löste der Rumpachmüller sein Wort ein und schickte die Angela, den Alois und den Suber zum Orthofer, um dort beim

Einbringen der Heuernte zu helfen. Sie arbeiteten gut, aber es kam kein freundliches Gespräch zwischen ihnen und den Orthoferleuten auf. Nur die Angela und die Katharina verstanden sich gut.

Im Dorf aber hatte diese Hilfeleistung das Ansehen des alten Müllers sehr gehoben.

„Er ist ein wunderlicher Geizhals, ein verstockter alter Mann, aber diesmal hat er das getan, was die Bauernehre verlangt", bestätigten ihm die Dörfler.

Der alte Hastreiter griff zu, und der Dorfschmied erschien, als einmal ein Gewitter große Eile verlangte, und so hatte der Orthofer schneller eingeheut als manch anderer im Dorf.

Knarrend zogen an den Abenden die Heufuhren den Höfen zu, und an den Sonntagnachmittagen kam oftmals nicht eine Handvoll Gäste beim Kirchenwirt zusammen, weil auch diese Stunden genützt wurden. Als der Hastreiter das wenige Heu für seine Ziegen heimbrachte, half dort der Hauptwachtmeister Schedl mit.

Man sprach kaum mehr von der Rumpachmühle und dem verschwundenen Bernhard. Es hatte ja schon öfter Raufereien gegeben, und man hatte sie wieder vergessen. Die Last des Alltags und die Zeit milderten die Erregung und ließen sie abklingen. Jedes hatte mit sich selber zu tun und für den eigenen Herd zu sorgen.

In diesen Wochen sah man den Rumpachmüller nicht mehr im Ort. Er sei kränklich, hieß es, und lasse sich nicht einmal mehr zur Kirche fahren. Wer an der Mühle vorbeikam, konnte ihn tagsüber in seinem Rollstuhl im Hausschatten oder beim Sägewerk sehen.

„Jetzt sind sie auf einmal alle wieder so ruhig und reden kaum etwas", erzählte die Angela ihrem Vater, „geradezu unheimlich ist das oft, grad als müßte es plötzlich etwas geben, etwas Schreckliches."

„Kann schon sein", nickte dieser, „wenn ich mein Kopfweh hab, dann ist mir, als müßten erst die schwarzen Kirschen zeitig werden, ehe dort in der Mühle das Dach einfällt."

Es kamen die letzten Julitage, und die Sonnenhitze lag über dem Waldtal, gloste auf die Höfe und Fluren, als brütete sie ein Unheil aus.

Nur in das Mühltal brachte der Bach mit seinen Wassern aus frischen Waldquellen ein wenig Kühle.

Über das graue, zum Teil noch verschindelte und mit Moos bewachsene Walmdach des alten Wohnhauses reckte sich der Schwarzkirschbaum. Aus dem mächtigen Stamm kamen die knorrigen Äste und hielten die sattgrünen glänzenden Blätter der Sonne und dem Regen entgegen, schäubten sich zu einer Riesenkrone, die ihren Schatten schützend über die alte Mühle deckte. Die Bienen hatten sich längst eine andere Weide gesucht, und aus dem Rotkehlchennest waren die Jungen ausgeflogen. Die Früchte wuchsen und färbten sich hellrot. Nur selten drang ein Sonnenstrahl durch das Blätterdach bis an die grauverschimmelte Mauer. Breit und hoch stellte sich der Baum vor die alte Mühle, ihren oberen Teil deckend und verbergend, und niemand sah den offenen, kaum mehr als eine Handspanne breiten und fensterhohen Schlitz, der dort ein wenig Licht in die Sackkammer brachte.

Und niemand sah das blondbärtige, von wirren Haaren gerahmte bleiche Gesicht, das nach den kleinen Flecken blauen Himmels starrte, die der Baum freigab, wenn ein Windhauch sein Astwerk bewegte und die grünen Blätter tanzen ließ. Stahlblaue Augen haschten nach dem Sonnenlicht, das in der Krone des Baumes spielte, und die Lippen bewegten sich und formten lautlose Worte.

Stundenlang — tagelang.

Diese Augen hatten die weiße Pracht der Kirschblüten gesehen und das fleißige Tummeln der Immen, das Gilben und Fallen der weißen Blumen und das Wachsen der Blätter. Das Rotkehlchenpaar war gekommen und hatte sein Nest gebaut, so nahe, daß er es mit der Hand hätte erreichen können.

Dann lagen die Eier im Nest, vergingen die Tage im kleinen Leben der Vogeleltern, und es schlüpften die Jungen aus. Sie wuchsen heran und machten die ersten possierlichen Ausflüge in das Baumgeäst.

Das waren die Wochen der Angst und der Verzweiflung gewesen. Sie vergingen im dumpfen Dahinbrüten, im zermürbenden Nachsinnen, und die Zeit hatte kein Maß mehr. Die Zahl der Tage war ihm verlorengegangen.

Er hörte das Scharren und Kreischen aus dem Sägewerk auf der anderen Seite des Hauses, das Knirschen der Räder auf der Straße, ganze nahe unterm Baum, wenn die Fuhrleute Blöcher brachten oder Bretter abfuhren, hörte ihr Reden. Dieses Sträßlein führte vom Dorf her, hinauf in den grünen Wald, der in diesen Sommertagen so herrlich war. Er beneidete die Rotkehlchen um ihre Freiheit.

Den Sonntag kündeten die Kirchenglocken. Dann betete er, es möge doch der Herrgott alles wieder gutmachen, die Zeit zurückdrehen und ungeschehen sein lassen, was ihn in dieses Loch getrieben hatte. Die Schuhe hatte ihm der Stiefbruder abgenommen und mit dem rastlosen Hin- und Hergehen in dem schmalen Raum waren die Socken längst zu Fetzen geworden. Wenn er die Arme ausstreckte, konnte er die beiden seitlichen Wände berühren. Sie waren feucht und glitschig. Alles war feucht in dieser Höhle, und sein Trachtenanzug, den er an jenem unseligen Maitag getragen hatte, starrte vor Schmutz. Keinen Stuhl, keinen Tisch hatte ihm der Alois hereingestellt — die Polizei könnte bei einer Haussuchung das Fehlen dieser Dinge merken, keine Zeitung gab er ihm — der Vater will das nicht!

Nicht einmal eine Decke für den Strohsack bekam er,

und in den Nächten wurde das alte Gemäuer so kalt, daß er fror. Oft hatte er den Stiefbruder hinter der Brettertür und der Schrankwand schnarchen hören, wenn er, um sich zu erwärmen, in seinem Gefängnis auf und ab ging.

Zweimal hatte er die Landpolizei in der Kammer nebenan gehört und den Rabinger an der Stimme erkannt, fast war ihm das Herz stillgestanden, als sie drüben die Schranktür aufgemacht hatten.

Nun war ihm alles gleichgültig geworden. Es war zu lange her, daß er in der Säge schaffte, ins Wirtshaus ging oder hinauf zum Böhmhofer, zur Sabine. Alles war in ihm erstorben. Mochten sie doch kommen und ihn abholen. So schrecklich wie hier konnte es im schlimmsten Zuchthaus nicht sein.

Lebenslänglich wegen Mord! Er schauderte.

Ob das Gericht ihm glauben würde? Der Alois sagte nein. Und der Xaver, der Rechtens hätte sagen können, daß er sich nur mit einem Faustschlag verteidigt hatte, als der andere aus dem Wald gesprungen war, der war tot. Im Dorf würden sie nichts Gutes über ihn sagen, und sein eigener Vater wollte nicht einmal mit ihm reden und verlangte, daß er über die Grenze ginge und nichts mehr von sich hören ließe. Nur über den Stiefbruder hatte er noch eine Verbindung zu den Menschen.

Wenn es nur bald so weit wäre, daß er in einer Nacht fortgehen könnte, zur Tante in Österreich! Wie schön es dort jetzt sein würde! Hoch droben, unter dem bleichen Kalkgefels des Tennengebirges, lebte sie, und dort konnte er sich lange verborgen halten.

Wenn er nur einmal mit einem anderen Menschen reden könnte!

Der Stiefbruder wurde von Tag zu Tag feindseliger und reichte ihm nur noch schweigend das Essen durch die

Tür. Freilich — er war für ihn auch eine Belastung, und eigentlich sollte er ihm dankbar sein. Von der Stiefmutter erwartete er gar nicht, daß sie sich um ihn Sorgen machte oder ihn in seiner Lage bedauerte. Sie waren sich fremd geblieben und hatten sich längst abgewöhnt, miteinander zu reden. Aber der Vater!

Konnte ein Vater so hart sein? Warum gab er das Geld nicht her, damit sein Sohn nach Österreich fliehen konnte? Wollte er ihn denn nicht wenigstens aus dem Haus haben? Der Alte war geizig und hatte ihn immer schon knapp gehalten.

Was nützte das Sinnieren und Zweifeln?

So kehrte er immer wieder zu dem Guckloch zurück, vor dem die Kirschbaumblätter glänzten und die Kirschen sich schon färbten. Zwei rote Kirschen hingen im Ast wie zwei Menschenaugen, und er sah in ihnen Leben und in den Blättern oft ein Gesicht, ehe die Nacht kam.

Was wohl die Sabine dachte? War ihm das noch wichtig?

Nein! Denn wenn er sich ihre knochige Gestalt und ihr ausdrucksloses Gesicht vorstellte, dann bewegte ihn das gar nicht mehr. Heute verstand er nicht mehr, daß er sich so um die Tochter vom Böhmhofer hatte umtun können. Aber der Vater hatte es für gut gehalten, und auch dem Böhmhofer war es recht gewesen, weil die Gründe vom Simon Karg und vom Böhmhof aneinandergrenzten und die Sabine dort das einzige Kind war. Ein großer Besitz sollte es werden, so ging die Spekulation der Alten, und warum er das mitgemacht hatte, wußte er heute nicht mehr. Hätte sie sich doch gleich für den Ertl Xaver entschieden und das deutlich gesagt, dann wäre alles anders gekommen und nicht das große Unglück daraus geworden!

Darüber brauchte er nicht mehr nachzudenken.

Was aber ging im Haus vor? So angestrengt er oft Tag und Nacht horchte, es war, als wäre er in einem Haus des Schweigens. Wenn er nicht alle Abende sein Essen hereingeschoben bekäme, hätte er meinen können, daß das Haus verlassen und der Vater schon ins neue Beihaus gezogen sei. Dann aber hatte es doch einmal einen Streit gegeben, und er hatte den Vater bis von der Wohnstube herauf schimpfen hören!

War nichts Besonderes, hatte der Alois ihm geantwortet, als er danach fragte. Der fertigte ihn immer so grob ab. Nicht wie einer, der ihm helfen wollte, sondern wie ein Gefängniswärter.

Ganz verwirrt wurde er schon.

Um den Kirchturm kreisten und lärmten die Dohlen, aufgeschreckt vom Morgenläuten, und in ihr Geschrei stimmten nun auch die Spatzen in der großen Linde beim Kirchenwirt ein. Auf dem dürren Tännling des Maibaumes stritten sich zwei Stare und strichen mit dem letzten Glockenton ab.

Auf dem Platz vor der Kirche erschien der Mesner Sigl, um den schönen Sommermorgen, wie gewohnt, nach seiner Weise zu genießen, schnupfend und wartend, bis der Schmied drüben seine Werkstatt aufmachte und wie alle Tage gähnend nach dem Wetter sah. Heute brauchte der Schmied etwas länger, stellte der Mesner fest, und als er endlich die quietschende Werkstattür aufdrückte, verschwand er nicht gleich wieder, sondern stelzte mit steifen Beinen über den Platz. Der Mesner Sigl sah ihm, die Prise Schnupftabak auf der Faust, gespannt entgegen, denn wenn der Schmied herüberkam, dann gab es eine Neuigkeit. Das war immer so.

„Der Xaver ist gestern abend gekommen. Bin grad ein wenig in der Sitzweil beim Orthofer gewesen, geht die

Tür auf und der Xaver kommt herein. Kannst dir die Freude denken! Schaut ganz gut aus, der Xaver. Bis nach Mitternacht sind wir dann noch beisammengesessen."

Der Mesner fieberte vor Neugierde: „Und was sagt er — ich meine wegen dem Bernhard, und so!"

„Eine Riesendummheit ist es gewesen, sagt er, daß er dem Bernhard den Weg abgepaßt hat, ein Blödsinn, den er in seinem Saurausch gemacht hat. Er hat selber viel Schuld an der ganzen Geschichte, und das will er auch bei Gericht sagen. Daß der Bernhard deswegen gleich auf und davon ist, begreift er auch net. Er will selber zum alten Karg gehen und ihm sagen, daß er gegen den Bernhard nix hat. Ist halt eine dumme Weibergeschichte gewesen."

Bedächtig schnupfte der Mesner und bot auch dem Schmied eine Prise an. „Ja, ja, diese Weiber! Und was sagt der Xaver wegen der Sabine? Jetzt ist ihm ja der Bernhard nimmer im Wege."

Der Schmied spuckte auf den Platz. „Das ist ein verteufeltes Weibsstück, und der Xaver ist ein Esel! Im Krankenhaus hat sie ihn ein paarmal aufgesucht und ihm weisgemacht, daß zwischen ihr und dem Bernhard sowieso nix Ernstes gewesen ist und daß der Bernhard ja gegen ihn nur ein schwaches Bürscherl sei und sie nur einen starken Mann wolle."

„Je, je, da hätte es ja die ganze Geschichte überhaupt net gebraucht!"

„Die Sabine ist eine ganz Schlaue! Die redet, wie es grad paßt, und möcht sich alleweil gleich ein paar Mannsbilder warmhalten. Wirst sehen, Sigl, dieser Hafen bekommt den Deckel, den er verdient hat!"

Die Fäuste in die Hosentaschen gestemmt, schlenderte der Schmied dann zu seiner Werkstätte hinüber, und bald weckten seine Hammerschläge das ganze Dorf.

Zufrieden äugte der Mesner umher. Das war wenigstens wieder einmal eine Neuigkeit, über die man eine Weile reden konnte, und daß der Ertl Xaver zum Müller gehen wollte, versprach vielleicht noch einiges. Und wie es nun mit dem Xaver und der Böhmhofer Sabine weiterging, das würde auch ein wenig spannend werden. Er war schon der richtige Mann für sie. Das Frauenzimmer brauchte einen, der ihr von Anfang an den Herrn zeigte. Da war sie bei dem jungen Orthofer in den besten Händen. Der würde ihr die Mucken schon austreiben. Der gutmütige Bernhard wäre ja mit diesem Dirndl kaum fertig geworden. Friedfertig, wie der war, wäre er bald der rechte Pantoffelheld gewesen!

In der Landpolizeistation öffnete der Hauptwachtmeister Schedl das Fenster und rief dem Mesner einen guten Morgen zu. Eilfertig schlurfte der alte Mann über den Platz und rief wichtigtuend und mit gedämpfter Stimme zum Fenster hinauf:

„Der Xaver ist wieder da!"

Das schien den Schedl ganz wenig zu interessieren. „Dann ist es ja gut."

„Weiß man vom Bernhard noch gar nix?" bohrte der Mesner, zu einer kleinen Unterhaltung bereit.

„Ach, der kommt schon wieder. Viel kann ihm ja net passieren", meinte der Schedl und wollte sich zurückziehen.

„Der Xaver möchte, daß die Sache im guten ausgemacht wird."

„Wir werden ja sehen." Der Hauptwachtmeister verschwand, und enttäuscht ging der Mesner wieder auf seinen gewohnten Stehplatz zurück und murmelte verächtlich: „Die machen es sich leicht!"

Beim Orthofer saß man an diesem Morgen froh und zufrieden beisammen und hatte viel zu reden.

„Weil es nur endlich soweit ist!" freute sich der Bauer.

Die Bäuerin und die Katharina versprachen, der Muttergottes in der Kapelle beim Waldbrünnl droben eine große Kerze zu stiften, und der Orthofer bestimmte:

„Arbeiten kannst jetzt noch nix. Ein wenig bei den kleinen Arbeiten mithelfen, wenigstens noch ein paar Wochen. Könntest aber in unserem Wald einmal nachschauen, wieviel wir im Herbst einschlagen können, damit wir die Krankenhausrechnung zahlen. Hat sich zwar der Simon erboten, alle Kosten zu tragen, aber das will ich net. Bei der Heuernte hat er uns Leute geschickt, und wenn du sowieso in die Mühle gehen willst, kannst ihm dafür auch gleich meinen Dank sagen."

„Ich tue es gleich", entschloß sich der Xaver, „bin froh, wenn ich es hinter mir habe. Wohl ist mir dabei net."

„Ich schaffe es dir net", sagte der Orthofer, „wenn du aber selber hingehen willst, ist es mir recht. Ist noch nie eine Feindschaft gewesen zwischen uns und der Mühle, muß sich auch das wieder aus der Welt schaffen lassen."

Dann verließ der breitschultrige Bursche mit dem derb-bäuerlichen Gesicht und dem weißen Verband um den Kopf den Hof und ging durch das Dorf. Oft wurde er angehalten und mußte sich fragen lassen, wie es ihm ginge, aber immer meinte er nur lachend:

„Fehlt sich nix, hab einen harten Schädel."

Beim Schmied sah er in die Werkstatt, und dieser erbot sich, mitzugehen, wenn ihm eine Begleitung auf seinem Gang zum Rumpachmüller lieber wäre.

„Ich fürchte mich ja net. Der Müller kann mich rauswerfen, dann gehe ich eben, aber er hat dann wenigstens gesehen, daß ich einen guten Willen habe."

Der Mesner hatte Glück, daß er gerade wieder seinen Beobachterstand auf dem Dorfplatz eingenommen hatte, als der Xaver vorbeikam. Freundlich bot er ihm eine Prise Schnupftabak an und wollte sich damit auf eine längere Unterhaltung einrichten.

„Ein Schnüpfl kann dir net schaden", sagte er wohlwollend und fragte gleich: „Wo gehst du denn hin?"

„Ist ein schöner Tag heut", griente der Xaver und ließ ihn stehen.

„Ganz gesund ist er noch net", murmelte der Mesner besorgt hinter ihm her.

Als sähe er die Wiesen und Felder und den Wald ringsum nach Jahren zum erstenmal wieder, so schön kam ihm die kleine Heimat im Tal vor, als wären die Wiesen nie so grün, die Kornfelder nie so gelb und der Himmel darüber nie so blau gewesen wie heute.

Warum war ihm das nicht früher aufgefallen? Weil der Mensch oftmals erst eine auf den Schädel bekommen und ins Krankenhaus gesteckt werden muß, bis ihm die Augen aufgehen und der Verstand gerüttelt wird. Für ihn war es eine Lehre gewesen, und wenn ihn wieder einmal der Übermut jucken oder die Rauflust packen sollte, dann brauchte er nur an diese Zeit zu denken. Das würde ihn künftig vor Dummheiten bewahren.

Langsam ging er durch das Mühlwäldl, und die Sonne schien auf das staubige Sträßlein, die Blätter an den Birken raschelten leise, und ein Vogel sang auf einer hohen Fichte.

So schön war die Welt und so friedlich so ein Wald, und die Menschen achteten es nicht.

Da war die Haselstaude am Weg, hinter der er, seiner kaum mächtig vor Trunkenheit, auf den Bernhard gelauert hatte, um ihn zu verprügeln, nachdem dieser der Schlägerei auf dem Dorfplatz ausgewichen war. Hatte er damals überhaupt an irgend etwas gedacht? Er schüttelte den Kopf über sich selbst, so dumm und unbegreiflich kam ihm das heute vor.

Wie war das eigentlich gewesen? Wenn er sich vergegenwärtigen wollte, wie es zugegangen war, plagte ihn irgend etwas. Er war aus der Staude über den kleinen

Straßengraben auf den Bernhard losgesprungen, dieser hatte ihm einen Faustschlag versetzt, und er war hingefallen. Wie eine Wasserflut hatte ihn die Betäubung und der Rausch erfaßt, und er war liegengeblieben — und dann? Der Schlag auf den Kopf! Da war noch etwas gewesen! Umsonst hatte er während seines Krankenlagers daran gegrübelt, nun wurde diese Erinnerung deutlicher. Etwas hatte auf ihm gelastet, hatte ihn niedergehalten, und jemand hatte etwas geflüstert.

Umsonst, es fiel ihm einfach nicht ein.

Es war ihm nicht ganz wohl, als er sich der Rumpachmühle näherte. Den Weg dorthin war noch niemand im Dorf gern gegangen, und auch er war nur selten in die Nähe gekommen. Als Buben hatten sie nur von den Hangfeldern oder vom Wald auf die alte Rumpachmühle hinabgeschaut, scheu und wissend, daß es dort umginge und der Müller ein leutfremder, verschlossener und unguter Mann sei.

Seine erste Frau soll jammernd dahingesiecht sein, weil er das Geld für den Doktor nicht ausgeben wollte, den Bernhard ließ er nicht mit den Dorfbuben spielen, und wer mit ihm zu tun hatte, konnte nur mit einer groben Rede rechnen.

Mit einem freundlichen Empfang durfte er also nicht rechnen.

„Da schau hin, wer da kommt!" stieß der Suber den Alois an, der, auf den Hebel des Sägegatters gestützt, den fressenden, auf und ab sägenden Stahlzähnen zusah. Aus seinem Nachdenken gerissen, wandte sich der Einarmige langsam um, zuckte zusammen und stürzte mit einem Fluch dem Ertl Xaver entgegen, der gerade in den Hofraum der Mühle kam.

Blind vor Schreck herrschte er ihn an: „Was willst du da? Scher dich, da hast du nix zu suchen!"

„Oho? Dir will ich gar nix", beherrschte sich der Xaver, „zum Müller will ich."

„Der will dich net sehen! Das laß dir gesagt sein. Eine Frechheit —"

Da er dem jungen Bauern den Weg zur Haustür verstellen wollte, schob ihn dieser zur Seite: „Wenn er mich net sehen will, dann kann er mich ja weiterschicken, aber von dir laß ich mich net abweisen, verstanden?"

Mit zornrotem Gesicht faßte der Alois ihn am Arm und wollte ihn zurückhalten: „Schau, daß du weiterkommst, sonst vergreife ich mich an dir!"

Ungerührt und überlegen sah der Xaver ihn von oben bis unten an und schlug ihm den Arm herunter: „Du? Was willst denn du? Rühr mich net noch einmal an, sonst werf ich dich in den Bach, du Dürftling."

Nun lenkte der Alois ein, und fast bettelte er: „Laß den Alten in Ruhe! Er hat sich genug bekümmert wegen dir, mußt ihn jetzt net noch mehr aufregen. Wenn ihn noch einmal ein Schlag trifft, dann ist es aus mit ihm! Das kannst du net verantworten."

„So empfindlich ist der Müller net. Ich reg ihn schon net auf."

„Sei gescheit —", wollte es der Einarmige ein letztes Mal versuchen, aber der Xaver ging an ihm vorbei ins Haus, klopfte an die Tür der Wohnstube und trat ein, ohne eine Aufforderung abzuwarten.

Der Müller saß in seinem Rollstuhl am Tisch und hatte Papiere vor sich liegen. Der zornige Blick wollte dem Xaver den Mut nehmen. Sein Gruß wurde nicht erwidert, und der Müller sah ihn nur starr mit offener Feindseligkeit an.

„Karg", stotterte der Xaver, „wollte nur mit dir reden, weißt schon, warum. Das Ganze ist eine saudumme Rauschgeschichte gewesen, und eigentlich bin ja ich der Hauptschuldige. Ich habe das der Polizei gesagt und sage es auch vor dem Gericht. Ich möchte halt, daß ihr euch — und besonders der Bernhard net zuviel Gedanken drüber macht."

„Der Bernhard?" Der Müller blies die Luft aus und bellte: „Der ist net da!"

„Hab mir gedacht, du könntest ihn das wissen lassen."

„Weiß net, wo er ist!" kam die Antwort giftig. „Was willst du denn eigentlich?"

„Hab dir das halt sagen wollen. Der Vater will keine Feindschaft und ich auch net, und bedanken möchte ich mich für die Hilfe beim Heuen."

„Ich komme auch für alle Kosten auf, das hab ich deinem Vater schon gesagt."

„Karg, das nehmen wir net an."

Zur Tür herein schnaufte die Zilli und blieb mit offenem Mund stehen, wurde bleich und rot und mußte sich an den Türrahmen lehnen. Entsetzt fauchte sie:

„Was will denn der da?" Und den Schreck überwindend, kam sie ins Keifen: „Die ganze Familie hat er ins Unglück gebracht, und jetzt traut er sich in unser Haus! Simon, schaff ihn hinaus!"

Der Xaver sah auf den Müller und war ratlos. Dieser schmunzelte und blinzelte ihm zu. Zur Zilli gewandt wurde er grob: „Verschwinde!"

„Ich geh net!" belferte sie mit überschlagender Stimme. „Ich gehe net, solange der da ist! Hinaus!" Sie hatte die Fäuste in die breiten Hüften gestemmt und wirkte, trotz ihres Zornes, so komisch, daß auch der Xaver lachte.

„Lachen tut er auch noch! Der muß aus dem Haus!"

„Gehst du jetzt? Oder —", drohte der Müller.

„Ich soll gehen? Und der kann bleiben? Was fällt —"

Der Müller hatte das Tintenglas vom Tisch genommen, aber ehe er es nach ihr werfen konnte, schob sie behende ihren massigen Körper hinaus und schmetterte die Tür zu.

„Das wollte ich net, Müller, und ich gehe auch gleich wieder“, entschuldigte sich der Xaver, doch nun schien der Alte auf einmal in bester Laune zu sein.

„Da setz dich hin.“

Gesprächig und gar nicht mehr unfreundlich wollte er wissen, wie es ihm im Krankenhaus ergangen sei, wie es daheim zugehe, und mit wachsendem Staunen antwortete der Xaver. Dieser kranke Mann in seinem Rollstuhl war ein ganz anderer, als er ihn sich vorgestellt hatte. Er redete und war freundlich, versicherte, daß man wegen des Vorfalls sich nicht feind zu sein brauche. Plötzlich aber veränderte sich sein Gesicht, und, nach der Stubentür horchend, flüsterte er:

„Xaver, bei uns zieht sich ein Wetter zusammen. Dir sag ich es. Die zwei, die Zilli und ihr Bub, hätten mich schon lange gerne weg. Ich weiß net, was hinter meinem Buckel alles vorgeht, aber es ist etwas los im Haus.“

Seine Augen bekamen einen bösen Glanz.

„Sie meinen oft, ich schlafe, dann sitzen sie noch die halbe Nacht zusammen und wispern. Was haben sie denn zu geheimnissen? Ich kann es mir denken. Der Bernhard ist fort, und nun bin ich ihnen noch im Wege.“

„Ob du da net zu schwarz siehst, Müller?“ wollte der junge Bauer den Alten beschwichtigen, dessen Hände vor Erregung zitterten.

„Die Zilli hätte ich net heiraten sollen! Sie hat mir den ledigen Buben ins Haus gebracht, und jetzt sind sie alle zwei gegen mich. Wenn der Bernhard wenigstens da wäre! Aber das ist auch so ein guter Lapp, den täten sie fertigmachen, der wäre zu schwach. Weg soll ich, ich lebe ihnen zu lange! Dann wären sie die Rumpachmüller und täten die ganze Sach verwerkeln. Die Zilli ist eine Schlampen, und ihr Taugenichts wartet bloß darauf, mit meinem Geld den großen Herrn zu spielen! Ich sag dir das alles, weil man nie weiß, was kommt und wozu die Leute alles fähig sind. Wenn mir etwas geschehen sollte, was net ganz sauber ist, dann weißt wenigstens du, was los gewesen sein könnte."

Dann lachte er belustigt und zischelte:

„Aber ich hab ihnen einen Possen gespielt! Sie finden kein Geld, und ich weiß ganz genau, daß sie schon danach gesucht haben! Und ein Testament mache ich, daß sie staunen werden! Keinen Pfennig und kein Stückl Brot sollen sie erben! So wie sie gekommen ist, die Zilli, so arm wie eine Kirchenmaus, so soll sie auch wieder gehen, sie und ihr Lump!"

„Müller — ehrt mich, daß du mir soviel anvertraust, aber ich möchte doch net soviel wissen."

Die Züge des Alten erstarrten, und in sich zusammensinkend murrte er gekränkt: „Du bist der einzige, dem ich das gesagt habe, und du willst es net wissen. Ihr vom Dorf habt mich noch nie mögen und ich euch auch net. Ist schon gut, dann mußt halt wieder vergessen, was ich dir gesagt habe."

Der Xaver stand auf und ging mit einem freundlichen Gruß. Der Rumpachmüller sagte nichts mehr.

Auf dem Hof stand immer noch der Alois. Sein früh gealtertes Gesicht war spitz und blaß, und ein Grinsen, ängstlich lauernd und böse, machte ihn häßlich.

„Hat er dir nun gesagt, wo der Bernhard steckt? Ich bin sicher, daß er es weiß."

„Mit dir rede ich net", sagte der Xaver verächtlich und verließ den Hofraum.

Die geballte Faust schüttelte der Einarmige hinter ihm her und drohte halblaut: „Kommt schon einmal der Tag, Freunderl, dann werden wir zwei auch quitt! Ein zweites Mal hält es dein Bauernschädel nimmer aus!"

Auf dem Heimweg suchte der Xaver die Landpolizeistation auf und traf dort den Polizeimeister Rabinger.

Er wolle keine Anzeige gegen den Bernhard Karg, erklärte er, und ob es nicht ginge, daß man die Geschichte auf sich beruhen lasse.

„Das geht leider nicht, Herr Ertl. Das Verfahren ist bereits im Gang, und der Staatsanwalt wird die Anklage erheben, sobald der Bernhard gefunden ist", gab Rabinger ihm Bescheid und fügte bissig hinzu: „Erst raufen und streiten, und dann nichts mehr wissen wollen! Ihr seid schon ein seltsames Volk!"

Der Xaver wagte noch die bescheidene Frage: „Kann man denn den Bernhard gar net auftreiben? Der muß doch zu finden sein!"

„Vielleicht können Sie uns dabei helfen? Bis jetzt ist die Fahndung ergebnislos verlaufen, leider."

Mit einem knappen Gruß verließ der junge Orthofer das Dienstzimmer.

Draußen wartete schon der Schmied vor seiner Werkstätte.

„Hat der Karg dich rausgeschmissen, weil du schon wieder da bist?"

So frohgestimmt er noch eine Stunde zuvor den Weg zur Mühle gegangen war, so bedrückt war er nun, und er meinte: „Ist grad, als wäre die Mühle verwunschen, Schmied, ich hab eine Gänsehaut auf dem Buckel. Der Alte sagt selber, daß sich bei ihm was zusammenzieht. Wirst sehen, dahinten gibt es noch Mord und Totschlag!"

Kopfschüttelnd wanderte er heimzu.

„Sag mir einen schönen Gruß an die Katharina", rief der Schmied ihm noch nach und kehrte wieder an den Amboß zurück.

Die Heimkehr Xavers aus dem Krankenhaus war wohl der Grund dafür, daß sich am Sonntag die meisten der Dörfler schon zeitig auf dem Dorfplatz vor der Kirche einfanden. Nach den arbeitsreichen Wochen der Heuernte fand man endlich mehr Zeit, sich um die Nachbarn und das Geschehen im Dorf zu kümmern. Jetzt war der Xaver zurück, und damit wurden alle Erinnerungen an die Maibaumfeier und ihre Folgen wieder lebendig. Der eine war nun wieder da, und wo war der andere? Der Bernhard?

Gar nichts mehr hatte man von ihm gehört, und niemand hatte es sich einfallen lassen, darüber etwa den Müller oder einen anderen Bewohner der Mühle zu fragen. Vielleicht hätte die Angela etwas sagen können, aber aus der war kein Wort herauszubringen. Könnte sein, daß doch jemand etwas wußte, und das war nur auf dem Platz vor der Kirche zu erfahren, wo man sich nach der Arbeitswoche traf und Neuigkeiten austauschte.

Nicht zu knapp in der Zeit kam auch der Orthofer, diesmal mit der ganzen Familie, der Bäuerin, dem Xaver und der Katharina, die neben ihrem kräftigen Bruder klein und unscheinbar erschien. Gleich wetzte der Schmied herbei und ging der Katharina nicht von der Seite, während der Xaver von den Dorfburschen umringt wurde und die Eltern sich zu den Alten gesellten. Nachdem man sich hatte versichern lassen, daß es dem Xaver gutgehe, redete man von alltäglichen Dingen, vom Wetter und der kommenden Kornernte und vermied geflissentlich, die Sprache auf den Bernhard zu bringen.

Nicht wenig erstaunt waren die Dörfler, daß sich an diesem Sonntag auch der Rumpachmüller von der Angela wieder zur Kirche fahren ließ, und noch mehr verwunderte sie, daß die Orthoferleute und der Müller sich grüßten. Es war der Schmied, der den Nächststehenden sagte, daß der Xaver schon in der Mühle gewesen sei und man aus der ganzen dummen Geschichte nicht so viel machen solle. Das machte die Runde auf dem Platz, und beifällig nickten die Frauen und Männer.

Dann gab es wieder etwas zu schauen und zu flüstern, als die Sabine vom Böhmhof kam und sich ganz selbstverständlich um den Xaver annahm, mit einem Lächeln in ihrem backenknochigen Gesicht, wie man es bei ihr sehr selten sah.

Das brachte den Schmied in Harnisch, und er knurrte ärgerlich: „Erst ist es der Bernhard gewesen, und jetzt ist es halt wieder der Xaver! Kenn dich aus in so einem Weibsstück!"

Ganz mild und schmeichelnd klang diesmal ihre Stimme, als sie dem Xaver zuraunte: „Was tust du denn am Nachmittag? Könntest ein wenig in die Sitzweil kommen."

Er zögerte: „Ich weiß noch net."

„Oder komm am Abend, so gegen neun Uhr! Da liegen meine Eltern schon, und wir können ein wenig spazierengehen. Ich warte beim Stadel auf dich."

Sein verlegenes Erröten achtete sie nicht und stieß ihn aufmunternd in die Seite: „Was ist?"

„Überlegen muß ich mir das schon noch", fertigte er sie ab und schloß sich den anderen Burschen an, die in die Kirche hineingingen.

Einen Augenblick stand die Sabine noch und biß sich auf die Unterlippe, dann hob sie stolz den Kopf und schritt, ohne die Leute zu beachten, ins Gotteshaus.

Beim Kirchenwirt drüben stand der Alois und neben ihm der Suber, der nun, seit er im Sägewerk arbeitete, fast immer in der Gesellschaft des Einarmigen zu finden war.

„Hast du es gesehen?" frotzelte er den Alois. „Jetzt ist der Xaver wieder obenauf. Na ja, die Sabine hat es halt eilig! Schön ist sie net und auch nimmer jung. Ich hab schon gemeint, es könnte zwischen euch zwei was werden, weil du so gern auf den Böhmhof gegangen bist."

„Halt dein Maul, Suber! Mir geht alles schief, als wär der Teufel hinter mir her! Aber merk dir das: Wenn sie mich einmal verrückt machen, dann passiert was, daß sie in zehn Jahren noch an mich denken!"

„Ach was! Du wirst dir schon zu helfen wissen, und wegen einem Weiberleut tät ich mich überhaupt net ärgern."

„Hast recht", tat der Alois mit einem schiefen Lächeln. „Dich mag ja sowieso keine, brauchst dir also auch den Kopf net zerbrechen. Komm, was du trinkst, zahl ich!"

Sie kehrten dem Wirtshaus zu.

Auch hinter dem Vorhang am Fenster des Dienstzimmers der Landpolizei hatte einer das Treiben vor der Kirche beobachtet, der Hauptwachtmeister Schedl. Ihm entging nichts, was sich zwischen Wirtshaus und Kirche tat. Mit Grimm sah er, wie die Sabine sich an den Xaver heranmachte, und überrascht stellte er fest, daß der Müller mit dem Orthofer und dem Xaver einen freundlichen Gruß tauschte.

„In diesen Leuten soll sich einer auskennen!" murmelte er. Dann gehörte aber seine Aufmerksamkeit der Angela, bis diese mit dem Müller im Rollstuhl hinter der Kirchentür verschwunden war.

Hatte sie nicht noch einen Blick ihrer schwarzen Augen zum Fenster der Landpolizei herübergetan?

Nun leerte sich der Platz, und auch die beiden Burschen, drüben vor dem Kirchenwirt, die ihm nicht entgangen waren, verschwanden hinter der Wirtshaustür: der Brebeck Alois und der Suber. Fand der Alois keinen anderen Umgang mehr? Oder verband die beiden irgendeine Lumperei?

Er hätte sich über seine eigenen Gedankengänge ärgern

können. Dieser Fall Bernhard Karg war zu einem Alpdruck geworden, und alles, was er sah und hörte, versuchte er nun schon damit in Verbindung zu bringen. Wenn er seinem Vorgesetzten gegenüber auch nur einen Teil seiner verrückten Gedanken äußern würde, lachte der ihn sicher nur aus.

Vielleicht war es nur der Umstand, daß die Angela ausgerechnet in der Mühle diente und ihm damit Sorgen machte? Vielleicht kam seine Abneigung gegen den Einarmigen daher, daß dieser der Angela näher war und den ganzen Tag mit ihr reden konnte?

Eifersucht? Ach was! Bei der Angela hatte dieses Gaunergesicht kein Glück!

Er freute sich auf den Nachmittag, denn er war nun schon regelmäßiger Gast beim Hastreiter, wenn die Angela frei hatte. Jetzt aber war es auch für ihn Zeit, in die Kirche zu gehen.

Vor der Kirchentür traf er noch einen verspäteten Kirchgänger, den Hastreiter, und dieser raunte ihm beim Betreten des Gotteshauses zu:

„Schedl, jetzt werden die Kirschen bald reif!"

Der Hauptwachtmeister mußte viel über diesen seltsamen Mann nachdenken. Wenn es nach ihm ginge, sollte der Hastreiter sein Schwiegervater werden, aber sein Verhalten machte ihm Kummer. In diesen heißen Sommertagen plagte den Hastreiter seine Kopfverletzung, und dann war mit ihm nicht viel anzufangen. Mitten in die Unterhaltung hinein machte er dann geheimnisvolle Bemerkungen, daß es nun bald soweit sei und der Teufel schon die Hand nach dem Rumpachmüller ausstrecke. Die Geschichte, daß der Müller der Hastreiterin einmal die Tür gewiesen hatte, weil sie nur ein paar Kirschen wollte, um ihrem Mann während seines Urlaubs einen Kirschauflauf backen zu können, hatte er sich schon ein dutzendmal angehört. Der Hastreiter haßte den Müller!

Warum aber war er dann damit einverstanden, daß die Angela in der Mühle diente? Das müsse so sein, hatte er ihm auf seine Frage einmal geantwortet.

Krankhafte Einbildungen? Und doch konnte er diese oft so ungereimten Aussagen des Kriegsinvaliden nicht vergessen und dachte immer wieder darüber nach. Mit dem Rabinger konnte er ja über solche Dinge nicht reden. Wenn er ihm gar sagen würde, daß er fast an Zusammenhänge zwischen den Wachträumen des Hastreiters und den Vorgängen um die Mühle glaube! Der hielte ihn für verrückt!

Und doch: Irgendwie gehörte alles zusammen. Der dörfliche Kreis war so eng und das Leben dieser Leute so einfach, von der schweren Arbeit geformt und von der Zusammengehörigkeit geprägt, daß das Schicksal des einzelnen sich immer ein wenig mit dem der anderen verband, daß sie sich kannten und wenigstens gefühlsmäßig und oft unbewußt tiefer sahen als Außenstehende.

Der Brebeck Alois und der Suber waren die einzigen Gäste, solange der Gottesdienst andauerte, und die Wirtin stellte ihnen das Bier hin, nicht ohne zu sagen, daß der Kirchenbesuch ihnen auch nicht geschadet hätte.

Sie saßen am Fenster und hörten das Anschwellen der Orgel, als die Messe zu Ende ging. Mit den ersten kam die Sabine aus der Kirche und blieb unweit der Tür stehen, nestelte an ihrem Kleid und verzögerte absichtlich. Sie ließ die Dorfleute an sich vorüber, bis der Orthofer mit seiner Frau, dem Xaver und der Katharina kam. Freundlich lächelnd und erwartungsvoll auf den Xaver blickend, stand nun die Sabine.

Hinter dem Gaststubenfenster lauerte der Alois und pfiff verwundert durch die Zähne, als er bemerkte, wie die Orthoferleute rasch heimwärts trachteten, ohne sich um die Sabine zu kümmern. Das Lächeln erstarrte im Gesicht der Böhmhofertochter; betroffen und ratlos sah sie sich um und ging dann langsam über den Platz und durch das Schmiedgaßl davon.

„Da, zahl du!" stieß der Einarmige hastig aus und warf ein Geldstück auf den Tisch. Eilig verließ er den Kirchenwirt, rempelte einige Burschen an, die gerade in die Gaststube wollten, und hastete hinter der Sabine her.

Auf der Höhe über dem Dorf holte er sie ein. Mit gerunzelter Stirne fragte sie ihn:

„Willst du mir was, weil du mir nachlaufst? Hab dich in der Kirche gar net gesehen."

„Das Kirchengehen hat mich nimmer gefreut, weil ich vorher allerhand gesehen hab, was mır net gepaßt hat."

„So?" gab sie ihm herausfordernd zurück.

Gleichgültig tuend, bemerkte er: „Ist ja der Xaver wieder da, und jetzt wirst du wieder nimmer wissen, wo du dich hinwenden sollst."

Sie sah zu Boden und schob mit dem Schuh ein Steinchen hin und her. „Wie meinst du das?"

„So, wie ich es sage. Vorläufig ist ja der Xaver noch die bessere Partie", spottete er, „möchtest ja gerne eine große Bäuerin sein, und als Müllerin brauchtest net in den Stall zu gehen, auf die Wiese zum Heuen zu rennen und den Dienstboten zu kochen. Meine Frau hat einmal mit der Landwirtschaft nix zu tun, und für den Haushalt kriegt sie eine Magd und, wenn es sein muß, auch eine Köchin. Aber so nobel willst du es ja net haben!"

Nun hob sie den Kopf und sah ihn feindselig an. „Wenn das alles ist, was du mir zu sagen hast, hättest mir net nachzulaufen brauchen!"

Daß sie ihn nicht gröber abfahren ließ, beruhigte ihn und stärkte sein Selbstbewußtsein. Aus dem Feld hatte ihn also der Xaver noch nicht völlig geschlagen, sie schwankte noch. Wenn es zwischen den beiden schon abgemacht wäre, dann hätte sie sich anders aufgespielt.

„Ich kann es halt net leiden, wenn ein anderer sich

um dich umtut! Ganz närrisch bin ich, wenn ich an dich denke, und in der letzten Zeit bist gar net recht nett zu mir gewesen. Wenn du mich net willst, dann freut mich das Leben nimmer.“

Hinter ihrer Stirne arbeitete es. Sie hörte den falschen Ton aus seinen Worten und hätte ihn am liebsten ins Gesicht geschlagen. Doch warum sollte gerade sie das tun? Das konnte der Xaver besser. Plötzlich fragte sie mit einem hinterhältigen Lächeln:

„Was tust du denn heute abend? Wenn du um neune beim Stadel auf mich wartest, könnten wir ein wenig spazierengehen.“

„Ich komme ganz bestimmt!“ versicherte er geschmeichelt.

„Dann laß mich jetzt allein heimgehen. Ist besser, wenn der Vater dich net sieht.“

Zufrieden grinste er hinter ihr her. Diesmal hatte er sie beim richtigen Zipfel erwischt! Die Sabine wollte eine Frau sein und keine Bäuerin! Da hatte er dem Xaver etwas voraus, und das mußte er nützen. Ob er dann, wenn er die Mühle hatte, die Kühe wegtun würde, oder ob er nicht überhaupt als Bauer auf dem Böhmhof aufzog, das würde sie dann schon sehen. Sie wollte nur bald verheiratet sein. Die paar Jährlein, die sie älter war als er, die waren zu verschmerzen, wenn man damit den größten Bauernhof im Tal in die Hände bekam. Und warum sollte es ihm nicht gelingen, den Xaver auszuschalten?

Nun sah er alles wieder in schönerem Licht, und er beschloß, nicht ins Wirtshaus zurückzukehren. Das Bier könnte ihn zu einer Dummheit verleiten, nun aber durfte er keinen Fehler mehr machen. Daheim galt es nun, das Eisen zu schmieden, und der Alte war ein harter Brocken. Solange der nicht bereit war, ihm das Anwesen zu übergeben, mußte er den braven Mann spielen, da half alles nichts.

Beim Mittagstisch in der Mühle war es wie an allen Tagen. Der Alois versuchte, eine Unterhaltung in Gang zu bringen, die Müllerin half ihm, doch mühten sich beide vergeblich. Nur wenn sie sich an die Angela wandten, bekamen sie knappe Antworten, der Müller aber reagierte nur mit einem unwilligen Brummen. Nicht einmal für die Angelegenheiten des Sägewerks konnte der Alois dem Alten eine Antwort abringen. Er wollte schon heftig werden, aber ein warnender Blick seiner Mutter ließ ihn schweigen. Verdrossen verließ er die Stube, warf sich draußen auf der Mühlwiese ins Gras und verschlief den Nachmittag.

Zur gleichen Zeit wartete hinter dem Mühlwäldl der Hauptwachtmeister Schedl auf die Angela und begleitete sie zu ihrem Elternhaus. Das tat er, sooft es nur ging, und längst sah man im Dorf in diesen zweien schon künftige Brautleute. Da man sie beide gut leiden konnte und der stattliche Hauptwachtmeister ganz gut zu der schwarzäugigen Tochter des Hastreiters paßte, gab es darüber kaum ein Gerede.

Es wurde für den Schedl zwar nicht der erhoffte Nachmittag mit einer langen Plauderstunde, denn die Angela begann, daheim angelangt, gleich mit dem Wäschewaschen. Aber es machte ihm auch nichts aus, ihr zu helfen, Wasser vom Brunnen zu holen und später die Wäsche aufzuhängen. Dazwischen leistete er dem Hastreiter auf der Hausbank Gesellschaft und wurde dann von der Angela zu einer Tasse Kaffee eingeladen. Wenn er auch nicht davon sprach, so rechnete der Hastreiter ihn im stillen ohnedies schon zur Familie, denn es mußte seinen Grund haben, daß der Polizist eine solche Anhänglichkeit zeigte.

Der Schedl wußte auch schon seit Wochen, daß er

nicht mehr deshalb hinter der Angela her war, um eventuell aus der Mühle etwas zu erfahren, sondern daß er sich das hübsche Dirndl mit den Kirschenaugen als seine Lebensgefährtin wünschte. Ihr das zu sagen, hatte er nur noch nicht die passende Gelegenheit und den guten Anfang gefunden. Oft hatte er es schon versucht, ihre Meinung durch eine vorsichtige Bemerkung zu erkunden, aber die Angela verstand, dies so geschickt zu umgehen und so harmlos zu tun, daß alle seine guten Vorsätze nichts halfen.

Er blieb, wie immer, bis zum Abend, und begleitete die Angela dann bis zum Ende des Mühlwäldls.

Als er diesmal wieder einen Anlauf machte, um ihr zu sagen, daß er sie gernhatte und heiraten möchte, lenkte sie ihn nicht mehr ab, sondern hörte ihm zu.

„Wollte schon lange einmal gescheit mit dir reden, Angela, aber jedesmal, wenn ich davon anfange, weichst du mir aus, und ich stehe da und weiß nimmer weiter. Ich finde auch alleweil net den rechten Anfang, und bei solchen Dingen kann man auch net mit der Tür ins Haus fallen."

Zu seiner großen Überraschung fragte sie: „Was ist es denn, was du mir sagen willst?"

Und mutig fing er an zu erklären: „Weißt, es ist so: Ich werde älter, und das Herumhocken als Zimmerherr bei der Frau Graßl behagt mir gar nimmer. Es wäre halt Zeit, daß ich wüßte, wo ich hingehöre. Einen eigenen Hausstand möchte ich haben, aber das ist net so einfach. Freilich, wenn ich so eine Frau bekäme wie dich, dann tät ich morgen schon heiraten. Dich mag ich wirklich gern."

Daß sie ihn diesmal mit seinem Antrag so weit kommen ließ, ohne ihn zu unterbrechen und von etwas anderem zu reden, verwunderte ihn und machte ihn unsicher. Er kam ins Stottern:

„Na ja, weißt ja — mußt es ja längst bemerkt haben — sag doch was!"

Mit einem belustigten Lächeln sah sie ihn an. „Freilich hab ich bald gemerkt, daß du einmal so was zu mir sagen würdest. Ich bin halt noch zu jung, sonst tät ich mit Freuden ja sagen."

„Dann stimmt ja alles!" lachte er glückselig auf, „und wegen dem Jungsein, da brauchst du dir nix denken. Mir ist eine Junge lieber als eine Alte!"

Nun hatte sie es eilig, wegzukommen. „Bin schon spät dran und möchte der Müllerin keinen Grund zum Maulen geben."

„Halt, so einfach geht das net!" Er zog sie schnell an sich und küßte sie. „Morgen sagen wir es gleich deinem Vater."

„Du hast es aber eilig!" freute sie sich, machte sich frei und rannte davon. Er sah ihr nach, bis sie im Haus verschwunden war, dann ging er, langsam wie ein Traumwandler, ins Dorf zurück. Der Dorfplatz war leer, nur aus der Gaststube des Kirchenwirtes drang lautes Reden.

Und der Mesner Sigl stand auf seinem gewohnten Platz und sah sich nach einem Gesprächspartner um.

„Hast du heute keinen Durst, Sigl?" neckte der Hauptwachtmeister, und bedauernd kaute der Mesner mit zahnlosem Mund:

„Geht net. Stirbt niemand, und Kinder kommen auch viel zu wenig zur Welt. Heuer ist erst eine einzige Hochzeit gewesen."

„Ist aber bald eine!" versicherte ihm der Schedl. „Und darauf gebe ich dir gleich einen Vorschuß!" Er drückte dem Alten ein Geldstück in die Hand und war froh wie ein Bub.

„Kenne mich aus, Herr Hauptwachtmeister, und wünsche gleich recht viel Glück! Ein strammer Mann und ein versorgter Beamter kann sich ja die Schönste aussuchen."

„Sehr richtig", schmunzelte Schedl und nahm sogar noch eine angebotene Prise Schnupftabak, ehe er zum Kirchenwirt ging, um dort das Abendessen einzunehmen.

Xaver Ertl hatte keinen guten Tag. Das Verhalten der Sabine vor der Kirche hatte ihn unruhig gemacht, und ihre Einladung, am Abend zum Böhmhof hinaufzukommen, hatte ihm gezeigt, daß sie sich nun doch für ihn entschieden hatte. Wenn er ihr auch glauben wollte, daß zwischen ihr und dem Bernhard nichts Ernstes gewesen war, so hemmte ihn doch der Gedanke an den einstigen Widersacher. Erst als ihm am Nachmittag Vater und Mutter nahelegten, nun doch einmal ans Heiraten zu denken, entschloß er sich, die Sabine aufzusuchen. Wenn es also sein mußte, dann wollte er ernst machen, und seinetwegen konnte im Herbst oder schon eher die Hochzeit sein. Vater und Mutter waren alt, es war wirklich an der Zeit, daß er sie ablöste und eine Bäuerin auf den Hof brachte. Was sollte er da noch lange überlegen? Schließlich war die Sabine die beste Partie, und als Tochter vom Böhmhofer mußte sie auch eine taugliche Bäuerin abgeben. Sie hatte ihn im Krankenhaus aufgesucht und wartete wohl nur darauf, daß er sie zur Frau nahm.

Die Zeit des Kornschnitts stand vor der Tür. Dann waren die Tage wieder von der Erntearbeit ausgefüllt. Also war es gut, wenn er mit der Sabine noch vorher ins reine kam.

Der letzte Abendschein hatte noch einen dunkelgoldenen Schimmer auf den Fluren hinterlassen, und die Sterne zogen auf. Der Abend war mild und still. Aus den Häusern im Dorf stieg der Rauch kerzengerade auf. Die Grillen sägten an den Feldrainen, und eine Wachtel schlug ihren klopfenden Gesang in die beginnende Nacht.

Auf dem Böhmhof war kein Licht mehr in der Stube. Drunten im Dorf schlug die Kirchenuhr die neunte Abendstunde, und die Sabine wartete wohl schon beim Stadel, der sich dunkel und wetterbraun neben dem Bauernhaus gegen den Himmel abhob.

Der Geruch der Hollerstauden kam ihm herb mit dem Nachtwind entgegen. Als er auf den Stadel zuging, löste sich aus dem Dunkel eine Gestalt und kam auf ihn zu. An den Umrissen erkannte er sofort, daß es nicht die Sabine, sondern der sich etwas schief haltende Einarmige von der Rumpachmühle war. Sie standen sich gegenüber, stumm und abwartend, bis der Alois höhnisch auflachte:

„Das hätte ich mir eigentlich denken können, daß du dich da heroben herumtreibst!"

Ruhig erwiderte der Xaver: „Kommt darauf an, wer da was zu suchen hat. Mir scheint, daß du dich herumschleichst, wo du nix zu suchen hast."

„Meinst wohl, jetzt, weil der Bernhard weg ist, brauchst du nur zu kommen und die Sabine wartet schon auf dich."

„Verschwinde!" forderte der Xaver den Einarmigen auf, „mit dir Zigeuner rede ich gar net."

Der Alois kam näher und zischte wütend: „Du Bauernlümmel! Einen Zigeuner willst du mich heißen?"

Breitbeinig stand der Xaver und sagte, immer noch ruhig: „Ich sage dir nur: Mach endlich, daß du weiterkommst, sonst geht mir die Geduld aus!"

„Du willst mich weiterschaffen?" drohte der Alois, und seine Stimme war heiser vor Zorn: „Du? Hau ab, sonst bringe ich dich in Schwung, daß du den Weg nimmer findest!"

Immer noch beherrschte sich der junge Orthofer. „Ich sage dir nur, daß ich mit so einem hergelaufenen Gauner nix zu tun haben will. Was willst du eigentlich? Ich sag es dir noch einmal im guten: Verschwinde!"

Er trat einen Schritt zurück, als der Einarmige auf ihn zukam und geifernd drohte: „Wir zwei haben noch was abzurechnen, und ein zweites Mal wird es dein Bauernschädel nimmer aushalten! Für dich bin ich alleweil der Hergelaufene gewesen, der Krüppel, der Einhandl! Vor den Leuten hast du mich zu einem Lumpen stempeln wollen — und jetzt geh her, wenn du eine Schneid hast, jetzt machen wir uns das aus!"

Da verlor auch der Xaver seine Ruhe, und warnend rief er: „Halte dich zurück, du Spruchbeutel, du windiger, sonst geht mir die Geduld aus!"

In blinder Wut sprang der Alois auf ihn los, und in seiner Hand blitzte ein Messer. Mit einer halben Wendung wich der Xaver ihm aus, und mit einem kräftigen Fußtritt schleuderte er den Angreifer zurück, daß dieser zu Boden stürzte. Dann war er über ihm, schlug ihm das Messer aus der Hand und traktierte ihn mit Faustschlägen. Keuchend wälzte sich der Alois zur Seite und versuchte, mit seinem Arm die Schläge abzuwehren. Mit den Füßen stoßend, machte er sich so weit frei, daß er aufspringen und mit einem Satz aus der Reichweite der Fäuste gelangen konnte. Stöhnend verschwand er in der Nacht, rannte die Hänge hinunter und kühlte sich das schmerzende Gesicht am Bach. Die salzigen Tränen der Wut brannten ihn an den aufgeschlagenen Wangen und in den verschwollenen Augen.

„Hin mußt du sein, und so lange gehe ich, bis ich dich erwische! Diesmal mußt du hin sein!" ächzte er, kauerte neben dem Wasser nieder. Seine Zähne klapperten wie im Frost, und das Elend schüttelte ihn.

Er hatte sich davonjagen lassen wie einen Hund! Tagelang konnte er sich jetzt vor der Sabine nicht mehr sehen lassen mit seinem zerschlagenen Gesicht! Aber rächen würde er sich, daß dem ganzen Dorf das Grausen kommen sollte!

Das kalte Wasser, das er mit der Hand gegen sein Gesicht schöpfte, brachte ihn zur Besinnung. Er durfte jetzt nichts übereilen. Die Mühle mußte er haben und den Bernhard aus dem Lande bringen, dann kamen sie dran: alle, die ihn über die Schulter ansahen und beleidigten. Einer um den andern!

Am Böhmhof war der Xaver schwer atmend zurückgeblieben und suchte seinen Hut, den er bei der Keilerei verloren hatte. Dann stand er, überlegend, ob es nun noch einen Sinn hatte, auf die Sabine zu warten. Daß er auf den Alois noch eingeschlagen hatte, nachdem es nicht mehr nötig gewesen wäre, weil er ihm ja das Messer schon abgenommen hatte, reute ihn jetzt. Wohl hundertmal hatte er sich auf seinem Krankenlager gelobt, künftig allen Raufhändeln auszuweichen, und nun hatte er sich doch wieder hinreißen lassen. Er wischte sich den Schweiß von der Stirne. Sein Kopfverband war völlig verschoben, und die verheilten Wunden schmerzten ihn.

Nun, er konnte doch nicht warten, bis ihn der andere wirklich stach. Die Prügel waren längst verdient. Was hatte der Bursche denn überhaupt um diese Zeit am Böhmhof zu suchen?

Er erschrak, als plötzlich die Sabine vor ihm stand. Daß sie hinter dem Stadel gewartet und die Auseinandersetzung der beiden mit angehört hatte, konnte er nicht wissen, und er wollte davon auch nichts sagen.

„Was ist denn los?“ fragte sie scheinheilig. „Hat es was gegeben, weil du so komisch bist?“

„Ach ja, da ist einer gewesen, und dem hab ich heimgeleuchtet“, gab er schwer atmend zu.

„Dagewesen ist einer?“

Daß sie nicht fragte, wer es gewesen sei und gar nichts Näheres wissen wollte, wunderte ihn. Also wußte sie ohnehin, wer es war. Sie ahnte sein Befremden und begann hastig auf ihn einzureden:

„Ich kann mir ja denken, wer sich da herumgetrieben hat. In den letzten Wochen ist er alleweil hinter mir her gewesen. Wirst doch net glauben, daß ich mit der Kellnerin Zilli ihrem ledigen Taugenichts was zu tun habe? Ich habe ihm deutlich genug gesagt, daß er mich in Ruhe lassen soll, aber ich kann nix dafür, wenn er trotzdem hier war."

In ihrer Erregung war sie ganz anders als sonst, nicht mehr so kalt und steif. Ängstlich und bekümmert, daß er ihr etwa nicht glaube, erschien sie ihm mädchenhafter. Das stimmte ihn freundlicher, und er versicherte:

„Ich werde doch net glauben, daß du dich mit so einem Dürftling einläßt! Wenn ich das dächte, dann wär ich gar net hergekommen."

„Ich hab ja gewußt, daß du ein guter Mensch bist", schmeichelte sie, „hab soviel Kummer gehabt, weil du so lang net dagewesen bist. Oft hab ich die ganze Nacht geweint." Sie drückte sich an ihn und legte ihm die Arme um den Hals. Er ließ es sich gefallen, daß sie ihn küßte.

Erst die Auseinandersetzung mit dem Brebeck Alois, und nun fiel ihm auch noch die Sabine um den Hals, das waren zwei Überraschungen, die er nicht erwartet hatte und die ihn verwirrten. Nun mußte es wohl schon so sein, daß er nicht mehr lange überlegen durfte. Entschlossen, ihr Verhältnis zueinander nun gleich endgültig auszumachen, meinte er:

„Sabine, ich bin dafür, daß wir nimmer lange herumreden. Wenn es dir recht ist, daß wir so bald wie möglich heiraten, dann ist das abgemacht. Wenn es dir net paßt, dann gehe ich wieder und schau mich nach einer anderen um. Machen wir keine großen Umstände: Morgen komm ich herauf und rede mit deinen Eltern, und dann bestellen wir auch gleich das Aufgebot. Die Hochzeit setzen wir auch gleich fest. Ich bin net für das lange Überlegen. Wir heiraten auf unseren Hof, weil meine

Eltern schon lange darauf warten, daß ich den Hof übernehme. Deine Leute können sich ja eine Magd nehmen."

Sie vermochte ihre Zufriedenheit kaum zu verbergen und stimmte rasch zu: „Ich heirate dich sofort, Xaver, wenn du es haben willst, aber du mußt mir versprechen, daß du einen Knecht und eine Magd einstellst, wenn einmal die Katharina wegheiratet. Zur Stallarbeit kannst mich net haben, ich möchte eine Bäuerin sein, dafür bring ich auch was mit. Ich erbe den Böhmhof, und da können wir uns schon was leisten."

„Darüber können wir ja noch reden", wich er aus.

Sie bestand darauf: „Das muß ich gleich wissen. Ich hätte auch einen Beamten haben können. Der Schedl tät sich gerne um mich um."

„Ist gut, sollst genug Dienstboten haben."

„Dann möchte ich aber so bald wie möglich heiraten", schwärmte sie, „und eine große Hochzeit möchte ich haben, wie seit Menschengedenken im Dorf keine mehr gewesen ist."

„Ist mir ja auch recht", wollte er sie beruhigen.

Alles, was sie sich lange schon ausgemalt hatte, sagte sie ihm nun. Einen vierspännigen Hochzeitswagen wollte sie haben, eine Blasmusik aus der Stadt und einen Kirchenzug durch das ganze Dorf, einen Hochzeitslader nach altem Brauch, und zum großen Mahl sollten mit der Verwandtschaft alle Hausgesessenen des Ortes eingeladen sein.

Er kam gar nicht dazu, noch etwas zu sagen.

Aus dem Orthof wollte sie das alte Gelump hinaus haben und sich ganz neu einrichten, neue Möbel und eine gute Stube mit Teppichen. Das Fernsehen muß hinein, und sobald es ginge, müßten sie auch ein Auto haben.

Ernüchtert hörte er ihr zu und wünschte sich plötzlich weit weg. Nun war sie wieder die eiskalte Sabine, und kein nettes Wort fand sie mehr, nur was alles sie von ihm wollte, das war ihr nun wichtig. Er entschuldigte sich damit, daß er Kopfschmerzen hätte, und verabschiedete sich. Sie gab ihm nicht einmal die Hand und sagte nur geschäftsmäßig:

„Das andere können wir ja alles morgen noch ausmachen."

Er war enttäuscht, und auf dem Heimweg durch die Nacht versuchte er, ein bitteres Gefühl zu unterdrücken und sich einzureden, daß die Sabine wohl etwas unbesonnen sei und als seine Frau schon noch anders würde.

Das war nun wohl das Verlöbnis gewesen. Er hatte es sich anders vorgestellt. Vielleicht war sie so froh, daß es nun endlich ans Heiraten ging, daß sie darüber das Gernhaben vergessen hatte!

Das war nun egal! Er hatte eine Bäuerin, und sie würden so bald wie möglich heiraten. Wenn dann nicht alles nach ihren Wünschen ginge, dann mußte sie sich schon fügen. Er mußte ihr halt beizeiten zeigen, wer auf dem Orthof der Herr im Hause war. Von den vielen Dienstboten konnte schon gar keine Rede sein, woher sollte man die heute nehmen? Die Sabine war selber kräftig genug, um fest zuzugreifen, wie es sich für eine Bäuerin gehörte.

Es war ihm nicht ganz wohl bei all diesen Gedanken. Daß er wegen der Sabine dem Bernhard aufgelauert hatte und eifersüchtig gewesen war, konnte er nicht mehr begreifen.

Er brauchte eine Bäuerin, und sie brachte ja auch einen Hof mit, den größten weitum. Dafür mußte man schon einiges in Kauf nehmen.

Lange wartete der Alois am Mühlbach und kühlte sein Gesicht, spürte, wie ihm die Augen verschwollen, daß er sich mit dem Sehen schon schwer tat, und wartete, daß in der Wohnstube der Mühle das Licht ausging. So konnte er sich nicht vor der Mutter oder gar vor dem Stiefvater sehen lassen.

Die erlittene Niederlage schmerzte ihn mehr als sein von den Faustschlägen brummender Schädel.

Alles ging schief, und alles kam ganz anders, als er es sich ausgedacht hatte. Es war zum Verzweifeln! Jeden Augenblick konnte etwas Unvorhergesehenes passieren und seinen Plan zunichte machen. Ein Zufall konnte alles aufdecken. Was dann?

Er wußte selber nicht, was dann sein sollte.

Er lauerte und horchte.

Der Bach plätscherte hinter dem Sägewerk vorbei, und es klang in seinem brummenden Kopf, als redete jemand leise auf ihn ein. Im Turbinenkanal, zwischen Wohnhaus und Sägewerk, über den eine Holzbrücke führte, blakten stille Wassertümpel im Licht des hellen Nachthimmels wie trübe Augen.

Die Nacht brachte andere verworrene Geräusche mit. Sie kamen vom Wald und dem alten Wohnhaus. Dort klappte eine Tür, und das Licht in der Stube erlosch.

Er knirschte mit den Zähnen, daß ihn die Kinnbacken schmerzten.

Der Bernhard mußte weg! Erst dann konnte er handeln und sich die Mühle erzwingen. In einer der nächsten Nächte mußte er verschwinden. Dazu brauchte er endlich Geld. Auf die Mutter konnte er sich nicht verlassen, der Alte hütete seinen Geldschrank wie der Teufel seinen Schatz.

Aber morgen kam der Holzhändler Zwack aus der Stadt, um eine Ladung Bretter abzuholen. Das Geld dafür mußte er in die Hände bekommen, ganz gleich wie.

Das Wetter schien sich zu ändern, und in der nächsten verhangenen Nacht würde er den Stiefbruder aus dem Hause und über die Grenze bringen. Dann war er die Angst der Entdeckung los.

Wie ein Dieb schlich er sich ins Haus und zog die Schuhe von den Füßen. In der Küche fand er den Topf mit dem Essen für den Bernhard bereitgestellt, und er trug ihn nach oben, zog die Vorhänge vor, zündete die Laterne an und rückte den Schrank von der Wand.

Er erschrak fast vor dem verwilderten Gesicht seines Stiefbruders und reichte ihm wortlos das Essen.

„Kommst du endlich? Mich bringt der Hunger um!" klagte dieser und machte sich gierig über den Inhalt des Topfes her.

An die Wand gelehnt, sah der Einarmige ihm zu. Als der Bernhard einmal aufschaute, hielt er erschrocken im Essen inne und fragte:

„Wie schaust denn du aus?"

Mit einem bösen Grinsen im verquollenen Gesicht antwortete ihm der Alois: „So richten sie einen zusammen, der sich für seinen Stiefbruder ins Zeug legt ..."

„Was ist denn gewesen? Haben sie dich im Wirtshaus so zugerichtet?"

„Wo denn sonst?" knurrte der Alois.

„Wer? Wer ist es gewesen?"

„Alle haben sie auf mich eingeschlagen, und wenn sie dich erwischen könnten, dann ginge es dir noch schlechter!"

Betroffen starrte der Bernhard seinen Stiefbruder an und stellte den Eßtopf weg.

„Wann kann ich denn endlich fort? In diesem Loch werde ich verrückt!"

Als er sich erhob, taumelte er und mußte sich an der Wand stützen.

„Es tut mir leid, Alois, daß du meinetwegen soviel

einstecken mußt. Ich glaube, es nützt alles nix. Laß mich heraus, laß sie mich verhaften. Ich gehe lieber ins Zuchthaus, als daß ich hier noch eine Woche bleibe."

Er war laut geworden, und der Alois warnte ihn, doch der andere ballte die Fäuste und klagte: „Oft meine ich, ich muß schreien."

„Mach keine Geschichten! Ein paar Tage wirst du noch warten können."

„Was macht es dir denn aus, wenn ich mich stelle? Dir kann doch das gleich sein! Du läßt mich hier verrecken! Schau mich an, das Gewand fault mir schon vom Leib! Warum bringst du mir kein Wasser, damit ich mich wenigstens einmal waschen kann? Ich trau dir nimmer!"

Er war wieder lauter geworden, und der Alois fuhr ihn wütend an:

„Ein lautes Wort noch, dann schlag ich dich zusammen!"

„Bring mir wenigstens eine Decke, es ist so kalt in der Nacht."

„Eine Decke kannst du haben. Zwei oder drei Tage mußt du noch aushalten. Ich bringe dir dann ein anderes Gewand, und dann hauen wir ab. Aber daß ich bis dahin nichts höre! Nimm dich zusammen!"

Der Bernhard sank kraftlos auf den Strohsack nieder. „Wie soll ich da noch gehen können! Kann ja kaum mehr auf den Füßen stehen!"

Den Eßtopf und die Laterne aufnehmend, zwängte sich der Einarmige durch den Türschlitz hinaus. Später warf er dem Stiefbruder eine Decke in den Raum und verschloß ihn wieder. Bernhard wickelte sie sich um den Leib, wankte zu dem Schlitz in der Mauer, um etwas von der warmen Nachtluft zu erhaschen, und grübelte: Warum ist er so grob mit mir? Warum lassen sie mich verkommen? Wenn sie mich nur verstecken wollen, dann könnten sie mir wenigstens ein Bett geben und ein anderes Gewand. Soll ich mich aufhängen, damit das Elend ein Ende nimmt?

Kraftlos lehnte er an der Wand und atmete die Nachtluft ein, bis der neue Tag kam.

Wie zwei Augen standen die prallen Kirschen vor ihm. Sie waren dunkelrot, fast schwarz geworden.

Warum wollte der Vater nichts von ihm wissen? Wenigstens sagen wollte er ihm, wie es zugegangen war und daß er den Xaver nicht hatte umbringen wollen. Das mußte er ihm sagen, eher würden ihn keine zehn Pferde von der Mühle wegbringen —

Das schmerzende Gesicht hatte den Alois nicht schlafen lassen, und die wildesten Vorstellungen plagten ihn im Dahindösen.

Was war, wenn der Bernhard wirklich verrückt wurde und zu brüllen begann? Dann war alles aus!

Er mußte ihn besser halten, sonst machte der Bursche Dummheiten. Morgen mußte er ihm ein neues Gewand bringen und auch Waschwasser. So, wie er jetzt war, konnte er ja nicht einmal den langen Fußmarsch machen. Deswegen sollte er nun auch besseres Essen haben und auch Bier. Nun, in der letzten Minute, ließ er sich von ihm seine Pläne nicht mehr verderben! Er würde ihn auch tagsüber aufsuchen, um ihn ein wenig zu unterhalten. Wenn es aber nicht anders ging, dann müßte er ihn binden und ihm ein Tuch in den Mund stopfen.

Die verschwollenen Augen brannten wie Feuer.

Gut, daß die Sabine die Rauferei und seine Niederlage nicht gesehen hatte. Das konnte er ausnützen und ihr etwas aufbinden, was für den Xaver nicht von Vorteil war. Er würde ihr erzählen, daß der Xaver ihm ohne Grund aufgelauert hätte, genauso, wie er es dem Bernhard gemacht hatte. Grad extra würde er morgen mit seinem verschandelten Gesicht und den blau unterlaufenen Augen ins Dorf gehen und jedem, der es hören wollte, erzählen, welch brutaler Mensch der junge Orthofer sei. Das würde diesen Burschen den letzten Rest vom guten Ruf kosten, denn die Dörfler würden sich sagen: der hat es schon einmal so gemacht. Wer schon einmal gefehlt hatte, dem traute man es auch ein zweitesmal zu.

Und gegen Hinterhältigkeiten waren die Dörfler empfindlich.

Seinem Stiefvater mußte er sagen, daß er mit dem Xaver eine Auseinandersetzung hatte, weil dieser ihn den geizigen Rumpachmüller genannt hätte.

Ein heißer Hochsommertag ging auf.

Die schwarzen Kirschen waren reif, und die Stare fielen streitend über den Kirschbaum bei der Rumpachmühle her.

Schon eine Stunde bevor der Suber zur gewohnten Zeit die Arbeit in der Säge begann, hatte der Alois die schwere Wasserschütze im Bachwehr hochgedreht und damit den Bach oberhalb des Sägewerks in den Turbinenkanal umgeleitet.

Allein arbeitete er am Sägegatter, vor sich hinfluchend und über seinen Plänen brütend. Es war nicht der Arbeitseifer, der ihn so früh am Morgen schon anfangen ließ. Der Müller sollte sehen, daß sein Stiefsohn so viel Interesse am Betrieb hatte und, ohne daß es ihm anbefohlen war, schon eine Stunde früher als sonst zu arbeiten begann. Er mußte es zur Kenntnis nehmen, denn das leichte Vibrieren, das das stoßende Gatter dem Boden bis zum alten Haus hinüber mitteilte, weckte ihn sicher auf. Nur so konnte er sich den Alten gewinnen, denn bei diesem galt nur das Schuften und das Sparen.

Heute abend wollten sie ihn in die Zange nehmen und zur Übergabe zwingen, so hatte er es mit der Mutter besprochen. Sie hatte sich über sein zerschlagenes Gesicht entsetzt, und er gab ihr seine Darstellung über den Zusammenstoß mit dem Xaver zum besten. Die Mutter hatte ihm geglaubt, warum sollte er die Geschichte nicht auch dem Alten aufpacken können?

„Wenn du einmal der Müller bist", hatte die Mutter gezürnt, „dann kannst du es diesem Bauernhenkel schon zeigen! Aber anzeigen kannst du den Xaver jetzt net, sonst haben wir gleich wieder die Polizei im Haus. Das können wir net brauchen, solange die Luft net rein ist."

Der Suber kam zur Arbeit und wollte sich totlachen über das verbeulte Gesicht, das der Alois ihm entgegenhielt. Sie sprachen daraufhin den ganzen Vormittag kein Wort miteinander.

Beim Mittagessen, da sie alle um den Tisch saßen, sah der alte Müller seinen Stiefsohn nur verächtlich an, aber er fragte nichts. Auch die Angela, die den Alois an diesem Tag noch nicht gesehen hatte, weil er ihr ausgewichen war, nahm sein blaugeschlagenes und verschwollenes Gesicht nur mit einem schnellen Seitenblick zur Kenntnis und schwieg. So verging das Mittagessen, wie meistens, schweigend. Sie gingen auch bald auseinander.

Erst in der Küche erzählte die Müllerin ihrer Hausmagd, daß der junge Orthofer ihrem Alois in der vergangenen Nacht heimtückisch aufgelauert hätte.

„Das ist aber schon allerhand!" entrüstete sich die Angela und fragte, ob denn der Alois schon Anzeige erstattet habe.

„Mit der Polizei haben wir schon genug zu tun gehabt", greinte die Zilli, „aber die Leute werden sich schon selber über diesen Bauernlackel ihre Meinung machen." Dann aber nahm sie doch der Angela das Versprechen ab, niemandem, am allerwenigsten dem Schedl gegenüber von dieser Sache etwas zu sagen. „Wenn nicht schon die Sache mit dem Bernhard gewesen wäre, dann hätten wir es uns net gefallen lassen", betonte sie. „Aufgeregt hat es den Müller doch, weil er sich jetzt hat hinlegen müssen."

Am Nachmittag kam der Holzhändler mit einem Lastwagen angefahren und übernahm eine Fuhre Bretter. Der Alois ließ ihn die beste Ware aussuchen und ein reichliches Maß nehmen. Er war redselig, tat, als hätte er alle Vollmachten und ließ auch durchblicken, daß er bald mit der Übergabe rechnen könne, da der Müller sehr krank sei. Dann rückte er mit seinem Anliegen heraus und meinte, ob der Händler nicht sofort bar bezahlen könnte, da gerade ein großer Holzeinkauf anstehe und der Müller im Augenblick nicht soviel flüssig habe.

„Hab natürlich das Geld net da", entschuldigte sich der Händler, „kannst aber gleich mitfahren, ich zahle dich in der Stadt aus. Sonst komme ich ja erst in zwei Tagen wieder, wenn ich die nächste Ladung hole."

Das war leichter gegangen, als der Alois sich gedacht hatte, und er fuhr sofort mit, ließ sich das Geld auszahlen und kam gegen Abend zurück. Er wartete ab, bis die Angela zur Stallarbeit ging, und kam dann zu seiner Mutter in die Küche.

„Ich hab das Geld", berichtete er leise, „jetzt müssen wir trachten, daß wir alles gut zu Ende bringen. Morgen nacht bringe ich den Bernhard weg."

„Wenn der Händler noch einmal Bretter holt? Oder wenn er sonstwie zum Alten kommt? Dann erfährt er es!" bangte die Müllerin.

Der Alois brauste auf: „Das ist mir jetzt alles egal! Hättest du dich wegen dem Geld umgetan, dann wäre das längst erledigt! Heute müssen wir ihn so weit bringen, daß er mit der Übergabe einverstanden ist, dann finde ich auch wegen dem Geld eine Ausrede. Jetzt muß alles schnell gehen, wir haben lange genug gewartet. Morgen geh ich dann gleich auf den Böhmhof und mache das mit der Sabine aus. Wenn der Bernhard weg ist, wird geheiratet, und ihr geht ins Beihaus hinüber."

„Und wenn es net so klappt, wie du dir das denkst?" ängstete sie. „Was ist dann?"

Er zahnte triumphierend: „Jetzt kann nix mehr schiefgehen! Wenn wir nur den Alten heute herumkriegen, und das mußt du fertigbringen!"

Die Angela kam in die Küche, und der Alois verdrückte sich. Sie bemerkte die Aufregung der dicken Müllerin, sah, wie ihre Hände zitterten, und fragte besorgt: „Ist Euch was, Frau?"

„Gar nix, wenigstens nix, was dich angehen könnt! Der Simon gefällt mir net, und von einem Doktor will er nix wissen. Kannst gleich in der Küche essen, wenn du dann heimgehen willst. Oder willst du heute net heimgehen?"

„Doch, möchte schon. Mein Vater ist nämlich auch gar net gut beinand, und da muß ich nachschauen."

„Kannst auch länger ausbleiben, oder erst morgen in der Frühe kommen. Das kannst du in den nächsten Tagen überhaupt so machen, bis dein Vater wieder gesund ist", entschied die Müllerin rasch, und die Angela bedankte sich.

Nach dem Abendessen ging sie über den Felderweg dem Dorf zu. Daß sie dort nichts dagegen hatten, wenn sie in den Abendstunden den kleinen Haushalt ihres Vaters versorgte, rechnete sie den Mühlleuten hoch an. Dafür sollten sie sich auch auf sie verlassen können, wenn sie etwas von ihr verlangten. Sie brauchte ja zu niemandem darüber reden, wie der Alois aussah und daß der Xaver ihm aufgelauert hatte, wenn die Müllerin das nicht haben wollte.

Auf der Höhe sah sie sich erwartungsvoll um und lachte froh auf, als der Schedl aus dem Mühlwäldl kam, um sie, wie in der letzten Zeit allabendlich, abzuholen und nach Hause zu begleiten. Er sah sich um, ob jemand in der Nähe wäre, und küßte sie dann.

„Angela", sagte er wichtig, „ich habe hin und her überlegt. Ich kann es nimmer leiden, daß du da drunten in der Mühle bist. Muß mir deswegen zuviel Sorgen machen. Ich möchte, daß du zum ersten kündigst und wir dann so bald wie möglich heiraten. Der Rabinger wird bald befördert und dann wahrscheinlich versetzt, und wenn das ist, dann werde ich Postenführer. Was sagst du dazu? Wir schauen uns um eine Wohnung —"

Sie hatte sich bei ihm eingehängt und preßte seinen Arm. „Ja, gerne sag ich den Dienst auf. Und heiraten? Ich hätte nie geglaubt, daß ich so einen Mann bekomme! Aber wir brauchen doch keine Wohnung! Ich kann doch den Vater net allein lassen! Du ziehst zu uns, da haben wir Platz genug, und der Vater geht gerne ins Hinterstübl."

„Ist mir alles recht, wenn du es so haben willst."

Nachdenklich sah sie auf die Häuser des Dorfes nieder.

„In der Mühle hätte ich es sowieso nimmer länger ausgehalten. Alles wird mir schon unheimlich, und oft meine ich, es müßte da noch was Schreckliches passieren."

„Am liebsten ließ ich dich schon morgen nimmer hingehen. Mir ist selber net wohl dabei."

„Ich werde morgen kündigen!" lachte sie froh. „Aber bleiben muß ich schon, bis die Zeit um ist. Da möchte ich mir nix nachsagen lassen."

Auf dem Dorfplatz stand der Mesner Sigl und grüßte schmunzelnd.

„Kann ich bald die Glocken für euch zwei läuten?"

„Bald!" versicherte ihm der Hauptwachtmeister.

Beim Hastreiter saßen sie dann zusammen und redeten von der Hochzeit und von der Zukunft, und die schwarzen Augen der Angela strahlten groß und leuchtend vor Glück.

Draußen kam die Nacht. —

In der Wohnstube der Rumpachmühle saßen sie noch zusammen. schweigend wie immer. Einmal hatte die Müllerin, die Strümpfe stopfend am Tisch hockte, versucht, eine Unterhaltung anzubahnen, da aber niemand darauf einging, gab sie es auf. Der Alois rauchte eine Zigarette nach der anderen, und der Müller las die Zeitung. In der stickigen Luft der Stube war nur das röchelnde Atmen der Müllerin und das heftige Aushauchen, wenn der Einarmige den Rauch ausstieß. Die alte Uhr mit dem blechern knackenden Federwerk klopfte die neunte Abendstunde. Die dicke Zilli und ihr Sohn redeten mit den Augen zueinander, und in den alten Wänden knisterte es, als lauerte in den Stubenecken das Unheil und wartete nur auf das Wort, das es aus dem Dunkel hervorrief.

Die Zeitung rauschte, als der Müller sie heftig auf den Tisch legte und damit die bängliche Stille zerstörte.

„Bring mich zu Bett!"

Die Zilli rührte sich nicht, und ihre Hände zitterten.

„Na! Was ist? Hörst du net?" wurde der Alte barsch.

Ohne aufzusehen, maulte sie langsam und zögernd: „Wir hätten gern — wollten einmal mit dir reden."

Mißtrauisch und voller Ablehnung sah er sie an: „Ihr? Mit mir? Was gibt es da zu reden? Wüßte nix!"

„Du hast doch gesehen, wie sie den Alois zusammengerichtet haben, und mit keinem Wort kümmerst du dich darum."

„Was geht das mich an? Der soll sich net auf Keilereien einlassen, wenn er sich net selber helfen kann!"

Der Einarmige zuckte zusammen und wollte auffahren, aber ein Blick seiner Mutter hielt ihn zurück. Erbost über die Antwort ihres Mannes, aber immer noch beherrscht, salferte sie:

„Und warum hat er sich so schlagen lassen müssen? Weil er sich für dich eingesetzt hat! Weil er es net hingenommen hat, daß sie über dich geschimpft haben."

Spöttisch grinste der Müller: „Meinetwegen hätte er sie schimpfen lassen können. Mir macht das nix aus."

„Das ist der Dank", brummte der Alois, „wenn man sich für seinen Vater einlegt!"

Nun ging die Müllerin auf das vorgenommene Ziel los: „So kann das net weitergehen, Simon! Du weißt, wie du dran bist. Was soll sein, wenn du einmal nimmer bist? Meinst du, wir haben gearbeitet, damit deine Verwandtschaft sich dann ins warme Nest setzen kann? Da machen wir nimmer mit!" Mit rotem Kopf holte sie tief Atem und fuhr belfernd fort: „Übergib doch dem Alois das Anwesen, und wir zwei ziehen ins Beihaus! Wozu hast du das Beihaus gebaut, wenn du dich net zur Ruhe setzen willst? Das muß jetzt ausgeredet werden!"

Die Adern an seinen Schläfen schwollen an, und sein Grinsen wurde haßvoll und verkrampft: „Aha, der Herr Sohn möchte Rumpachmüller werden und kann es net erwarten, bis es soweit ist! Das habt ihr euch aber falsch ausgedacht! Die Verwandtschaft braucht ihr net zu fürchten, die wird keinen Pfennig wegtragen, aber ich hab auch noch einen rechtmäßigen Sohn und Erben."

„Siehst doch, daß der Bernhard nimmer kommt und nix von sich hören läßt!" fauchte sie.

„Der kommt wieder, darauf kannst du dich verlassen!"

Unbeherrscht rumpelte es dem Alois heraus: „Und ich weiß ganz bestimmt, daß er nimmer kommt!"

„So?" lauerte der Müller. „Woher weißt du das?"

„Ich weiß es!" schrie der Alois und sprang erregt auf.

Die Zilli entrüstete sich heuchlerisch:

„Wie redest du mit deinem Vater!"

„Laß ihn nur!" feixte der Alte. „Wenn wir die Sache schon einmal ausreden wollen, dann soll er nur sagen, wie ihm um den Brustfleck ist. Mich interessiert das schon lange."

Mit einem warnenden Blick ihren Sohn zügelnd, begann die Zilli wieder: „Simon, das mußt du doch einsehen: der Bub schuftet und hängt sich her und weiß net für was."

Grimmig lachte der Müller auf. „Das schafft ihm ja niemand! Wenn es ihm so net paßt, dann kann er gehen! Ich halte niemanden auf."

Wieder mußte die Zilli ihren Sohn mit einem zwingenden Blick niederhalten, da dessen geballte Faust auf den Tisch knallte.

„Halte dich gefälligst zurück! Reden tu ich, deine Mutter!" Und gewillt, nun alles aufs Spiel zu setzen und ihren Ärger bezähmend, rückte sie näher an ihren Mann heran. „Simon, solche Reden mußt du dir überlegen. Wenn er geht, dann geh auch ich. Ausgemacht haben wir bei der Hochzeit, daß der Bub in der Mühle sein Bleiben hat! Und seinen Arm hat er auch da eingebüßt! Was willst du, wenn wir alle zwei gehen? Du kannst dir ja allein net helfen! Net einmal die Hose kannst allein anziehen! Net ins Bett kannst du allein gehen, und aufstehen erst recht net! Verhungern und verkommen wirst du allein, und glaubst du, daß du jemanden findest, der dir hergeht und dich pflegt? Wenn du dich net zur Übergabe entschließen kannst, dann bist du morgen allein."

In sich zusammengesunken saß der alte Rumpachmüller in seinem Rollstuhl und war bleich geworden. Eine Weile war nur das schwere Atmen der drei in der Stube.

„So kommst du mir also?" murmelte er. „Zwingen wollt ihr mich?" Sein Gesicht war plötzlich schlaff und eingefallen, und mit stumpfen, Antwort fordernden Blikken sah er sie an. Da sie nichts mehr sagte, fragte er ratlos: „Und der Bernhard, mein Bub?"

Nun übernahm der Alois das hinterhältige Spiel. Er meisterte seine Erregung und tat vernünftig und gutmütig.

„Da brauchen wir uns doch net zu streiten, und schließlich können wir dich auch net allein lassen. Du kannst mir doch so übergeben, daß für den Bernhard alle Sicherheit drin ist. Kannst es ja notariell so schreiben lassen, daß die Übergabe an mich hinfällig ist, wenn der Bernhard wiederkommt, und daß in diesem Fall alles an den Bernhard zurückfällt. Ist denn das ein Unrecht?"

Der Müller saß vornübergebeugt und schien zu überlegen. Der Alois drängte:

„Da ist noch was anderes, Vater. Ich bin mit der Sabine so gut wie einig, aber daß die net will, solange ich nur ein armer Teufel bin, das mußt du verstehen. Wenn du mir aber die Mühle übergibst, kann ich die Sabine heiraten. Wenn der Bernhard wiederkommt, dann geh ich auf den Böhmhof und bin versorgt. Ich muß doch mit meinem einen Arm zusehen, wie ich fortkomme. Von dir will ich keinen Pfennig, wenn ich verheiratet bin, aber jetzt brauche ich die Übergabe, sonst wird aus der Heirat nix."

Der Alte richtete sich auf.

„Das habt ihr euch fein ausgedacht! Allein lassen wollt ihr mich, und zum Böhmhof soll ich dir verhelfen? Gut, ihr habt mich in der Hand. Ich lasse dir das Anwesen zuschreiben und geh auf den Altenteil. Das Wohnhaus kannst du dir selber umbauen, und es wird geschrieben, daß alles dem Bernhard gehört, wenn er wieder da ist."

„Kann ich morgen zum Böhmhofer gehen und ihm das sagen?"

„Meinetwegen, jetzt aber möchte ich ins Bett!"

„Ich dank dir, Simon!“ schnaufte die Zilli und tat, als wäre sie zu Tränen gerührt. „Ich bring dich ins Bett, und morgen bleibst du länger liegen. Mußt überhaupt besser auf deine Gesundheit schauen. Kannst ja das Geschäftliche dem Alois überlassen. Für was sollst du dich noch so kümmern? Wir tun alles für dich, und ich freue mich schon auf unser Leben im Beihaus! Hast dir die Ruhe schon lange verdient!“

Sie brachte ihn in die Kammer, und der Alois hörte sie noch eine Weile schmeichelnd mit dem alten Mann reden. Zufrieden lehnte er sich zurück und wartete, bis die Mutter wieder in die Stube kam.

Sie ließ sich auf einen Stuhl fallen und seufzte: „Das ist net leicht gewesen, und mich wundert, daß er zugesagt hat.“

Der Alois triumphierte: „Jetzt klappt es! Das Geld habe ich, morgen geh ich zum Böhmhofer, und in der Nacht bringe ich den Bernhard weg. Dann haben wir alles hinter uns. Jetzt kann sich nix mehr fehlen.“

„Hoffentlich kommt nichts mehr dazwischen“, kreistete sie. „Ich habe erst Ruh, wenn der Bernhard aus dem Haus ist! Bring ihm das Essen hinauf, es steht in der Küche.“

Dann ging sie in die Kammer zurück, und der Alois drehte das Licht aus und ging in die Küche.

Im Haus verlöschten die Lichter, nur hinter der dichten Laubkrone des Kirschbaums leuchtete noch ein kleiner Schimmer auf.

Am Morgen zog niemand die Wasserschütze, das Sägewerk stand still. Als der Suber zur Arbeit kam, wies der Alois ihm eine Beschäftigung auf dem Bretterlagerplatz zu. Großspurig verkündete er dem Helfer:

„Ich werde bald einen Säger einstellen und nur mehr mit dem Holzeinkauf zu tun haben." Er war im Sonntagsstaat und wippte die Zigarette lässig im Mund.

„Hö", meinte der Suber, „was ist denn heute für ein Feiertag?"

„Nur ein halber. Am Mittag fangen wir wieder an. Hab einen Gang zu machen, und wenn du es genau wissen willst: ich geh auf Brautschau!"

„Für einen Hochzeiter schaust aber net gut aus", grinste der Suber und spielte damit auf die mißfarbenen Flekken im Gesicht des Einhandl an und auf die schwärzlichen Stellen unter den Augen, die noch von den Fausthieben herrührten.

„Werd net frech!" fertigte der Alois ihn ab. „Sonst muß ich mir überlegen, ob ich mir net auch einen anderen Helfer einstelle!"

Dann stolzierte er um die Säge wie einer, der seinen Besitz besichtigt, und ging dann zum Böhmhof hinauf.

Auch auf diesem Weg sah er sich gut um, blieb immer wieder stehen und betrachtete sich die fruchtbaren Fluren des Nachbarn und schwelgte im künftigen Reichtum. Die Grundstücke des Böhmhofs grenzten an die oberen Mühlwiesen, prächtige goldgelbe Kornfelder und saftige Weiden. Weit den Berg hinauf reichte der Wald, der zum Hof gehörte. Hof und Obstgarten, die weitläufigen landwirtschaftlichen Gebäude waren in bestem Zustand, und auf der Koppel weideten eine Anzahl prächtiger geschedkter Kühe.

Wenn er daran dachte, daß ihm das alles bald gehörte, mußte er an sich halten, um nicht einen Juchschrei zu tun. Ein gemachter Mann wäre er dann, und alle, die den ledigen Buben der Kellnerin Zilli über die Schulter angesehen hatten, würden respektvoll den Hut ziehen.

Großbauer und Sägewerksbesitzer Alois Brebeck!

Zwar war die Sabine ein Dirndl, in dem man sich nie auskannte, aber daß sie ihn am vergangenen Sonntagabend beim Stadel treffen wollte, das war auch bei ihr etwas wie eine Zusage. Heute mußte er nur den Bauern und die Bäuerin gewinnen und die Heirat gleich perfekt machen. Und wenn er recht bedachte, dann mußte die Sabine doch froh sein, wenn sie endlich einen Mann bekam, denn trotz ihres Besitzes hatte sich ja außer dem Bernhard und dem Xaver noch kein anderer Bewerber eingefunden. Der Bernhard war ausgeschaltet, und den Xaver, den wollte er den Böhmhofern heute so sauermachen, daß er keine Aussichten mehr hatte.

Den Böhmhofer traf er vor dem Haus, aber der empfing ihn nicht gar zu freundlich und wollte augenzwinkernd wissen, was den Alois denn heute auf den Hof führte.

„Was ist denn mit dir passiert?“ zahnte er schadenfroh. „Hat dir einer seine Handschrift gezeigt?“

„Das sag ich dir schon noch, Nachbar, aber ich hätte heute mit dir was anderes zu reden. Können wir net in die Stube gehen? Ich brauche dazu auch die Bäuerin und die Sabine.“

„Soso“, wunderte sich der Bauer und grinste verstohlen, „das muß schon was Wichtiges sein.“ Ohne weiter zu fragen, ging er ihm in die Stube voran. Die Böhmhoferin tat verwundert, weil der Alois im Sonntagsstaat herumging, und die Sabine, die dazukam, verzog spöttisch den Mund.

„Der Alois will uns allen was“, erklärte der Bauer und forderte den Brautwerber auf, sich an den Tisch zu setzen. Die Sabine blieb am Fenster stehen und schaute hinaus, um den Besucher nicht ihr Gesicht sehen zu lassen.

„Also, was ist es Wichtiges, weil du uns alle beinander haben willst", wollte der Böhmhofer wissen.

Der Alois ließ sich Zeit, sah sich in der Stube um und meinte selbstgefällig: „Werdet es euch ja denken können. Jetzt ist es soweit: Noch in dieser Woche kommt der Notar zu uns, weil der Vater mir das Anwesen überschreiben läßt. Er will sich zur Ruhe setzen."

Sie waren kaum überrascht, und der Böhmhofer nickte nur:

„Der Simon will übergeben? Für dich ist ja das ein Mordsglück!"

Der Alois machte es spannend und kostete den Augenblick aus.

„Na ja, was will er auch. In die Mühle muß ein neuer Wind, und jetzt schaut natürlich die Sache für mich anders aus."

Die Eltern der Sabine kannten sich aus, sahen sich verwundert an und verstanden sich. Sie wußten ja, weswegen der Alois in der letzten Zeit so oft auf dem Böhmhof Besuche gemacht hatte und was ihn auch heute herführte. Bis in die Mühle war es also noch nicht gedrungen, daß der Xaver gestern dagewesen und die Hochzeit ausgemacht war.

Ein wenig betreten hüstelte der Bauer: „Ja, ja, da sieht es freilich für dich anders aus."

Mit hintergründigen Mienen warteten sie, daß der Alois mit seinem Anliegen herausrückte. Hölzern und steif stand die Sabine und sah aus dem Fenster, als täte sich draußen etwas Besonderes.

Der Alois wurde mißtrauisch. Es war wohl das beste, wenn er jetzt gleich mit seinem Antrag herausrückte.

„Also, damit ich es gleich sage, warum ich gekommen bin: Ich brauche jetzt natürlich eine Frau, und der Vater will, daß ich sofort heiraten soll. Da meine ich, wie es mit der Sabine wäre, und möchte euch um eure Zustimmung bitten."

Der Böhmhofer und seine Bäuerin sahen sich wieder an und mußten ein Lachen unterdrücken. Die peinliche Pause beendete der Bauer mit einem verlegenen Räuspern:

„Was sagt denn die Sabine dazu?"

„Gar nix", antwortete diese ungerührt vom Fenster her.

„Wir sind uns doch einig, Sabine", tat der Alois selbstsicher und deutete die heiteren Mienen der Bauersleute als eine gute Aufnahme seiner Werbung.

„Hm", schmunzelte der Böhmhofer, „mir scheint, da bist du auf dem Holzweg, denn da ist gestern schon einer dagewesen und hat die Hochzeit ausgemacht."

Die Bäuerin kicherte: „Wie es jetzt auf einmal um die Sabine angeht!"

Der Brebeck Alois wurde unruhig, und die Freundlichkeit wich aus seinem Gesicht. „Das verstehe ich net", stotterte er. „Wie ist es denn, Sabine? Wir haben doch — wenn ich — wenn mir übergeben wird — das —"

Nun erst wandte sie sich ihm zu und sagte kalt und voller Verachtung:

„Du kannst mir in drei Wochen auf die Hochzeit gehen. Und ausgemacht haben wir zwei gar nix!"

Ungläubig starrte er sie an, und sein Gesicht wurde zur Grimasse. Die Bauernstube drehte sich um ihn, ihm wurde schwindlig.

„Jetzt kenne ich mich nimmer aus!" lallte er. „Das ist doch ausgemacht! Da macht ihr doch nur einen Spaß!"

„Spaßig ist das schon", lachte die Bäuerin, „gestern ein Bräutigam und heute schon wieder einer!"

Fassungslos blickte der Alois von einem zum anderen.

„Das glaub ich net — das ist ja net möglich —"

„Es ist schon so", blinzelte der Böhmhofer vergnügt,

„gestern ist der Xaver dagewesen, und wir haben die Hochzeit ausgemacht."

Den Alois riß es herum, als hätte er einen Schlag erhalten. „Der — ? Ja, Höllteufel! Bin jetzt ich närrisch geworden oder seid ihr verrückt?"

„Uns fehlt nix! Mußt schon du ein Schräuberl los haben!" lachte nun der Böhmhofer geradeheraus.

Taumelnd erhob sich der Alois und trat vor die Sabine hin. „Schau mich an!" brüllte er. „Aufgelauert hat er mir, wie meinem Bruder! Hinterrucks hat er mich überfallen und so zugerichtet! Und den willst du heiraten? Das ganze Dorf wird auf dich deuten, wenn du dich mit diesem Verbrecher einläßt!"

Nur ein kleines Lächeln zuckte in ihrem knochigen Gesicht.

„Aufgelauert hat er dir? Ich bin hinterm Stadel gewesen und hab alles gesehn. Mit dem Messer bist du auf ihn losgegangen, und er hat dir dafür ein paar runtergehauen. Mit solchen Lügen brauchst du mir net zu kommen."

Außer sich vor Wut, hob er die Faust und schrie sie an: „Du Giftnatter —"

Der Böhmhofer war aufgesprungen, faßte ihn derb bei der Schulter und schob ihn zur Tür.

„Was fällt denn dir ein? Das Haus laß ich mir von dir net vollschreien! Raus!"

Wie ein geprügelter Hund verließ der Einarmige mit knickenden Knien das Haus, und hinter ihm knallte die Tür ins Schloß. Auf dem Weg vor dem Hof blieb er kopfschüttelnd stehen und fluchte halblaut vor sich hin:

„Anzünden tu ich euch! Umbringen tu ich euch! So ein elendiges Weibsbild!"

Er wischte sich die Zorntränen aus den Augen, sah zurück, als müßten sie nun noch einmal nach ihm rufen und ihm sagen, es wäre nur ein Spaß gewesen. Dann wankte er davon und legte sich auf halbem Weg zur Mühle hinter ein Kornfeld. Die Wut wollte ihm schier die Besinnung nehmen, und er wälzte sich am Feldrain und schlug mit der Faust auf die Erde.

„Das zahl ich euch heim!" heulte er. „Das büßt ihr mir — tausendfach zahl ich euch das heim!"

Dann lag er ermattet und überließ sich seinen tobenden Gedanken. Was war nun?

Was sollte er dem Stiefvater und seiner Mutter sagen? Wenn der Müller es sich nun wieder anders überlegte und verlangte, daß er zuerst heiraten sollte und dann erst die Übergabe wäre?

Sie durften es nicht erfahren, solange nicht der Notar dagewesen war. Heute mußte dem Notar noch Bescheid gesagt werden, und so dringlich würde er das machen, daß morgen die Überschreibung erfolgen konnte. Dann mochte der Alte erfahren, daß es mit der guten Verheiratung nichts würde. Morgen kam ja auch der Händler wieder. Dann ließ sich das mit dem Geld leichter regeln, wenn ihm die Mühle übereignet war. Heute nacht wollte er den Bernhard wegbringen, aber das mußte er nun auf morgen verschieben. Erst mußte der Notar her!

Zusammenreißen mußte er sich, und niemand durfte ihm anmerken, wie die Sabine ihn hereingelegt hatte. Die Mühle mußte er haben, dann konnte er sich rächen. Die Gelegenheit dazu würde sich schon finden, und dann durften der Xaver und dieses Weibsbild keine ruhige Stunde mehr haben, solange sie lebten.

Wenn er daran dachte, wurden Hirn und Herz zur Hölle, und er spürte wieder die Faustschläge im Gesicht.

Sie sollten ihn kennenlernen! Alle haßte er sie!

Nur mit Mühe brachte er es fertig, der Mutter gegenüber seine Wut zu verbergen und ihr zu sagen, daß man es sich auf dem Böhmhof erst noch überlegen wollte und er in einigen Tagen Bescheid haben sollte.

„Dem Alten sagen wir aber, daß alles in Ordnung ist“, erklärte er, zog sich um und ging in die Säge, leitete den Bach über die Turbine und setzte das Gatter in Gang. Den Helfer ließ er ohne Antwort und pfiff sich falsch und unmelodisch eins auf.

„Über dem Wald zieht es schwarz auf, wird ein schweres Gewitter geben“, schrie der Suber ihm durch den Lärm zu.

„Soll alles zusammenschlagen, wär mir grad recht!“ bröselte der Alois vor sich hin. Das gewohnte Geräusch der schnarchenden Säge brachte ihn wieder ins Gleichgewicht, und als die Mittagszeit kam, hatte er sich wieder gefaßt. Jetzt durfte er die Nerven nicht verlieren.

Am Mittagstisch erschien er ruhig und heiter und redete viel von der Arbeit. Seine innere Unruhe entging aber der Angela nicht, und die Müllerin versuchte krampfhaft, auf sein Gespräch einzugehen und es in Gang zu halten. Unbeteiligt saß der Müller und rührte Messer und Gabel nicht an. Er sah nur auf, als der Einarmige endlich das Thema wechselte.

„Also, Vater, es ist alles in Ordnung; der Böhmhofer will, daß die Hochzeit bald sein soll. Er möchte halt, daß das mit der Übergabe auch schnell gemacht wird, damit die Sabine eine Sicherheit hat. Wenn es dir recht ist, dann gehe ich gegen Abend noch schnell in die Stadt und bestelle den Notar für morgen vormittag.“

Nur ein unverständliches Brummen war die Antwort. Es klang mißmutig und war weder Zustimmung noch Widerspruch.

„Dann ist es recht“, deutete der Alois es für sich.

Betroffen hatte die Angela zugehört und sah den alten Müller an, der mit grauem Gesicht, zusammengesunken und völlig verfallen, in seinem Rollstuhl saß und das Essen unberührt ließ. Was war da vorgegangen? Hatten sie das wegen der Übergabe in der vergangenen Nacht ausgehandelt? In der Stube spürte sie wieder das Unheil, und es kroch ihr eiskalt über den Rücken. Angst erfaßte sie. Was war dann mit dem Bernhard? Lebte er gar nicht mehr und wußten sie das? Was waren das für Leute!

Behäbig saß die Müllerin, und als sie nun zu reden begann, zog es der Dienstmagd das Herz in Furcht zusammen. Aus jedem Wort war die Falschheit zu hören, als die Zilli dem Müller nun schmeichelnd zuredete, doch etwas zu essen.

Es war brütend heiß in der Stube, und niemand hatte ein Fenster geöffnet. Die Fliegen summten aufgeregt um ihre Köpfe und stießen brummend und summend an die Fensterscheiben. Der Müller rührte sich nicht und sah auch nicht auf. Nur seine schweren Atemzüge verrieten, daß noch Leben in ihm war.

Die Schwüle in der Stube preßte der Angela den Schweiß aus allen Poren, und ein Schwindelgefühl erfaßte sie. Die Luft war zum Ersticken muffig und dick. War es die Hitze oder das plötzliche Schweigen am Tisch? Sie wußte es nicht, und im Gesicht des Einarmigen sah sie das hinterhältige Grinsen. Da hielt sie es nicht mehr aus und rannte aus der Stube.

Vor dem Haus, im Hofraum der Mühle, holte sie tief Atem und hatte das Gefühl, einem Unglück davongelaufen zu sein.

Über dem Wald hatte sich eine schwarze Wolkenbank hochgeschoben, und ein ferner Donner kündigte das Gewitter an. Um die Mühle war es so seltsam ruhig und bedrückend, wie um ein Totenhaus. Die verschleierte Sonne goß ein trübes Licht über die Dächer und die Mühlwiesen, als wollte es Abend werden. Die Tauben hatten sich unter den Dachvorsprung der Säge verkrochen, und zwei Krähen kreisten mit schrillen Schreien um das Wohnhaus.

Bei der Säge saß der Suber auf einem Bloch und wartete auf den Wiederbeginn der Arbeit nach der Mittagspause. Träge erhob er sich und kam herüber.

Zwischen der Hausmagd und dem Sägehelfer war bisher nur das Notwendigste gesprochen worden. Sie war dem verrufenen Burschen ausgewichen. Heute aber war ihr, als müßte sie sich an ihn halten, um nicht ganz allein zu stehen in einem Unwetter, das sich mit den grauen Wolken über das Tal senkte.

Sich nach allen Seiten umsehend, näherte er sich und fragte:

„Was ist denn heute eigentlich los? So komisch ist der Einhandl noch nie gewesen. In der Frühe ist er fort, aufgeputzt wie ein Hofgockel. Auf Brautschau geht er, hat er gesagt, und seit er wieder da ist, kann man mit ihm überhaupt nimmer reden."

„Ich weiß nix", meinte sie bange, „aber es kann schon sein, daß etwas los ist."

Das Donnergrollen über den Wäldern wurde stärker, und die Sonne war hinter den Vorboten des Gewitters verschwunden.

Aus dem Wohnhaus trat nun der Alois, um wieder zur Arbeit zu gehen, und an ihm vorbei hastete sie ins Haus, um in der Küche das Geschirr zu spülen. Als sie sich begegneten, blieb er mit einem Ruck stehen und sah sie so erstaunt an, als sähe er sie zum erstenmal. Dann wandte er sich an den Helfer: „Also, dann packen wir es wieder! Zieh die Schütze auf!"

Der Wenzel ging an das Wehr oberhalb der Säge und leitete das Wasser, das während der Mittagspause in den Bach geflossen war, wieder auf den Turbinenkanal um. Der Alois ließ das Sägegatter an und beachtete, in Gedanken versunken, den Suber nicht mehr.

Nun hatte er den Schock vom Vormittag überwunden, und seine Pläne beschäftigten ihn wieder. Es klappte also mit der Verschreibung, und morgen vormittag wurde er der Herr auf der Mühle. Dann war wenigstens das geglückt. Dann konnte die Sabine, dieses Teufelsweib, ihm gestohlen bleiben. Die Zeit kam schon noch, wo er sich mit ihr und dem Xaver quitt machte! Bis morgen vormittag durfte der Alte jedenfalls nichts von den veränderten Verhältnissen erfahren. Dann war er der Rumpachmüller!

Eine Müllerin aber brauchte er doch! Heiraten mußte er, denn allein konnte er nicht wirtschaften! Der Rumpachmüller konnte sich die Seinige aussuchen, und jetzt war es egal, ob sie einen Hof mitbrachte oder nicht.

Es wurde dunkel in der Säge, und ein heller Blitz huschte durch das Tal. Der Donner übertönte das Rumpeln des Sägegatters.

Wo hatte er denn die ganze Zeit die Augen und die Gedanken gehabt, daß ihm eben erst bewußt wurde, welch hübsches Mädel die Hausmagd, die Angela, war? Die Aussicht, den Böhmhof zu bekommen, hatte ihn geblendet und berauscht, aber nun war er nüchtern geworden.

Warum nicht die Angela?

Mit der konnte sich einer sehen lassen, und im ganzen Ort gab es wohl keine Schönere! Das machte ihn auf einmal unruhig. Dumm war er gewesen, daß er sich nicht schon längst um das Mädel gekümmert hatte! Wenn er sich jetzt richtig umtat, dann ließ sich das vielleicht noch einrenken. Was war sie denn? Eine arme Haut! Und wenn sie Müllerin werden konnte, ließ sie wohl mit sich reden. Wenn er die Hübscheste als Frau bekam, dann konnte er spotten und sagen, daß die Sabine ihm zu häßlich gewesen sei!

Er pfiff wieder, und seine gute Stimmung veranlaßte den Wenzel, nun doch zu fragen: „Was ist mit der Brautschau? Ist bald Hochzeit?"

„Geheiratet wird, und du wirst Augen machen, wenn du die künftige Müllerin siehst!" lachte der Alois.

Schwere Regentropfen trommelten nun auf das Dach

der Säge, und die Blitze folgten rascher, der Donner wurde lauter.

Er trat unter das Vordach und sah in den Regen hinaus. Drüben verließ die Angela das Wohnhaus und ging in den Stall. Er überlegte.

Warum sollte er lange warten? Nun war alles in Gang, und da konnte es nicht schaden, wenn er sich auch bei der Angela gleich Gewißheit verschaffte. Rasch entschlossen bedeutete er dem Suber, sich um das Sägegatter zu kümmern, und eilte durch den plätschernden Regen hinüber zum Stall.

Obwohl er tat, als hätte der Regen ihn veranlaßt, sich unterzustellen, merkte die Angela, daß er nicht zufällig gekommen war. Sie beachtete ihn nicht und beschäftigte sich damit, den Kühen Wasser zu geben.

Im Schein der Blitze sah sie den Alois stehen, und ein Windstoß, der durch die offene Stalltür fuhr, ließ seinen leeren Ärmel schlenkern.

Er kam näher und rief über den grollenden Donner hinweg:

„Hast also gehört, daß der Alte mir das Anwesen übergibt! Vater und Mutter gehen in den Austrag ins Beihaus hinüber! Dann lasse ich heuer noch das alte Haus umbauen, ganz modern!"

Sie nickte nur, zum Zeichen, daß sie ihn verstanden hatte.

„Weißt, dann habe ich zwar die Mühle und bekomme ein neues Haus, aber da fehlt mir noch die Müllerin."

„Wird sich schon eine finden lassen", ließ sie sich verleiten, auf sein Gespräch einzugehen.

„Hab mir da schon Gedanken gemacht, wollte aber nix sagen, ehe ich net Müller bin. Wie wär es denn mit uns zwei?"

Sie richtete sich auf und blitzte ihn an: „Fällt dir nix Dümmeres ein? Dich möcht ich net, und wenn du eine goldene Mühle hättest! Und wenn du es genau wissen willst: Ich bin schon vergeben, und vor dir möcht ich meine Ruhe haben!"

„Weiß schon!" zahnte er. „Der Gendarm ist hinter dir her, und du bist so blöd und glaubst, daß er es ernst meint! Der hält dich ja doch nur zum Narren!"

„Von dir will ich jedenfalls nix wissen!"

Er versuchte, sie scherzend mit dem Arm zu umfassen. „Das ist ja gar net dein Ernst!"

Mit beiden Händen stieß sie ihn zurück, und, über eine Mistgabel stolpernd, fiel er hin. Mit wutverzerrten Zügen sprang er auf und wollte auf sie losgehen, aber schnell hatte sie die Mistgabel ergriffen und hielt sie ihm entgegen. Seine wirren Flüche verschluckte der Donner und ein polterndes Rauschen und Brausen. Die Wassermassen fielen vor der Stalltür so dicht vom Himmel, daß sie wie eine graue Wand zwischen dem Stall und der Säge standen.

Im Feuer der Blitze wurden sie zum glühenden Strom und klatschten mit einem Höllenlärm auf den Hofraum nieder.

Der Alois stürzte davon, kam völlig durchnäßt zur Säge, wo der Suber ihm schon entgegenschrie:

„Schau hinaus, das Wasser kommt! Der Bach geht über!"

Der Kanal, der das Wasser zur Turbine führte, konnte die stürzenden Wassermassen, die vom Wald herunterkamen, nicht mehr fassen, und sie tobten in hohen Wellen auf den Lagerplatz hinaus und über den Hang hinunter zur Mühle.

„Das Wehr auf!" keuchte der Alois. „Sonst ist alles hin. Komm!"

In Sekundenschnelle stieg nun die Flut an, drängte schon in das Sägewerk und hob die schweren Blöcher auf dem Lagerplatz. Sie begannen zu rollen und zu treiben ...

Sie stürzten hinaus und konnten, gegen die tosenden Wasser sich stemmend, sich nur am Wehrgeländer halten, schoben sich bis zur Mitte des Steges vor, wo mit einem Eisenrad und einer Zahnstange die den Bach umlenkende Bretterschütze hochgedreht werden konnte. Eine Kurbel war an das Rad gesteckt. Die mußten sie erreichen, wenn es überhaupt noch möglich war, die Bretterschütze bei dem ungeheuren Wasserdruck zu heben! Wenn nicht, dann kam die ganze Flut über die Mühle. Sie schoben sich auf dem Steg vor, und der wütende Bach schäumte an ihnen hoch und wollte sie aus dem Stand heben. Schon war der Suber in Reichweite der Kurbel, da schoß ein Bloch heran und stieß diese weg.

Nun war es aus! Um Haaresbreite hatte der Wenzel sich an dem tanzenden Stamm vorbeidrücken können, sonst wäre er am Wehraufzug zerquetscht worden.

„Zurück!" warnte der Alois, und sie hantelten sich zur Säge.

Inzwischen war das Wasser noch gestiegen, wenn auch der wolkenbruchartige Regen nachgelassen hatte. Der Bach stemmte sich gegen die Bretterstapel, verschob sie, brachte sie zum Einsturz und blätterte die Bretter ab, als wären es Spielkarten. Aufschnellend und kreisend schossen sie mit dem Strom davon, hinunter in den Hofraum der Mühle, durch den sich das Wasser den Weg zum Bachlauf suchte. Eine braune Flut wälzte sich zwischen dem alten Wohnhaus und der Säge auf der anderen Seite. Die Holzbrücke über den Turbinenkanal, die vom Beihaus herüberführte, war kaum mehr zu sehen.

„Schnell, sonst kommen wir nimmer hinüber!" rief der Alois dem Helfer zu, und sie eilten hinunter und wateten, sich gegenseitig stützend, zum Wohnhaus. Sie hatten kaum die Brücke hinter sich, als sie sich plötzlich aufrichtete und auf den stürmenden Wogen davontrieb.

Entsetzt sah die Angela von der Stalltür aus, wie das

Wasser anstieg, sah die treibenden Bretter und die dahinschießenden Blöcher und watete an der Hauswand entlang zur Haustür, rannte in die Wohnstube und rief:

„Das Wasser! Alles reißt es fort!“

Der Müller schnellte in seinem Rollstuhl auf und fiel wie ein Sack zurück.

„Ich muß hinaus!“ keuchte er. „Schnell! Ich muß hinaus!“

Die Angela zerrte seinen Rollstuhl aus der Wohnstube bis zur offenen Haustür. Das Wasser drang bereits in das Haus.

„Geh in den Stall und bleib beim Vieh! Du mußt es hinausbringen, wenn das Wasser weiter steigt!“ bellte er die Hausmagd an, und dem Alois und dem Suber, die sich gerade über den Hof auf das Haus zukämpften, brüllte er entgegen:

„Reißt die Schütze raus! Macht das Wehr auf, ihr Idioten!“ Er schlug mit den Armen um sich, stemmte sich im Rollstuhl auf, als wollte er die treibenden Hölzer aufhalten und selber zum Wehr hinüber. Klatschnaß erreichten ihn die beiden.

„Geht net! Die Werfel ist weg! Nix zu machen!“ schrie der Alois über das Toben hinweg dem Stiefvater zu.

„Warum hast du net rechtzeitig aufgemacht? Du Trottel!“ geiferte der Alte und fuhr den Suber an: „Geh in den Stall, laßt die Kühe los!“

Der Suber Wenzel arbeitete sich an der Hauswand entlang zum Stall.

In blinder Wut faßte der Müller nach dem Alois, und seine Augen glühten.

„Wir haben es noch probiert“, sagte dieser, aschgrau im Gesicht, „ist zu spät gewesen.“

„Hast du denn kein Hirn, du Lump, du hergelaufener! Muß alles hin sein!“

Im Hausgang erschien die Müllerin und stand steif und starr vor Schreck.

„Tut denn keiner was?“ kreischte der Alte, und die Erregung schüttelte ihn. Ein Blitz entzündete ein blendendes Feuerwerk über den strömenden Wassern, und ein Donnerschlag erschütterte das Haus. Verzweifelt und von Sinnen griff der Alte in die Räder seines Rollstuhls und drückte ihn über die Türschwelle ins Wasser. Da gab der Alois dem Rollstuhl einen Stoß, und die reißende Flut nahm ihn mitsamt dem brüllenden Müller mit fort.

In der Stalltür stehend, sah die Angela den Müller treiben, und entsetzt schrie sie auf, faßte geistesgegenwärtig den Suber am Arm und zog ihn mit sich. An der Hauswand entlang erreichten sie den Weg und rannten neben der brausenden Flut her. Die Wasser hatten die Mühlwiesen überspült, und das Tal war ein einziger brodelnder See, in dem die Blöcher und Bretter kreisten. Wo der Bach beim Mühlwäldl eine Kehre machte und sich das Tal verengte, hatten sich an einer Staude die Reste der Brücke verfangen. Dort bäumte sich der unbändige Strom auf, um dann der Bachbiegung zu folgen.

Und dort fanden sie auch den Müller, festgeklammert an das Gestänge der Holzbrücke. Ohne Besinnen und sich gegenseitig haltend, wateten die beiden in die Strömung und zogen den Müller an den Rand des Mühlwäldls. Dann stieg der Suber noch einmal ins Wasser und brachte auch den Rollstuhl, den die Haselstaude aufgehalten hatte.

Keuchend vor Anstrengung, hoben sie den Alten hinein und zerrten ihn auf die Straße. Er ließ alles willenlos mit sich geschehen. Aus einer Stirnwunde tropfte Blut.

Lebte er überhaupt noch? Verwirrt vom Schreck und völlig ratlos, fing die Angela zu weinen an.

„Renn ins Dorf, Wenzel!“ schluchzte sie, „da müssen Leut her!“

Im Dorf hatte man die treibenden Blöcher und Bretter gesehen und wußte, daß es die Rumpachmühle erwischt hatte. Der Schmied war schon mit einigen Männern unterwegs.

Der Regen hatte plötzlich aufgehört, und über dem Wald verrollte der letzte Donner.

Die Männer trugen den Müller im Rollstuhl zur Mühle zurück und brachten ihn in die Wohnstube, wo die Müllerin ihn mit ausdruckslosem Gesicht schweigend in Empfang nahm und in der Kammer ins Bett brachte.

Der Himmel war wieder blaufleckig geworden, und das Wasser ging rasch zurück. Das unheimliche Brausen und Toben hatte aufgehört. In gluckernden Rinnsalen floß der Rest der Flut dem Turbinenkanal und dem Bach zu. Die herauskommende Sonne des Spätnachmittags beleuchtete die Verwüstung. Wirres Geäst, das der Wolkenbruch aus den Wäldern mitgebracht hatte, lag herum, im Mühlhof waren tiefe Löcher ausgeschwemmt, und die Mühlwiesen waren braun und grau vom Schlamm und Erdreich. Blöcher und Bretter, die das Wasser ausgelandet hatte, lagen überall verstreut.

Der Alois schaute düster auf die Verwüstung.

Die Männer aus dem Dorfe standen beisammen, und der Schmied meinte: „Da kann man im Augenblick gar nix tun. Die Gefahr ist vorbei."

Nun kamen auch der Polizeimeister Rabinger und der Hauptwachtmeister Schedl, und Rabinger sprach den Alois an.

„Das schaut ja bös aus."

„Passiert ist keinem was, und Hilfe brauchen wir auch keine", erklärte der Einhandl grob. „Wüßt net, was ihr da zu suchen habt."

Vergeblich sah der Schedl sich nach der Angela um. Sie war im Stall und legte die Kühe wieder an die Ketten.

Schulterzuckend wandte Rabinger sich ab und bedeutete dem Hauptwachtmeister, daß sie wieder gehen konnten.

„Schwarze Kirschen gibt es da in Mengen, ein wunderschöner Baum", bemerkte Rabinger, als sie, bereits auf dem Sträßlein, noch einmal zurücksahen.

Dann gingen sie, und auch die Männer aus dem Dorfe folgten ihnen.

„Alles geht anders, der Teufel ist hinter mir her!" murmelte der Alois und ballte die Faust. „Aber aufgeben tu ich net!" Er horchte zurück ins Haus. Aus der Wohnstube hörte er seine Mutter und den Müller.

„Was willst du denn?" keifte die Zilli. „Bleib doch im Bett!"

Mit kräftiger Stimme schrie der Müller: „Nix da! Jetzt ist keine Zeit zum Bettliegen! Sie sollen alle herkommen!"

Die Müllerin trat vor die Haustür und rief nach der Angela und dem Suber, die im Stall waren, und flüsterte dem Alois zu: „Er ist ganz wild! Halt dich zurück, du —"

Sie warf ihm noch einen giftigen Blick zu und verschwand wieder in der Wohnstube. Die Angela und der Suber kamen, und als letzter schob sich auch der Alois durch die Tür.

Er sah erstaunt auf seinen Stiefvater. Aufrecht und mit rotem Gesicht saß der Alte in seinem Stuhl, und die Müllerin stand hinter ihm und vermied es, ihren Sohn anzusehen. Vor kaum einer halben Stunde hatten sie den Alten wie halbtot ins Haus getragen, und jetzt war er munter und frisch, als hätte das kalte Wasser ihm neue Energie gegeben.

Laut und befehlend gab er dem Suber Anweisungen, was an diesem Tag noch und weiterhin zu geschehen hatte, und schloß:

„Du bist mir dafür verantwortlich, und lasse dir ja von niemandem etwas einreden!"

Der Wenzel verließ die Stube. Immer noch wartete der Alois und meldete sich schließlich trotzend: „Und ich? Was soll ich tun?"

Kalt sah der Müller ihn an. „Du? Du hast da nix zu sagen — und wirst auch nix zu sagen haben! Wo bist du gewesen, als du das Wehr hättest aufmachen müssen? Den ganzen Schaden hab ich nur dir zu verdanken."

„Mir?" begehrte der Einarmige auf. „Was kann ich dafür, daß die Werfel weg war? Frag den Suber! Hab ich das Gewitter hergewunschen, oder hab ich es regnen lassen?"

„Mir sind die Augen aufgegangen, Bürscherl! Brauchst mir gar nix zu erzählen!"

Nun wurde der Alois kleinlaut.

Was war nun? Konnte er nun in die Stadt gehen, um den Notar für morgen zu bestellen, wie ausgemacht war? Hilfesuchend sah er seine Mutter an, doch die wich seinem Blick aus. Nach einer Weile wagte er die Frage:

„Und wie ist es nun — ich meine, soll ich in die Stadt gehen — wegen dem Notar?"

„Das habe ich mir anders überlegt. Ich muß erst die Gewißheit haben, daß du zum Müller taugst! Heute hast du dich net so angestellt, daß ich mich auf dich verlassen könnte. Jetzt bin ich wieder da, das merke dir, und ab Montag weht ein anderer Wind! Heute noch schreib ich dem Eberl, er soll am Montag mit dem Abreißen anfangen. Du kannst jetzt schauen, wo es unsere Blöcher und die Bretter angeschwemmt hat. Kannst für morgen ein Fuhrwerk bestellen und das Holz zusammenfahren lassen."

Ohne noch ein Wort zu sagen, verließ der Alois die Stube, ging in seine Kammer hinauf und warf sich auf das Bett. „Ich laß net aus!" knurrte er verbissen. „Und wenn der Teufel selber kommt!" Ein leises Klopfen hinter der

Schrankwand machte ihn wütend, und er rief halblaut: „Wenn du keine Ruhe gibst, bring ich dich um!“

Dann lag er wieder, bis draußen die Nacht einfiel.

Als der Alois gegangen war, wartete noch die Angela, die bänglich alles mit angehört hatte. Mit einem freundlichen Lächeln wandte sich der alte Müller nun auch an sie:

„Weiß es, Angela. Du und der Suber habt mich herausgeholt, und ich danke dir. Ich weiß auch, was ich zu tun habe, mußt mir nur eine Weile Zeit lassen.“

„Da braucht es keine Rede“, sagte sie und wurde rot, „wir haben es halt grad noch rechtzeitig gesehen, und ist ja ein Glück gewesen, daß Ihr Euch beim Wäldl drunten verfangen habt. Aber weil ich schon da bin: Ich möchte zum Ersten kündigen.“

Eine Weile schwieg der Müller, dann seufzte er:

„Mich wundert, daß du es in diesem Haus so lange ausgehalten hast. Oder hast du einen besonderen Grund?“

„Kann den Vater nimmer allein lassen und muß wirklich heim.“

Die Müllerin mengte sich ein: „Kannst das Abendessen herrichten, ich komme gleich in die Küche.“

Als die Angela aus der Stube war, meinte sie süß-sauer: „Wenn ihr Vater krank ist, dann kann sie ja meinetwegen schon gehen.“

„Du hast sie net eingestellt, und wie lange sie bleibt, das mache ich selber aus!“ wies der Müller sie ab.

Zum Abendessen waren sie nur zu dritt. Der Alois kam nicht, und der Müller fragte auch mit keinem Wort nach ihm.

Wie immer wurde schweigend gegessen.

Die Angela wunderte sich. Warum trug der Müller alles so ruhig? Warum nur klagte und jammerte er nicht über den Riesenschaden, den das Unwetter ihm zugefügt hatte? Wenn er der Geizhals war, als den man ihn im Ort bezeichnete, dann mußte ihn das Hochwasser doch schwer getroffen haben. Am Morgen war er noch so krank und niedergeschlagen gewesen, und nun saß er wie umgewandelt, rüstig und ernst am Tisch und hatte wieder die frische Farbe im Gesicht. Sie konnte sich schließlich nicht mehr zurückhalten und meinte:

„Ist doch ein recht großer Schaden, der Euch getroffen hat."

Nicht der Müller gab darauf eine Antwort, sondern die Zilli schnappte bissig zurück:

„Ich spül heute selber ab! Kannst gleich heimgehen, und wenn du die Nacht daheimbleiben willst, hab ich nix dagegen."

Es war ohnedies später geworden als sonst, und der Schedl wartete sicher beim Mühlwäldl bereits. Sie stand auf und ging mit einem „Gute Nacht", für das ihr niemand dankte.

Der Schedl war schon da und empfing sie freudestrahlend.

„Das ganze Dorf ist voll Gerede über deinen Mut! Bin mächtig stolz auf dich! Ins Wasser zu gehen und den Müller herauszuholen, das hätte sich manches Mannsbild überlegt! Hätte aber auch schiefgehen können. Ich hab einfach keine Ruhe mehr, solange du noch in der Mühle bist."

„So schlimm war es gar net, und der Suber hat mir ja geholfen. Und heute hab ich gekündigt", beruhigte sie ihn.

Auf dem Weg durch das Dorf trafen sie viele neugierige, aber auch anerkennende Blicke.

Sie fanden den Hastreiter nicht in der Stube, und besorgt sah sich die Angela nach ihrem Vater um. Er lag in seinem Bett, hatte Fieber und empfing sie mit wirren Reden.

Sie verstand nur, daß die Katharina vom Orthof dagewesen sei und ihm erzählt habe, was in der Mühle vorgefallen sei. Das hatte den kranken Mann wohl so aufgeregt, daß er sich hinlegen mußte.

„Hättest ihn ersaufen lassen!" plapperte er. „Dieser Mensch hat kein bissel Erbarmen gehabt mit deiner Mutter! Du bist ein Kindl gewesen und hast hungern müssen! Die Wäsche hat sie ihm hingetragen für ein paar Pfund Mehl, und sie selber hat fast nix mehr zum Anziehen gehabt."

„Bleib nur ruhig, Vater. Mir ist gar nix passiert, und helfen muß man, wenn man helfen kann. Red jetzt nimmer, das von der Mutter hast du uns ja eh schon hundertmal erzählt. Ist halt eine harte Zeit gewesen damals, und ich meine, der Müller hat das schon lange abgebüßt."

Der Vater schien sie nicht zu hören und redete unbeirrt weiter: „Als ich im letzten Urlaub dagewesen bin, sind grad die Kirschen reif gewesen. Hat sie mir eine Freude machen wollen, die Meinige, und mir einen Kirschkuchen machen wollen. Zum Müller ist sie gegangen, und wollt ein paar schwarze Kirschen betteln. Davongejagt hat er sie! Hörst? Davongejagt!"

Nun versuchte auch der Schedl, den Kranken zu beruhigen. „Reg dich net auf, Hastreiter, ist ja alles schon lange her! Einmal muß man das doch vergessen können."

Der Hastreiter wollte sich aufrichten und sank wieder zurück.

„Ich kann es net vergessen! Geweint hat sie, weil sie mir keinen Kirschkuchen hat machen können, und ich hab gemeint, ich muß hingehen und dem Geizhals den Kragen umdrehen! Ich bin wieder fort und hab mir denkt: Für so einen Lumpen mußt du den Kopf hinhalten! Dann hat es mich erwischt, und ich bin wochenlang gelegen, und alleweil ist mir mein Weib vor Augen gewesen, und sie hat geweint. Das ist hart gewesen, und ich hab oft gemeint, daß ich verrückt werde."

Die Angela legte ihm die Hand auf die Stirn und sagte gutmeinend: „Ist eine gute Mutter gewesen. Aber jetzt mache ich dir einen Tee und etwas zu essen.“

Sie ließen den Kranken allein und gingen in die Stube zurück.

„So ist er noch nie gewesen“, seufzte sie. „Ich hab Angst. In der Nacht bleib ich da, und wenn es in der Frühe net besser ist, dann sag ich es dem Müller, daß er mich auch morgen noch daheim läßt.“

Als sie später wieder in die Kammer ging und dem Vater das Essen brachte, hatte er sich wieder beruhigt. Plötzlich sagte er:

„Angela, jetzt müssen doch die schwarzen Kirschen schon reif sein! Ich möcht einen Kirschkuchen. Wenn du es dem Müller sagst — dir wird er schon ein paar Kirschen geben.“

„Ja, Vater, du sollst deinen Kirschkuchen haben!“ versprach sie.

Bis weit in die Nacht hinein blieb der Schedl, und erst, als der Hastreiter eingeschlafen war, ging er und versicherte der Angela, daß er, falls sie den Tag über in der Mühle wäre, selber nach dem Kranken sehen wolle.

Erst als es dunkel war, verließ der Alois seine Kammer und schlich sich in die Küche. Dort saß seine Mutter, und ihre Augen waren gerötet. Sie achtete nicht auf ihren Sohn und bewegte leise die Lippen, hatte die Hände gefaltet und betete.

Eine Weile stierte der Einarmige seine Mutter an, dann fragte er mürrisch. „Ist der Alte schon im Bett?“

„Drüben sitzt er und schreibt“, antwortete sie. „Er muß heute noch lange aufbleiben, sagt er, weil er etwas Wichtiges zu erledigen hat.“

„Soll sich ja keine Dummheit einfallen lassen! Überall hat der Teufel die Hand im Spiel! Alles ist wie verhext! Alles geht daneben!“ flüsterte er. „Ich kann den Bernhard heute nacht net wegbringen. Aber morgen muß er fort! Länger kann ich nimmer warten, sonst geht es wirklich mit dem Abreißen los, und da werden sie sicher mit dem alten Mühlhaus anfangen.“

„Tu, was du willst, ich will nix mehr wissen“, sagte sie grämlich, und die Erregung wollte ihr den Atem wegnehmen.

„Auf einmal möchtest nix mehr wissen? Ist es meine Sache allein gewesen? Du kommst net davon, sage ich dir!“

Weinerlich begehrte sie auf: „Du bist zum Fürchten! Wenn der Simon ertrunken wär, dann hättest einen Mord auf dem Gewissen! Ich hab gesehen, wie du ihn hineingestoßen hast!“

Belustigt höhnte er: „Ach was! Und wenn auch: was wär daran gelegen, wenn er ersoffen wäre? Lange lebt er sowieso nimmer, und grad jetzt ist er mir am meisten im Wege. Alles wäre anders, wenn er nimmer wär! Aus dem ganzen Schlamassel wär ich heraußen — der Müller wär ich, von der Stund an, da er tot wär!“

Die Zilli duckte sich und stammelte: „Du bist ein gewissenloser Lump! Ein Verbrecher — und du bist mein Bub? Ich will nix mehr wissen von dir! Schau, daß du aus dem Haus kommst! Will dich nimmer sehen!“

Er lachte heimtückisch: „Ich? Ich soll gehen? Sei froh, wenn ich dich net noch hinausjage!“

„Du bist so schlecht, daß ich dir alles zutraue!“

„Geh hinüber, ich möchte wissen, was er schreibt!“

Die Müllerin sank vor Angst in sich zusammen. „Das zeigt er mir doch net, und gesagt hat er, ich soll ihm aus den Augen gehen!“

Der Alois machte sich über die Reste des Abendessens her und verschlang sie gierig.

„Dann laß es bleiben, ich erfahre es auch so."

Eine Pause entstand, und die Müllerin schien wieder zu beten. Als er den leeren Topf zurückschob, sagte sie bekümmert:

„Hast jetzt du alles aufgegessen? Was sollen wir dem da oben geben!"

„Für den tut es auch ein Stück Brot!" lachte er verächtlich, schnitt vom Brotlaib einen dicken Ranken und stand auf. „Ich hab das Gefühl, daß sich morgen alles entscheidet, und ich sage dir, daß ich vor gar nix zurückschrecke! Kannst dich danach richten!"

Schluchzend blieb die Zilli zurück und brevelte vor sich hin:

„Das hab ich alles net wollen, lieber Gott, das hab ich net wollen! Warum läßt du mich die Sünde so schwer büßen, warum hab ich mich mit einem Zuchthäusler eingelassen! Und jetzt kann ich es net glauben und will es net glauben, daß der Bub auch wieder ein Zuchthäusler wird! Net einmal den Namen seines Vaters darf ich nennen, weil mich sonst die Leute anspucken täten."

In seiner Kammer schob der Alois den Schrank zurück, öffnete die Tür zur Sackkammer, reichte dem Bernhard das Stück Brot und verschloß die Tür rasch, und ohne ein Wort zu verlieren.

Mit fahlem Licht kam der Morgen, und Wolkenfahnen schmierten den Himmel zu.

Der alte Hastreiter fühlte sich wieder besser und drang selber darauf, daß die Angela zu ihrer Arbeit in die Mühle gehen sollte.

Es war noch früh, als sie durch das Dorf ging. Der Schmied hatte seine Werkstätte noch geschlossen, aber der

Mesner Sigl stand bereits auf seinem Platz und sprach sie an:

„Respekt, Dirndl! Alle Achtung! Ich glaube, daß sich manches Mannsbild net getraut hätte, den Müller aus dem Wasser herauszuholen!“

Sie lächelte ihm nur freundlich zu und ließ sich nicht aufhalten.

Im Mühltal sah es traurig aus, und der trübe Morgen machte das Bild der Zerstörung noch düsterer. Von den grünen Mühlwiesen war nichts mehr zu sehen. Sand und Erdreich, dürres Geäst aus dem Walde, Steine und schwärzliche Flecken von Schlamm deckten das Gras zu, und an die Ränder der Wiesen hatte das Hochwasser Blöcher und Bretter getragen.

Schweigend empfing die Müllerin sie in der Küche und schob ihr den bereits fertigen Morgenkaffee hin. Im Haus und im Hof roch es, als hätte das Wasser verfaulte Fische hinterlassen. Als sie dann hinüberging, um sich in ihrem Zimmer im Beihaus für den Arbeitstag umzuziehen, bemerkte sie, daß der Alois schon im Sägewerk war, und obwohl es noch so früh war, kam auch der Suber schon an.

Die Kühe im Stall waren unruhig und brüllten, als sie ihre Betreuerin sahen. Alles war feucht und schlüpfrig, das Heu war naß, da das Stadeldach den schweren Regen nicht abhalten konnte. Trotz des Sommermorgens fröstelte sie.

Als sie nach der Stallarbeit auf den Hof trat, saß dort bereits der Rumpachmüller in seinem Rollstuhl und dirigierte laut und energisch den Alois und den Helfer zur nötigsten Arbeit. In das Sägewerk hatte das Hochwasser fußhohen Schlamm getragen, der ausgeräumt werden mußte. Ohne daß es ihr anbefohlen wurde, begann die Angela, die verstreuten Bretter zusammenzutragen, bis der Müller sie zu sich rief:

„Du brauchst das net zu tun, das ist Männerarbeit!“

„Kann es aber leicht tun, und wenn die Frau mich net im Haus braucht, dann hab ich ja auch Zeit“, meinte sie, und er schmunzelte.

„Bring mich hinein, für dich hab ich eine andere Arbeit.“

Sie schob ihn in die Wohnstube, und sofort erschien auch die Müllerin und stand steif und neugierig.

„Dich brauche ich net. Was ich mit der Angela auszumachen habe, geht dich nix an.“

Murrend ging die Zilli aus der Stube.

Der Müller rollte sich zum Wandschrank, sperrte ihn auf und nahm zwei Briefe heraus.

Mit gedämpfter Stimme gab er ihr den Auftrag, die Briefe ins Dorf zur Poststelle zu tragen und dem Kirchenwirt auszurichten, er möchte sich um Fuhrleute kümmern, die die abgeschwemmten Blöcher und Bretter zusammenholen und zur Mühle bringen sollten.

„Ich kann mich auf niemanden verlassen, und es geht natürlich auch niemanden etwas an, wo die Briefe hingehen“, prägte er ihr ein.

Als sie auf den Hof kam, sah sie gerade noch, wie die Müllerin ihrem Sohn zuwinkte, und kaum hatte sie den Feldweg zum oberen Rand des Mühlwäldl erreicht, als der Alois hinter ihr herkam und sie anrief. Sie ließ ihn herankommen und fragte:

„Ist noch was?“

Auf die Briefe in ihrer Hand deutend, schnaufte er: „Wo gehen diese Briefe hin? Laß sehen!“

Die Umschläge an ihre Brust drückend, wehrte sie sich: „Das geht doch dich nix an!“

„Her damit!“ herrschte er sie an.

„Nein!“

Er wollte sie ihr entreißen, aber sie sprang zurück und

drohte: „Wenn du mich anrührst, gehe ich zur Polizei, und dem Müller sag ich es auch! Der hat mir aufgetragen, daß ich die Briefe net herzeigen darf."

Zornbebend zischte er: „Ich weiß schon: Du steckst mit dem Alten unter einer Decke! Treib es net zu weit, sonst —"

„Was sonst?"

„Umbringen tu ich dich, du Katze, wenn du glaubst, daß du gegen mich sein kannst!" wütete er.

Die Angela fing zu laufen an, er folgte ihr nicht.

Was gingen ihn denn die Briefe an! Nun erst sah sie selber nach den Aufschriften. Eins der Schreiben ging an das Notariat, das andere an den Maurermeister Eberl. Ob sie dem Müller sagen sollte, daß der Alois ihr die Briefe abverlangt hatte? Lieber nicht. Jetzt fürchtete sie den Einarmigen, denn nun hatte er sie wirklich bedroht.

Nach Erledigung der Aufträge ging sie voller Unruhe zur Mühle zurück.

An den Mittagstisch kam der Stiefsohn des Müllers nicht, und auch sonst bekam die Angela ihn nicht mehr zu sehen. Am Nachmittag kamen die Fuhrleute und brachten verschwemmtes Holz zurück. Sie suchten den Müller in der Wohnstube auf, und er redete mit ihnen, frisch und munter, wie seit langem nicht mehr. Einmal mußte die Angela den Wenzel in die Stube holen zu neuen Anweisungen. Um den Alois kümmerte sich der Alte nicht.

Ein bleigrauer Himmel spannte sich über das Tal.

Die Müllerin schlich mit verbittertem Gesicht herum.

Ohne daß es ihr jemand befahl, begann die Angela, den Hausgang zu reinigen, in dem noch der Sand lag, den das Wasser zurückgelassen hatte. Als die Müllerin aus der Küche kam und ächzend in das obere Stockwerk hinaufstieg, fragte die Angela, ob sie etwas helfen könnte.

„Da heroben hast du nix zu suchen!" fauchte die Zilli sie an. „Du bist die Stallmagd, und die brauche ich net im Haus!"

Nun war sie schon über drei Monate in diesem Haus und war noch keinen Schritt nach oben gekommen! War das nicht eigenartig? Als Hausmagd war sie gedingt, und nun hatte die Müllerin es ihr deutlich genug gesagt, daß sie nur eine Stalldirn sei! Die vierzehn Tage bis zum Ersten werden auch vorübergehen, dachte sie sich und suchte sich Arbeit in Stall und Stadel.

Am späten Nachmittag holte der Alois vom Brunnen einen Eimer Wasser und sah sich dabei um, ob ihn auch niemand dabei beobachtete. Er trug ihn in seine Kammer.

Aus dem Schrank suchte er einen Anzug, versperrte die Kammertür und rückte den Schrank weg. Im wenigen Licht, das durch die Mauerlücke in die Sackkammer drang, näherte er sich dem jungen Mann, der auf dem Strohsack lag und sich nicht bewegte:

„Da hast du Wasser und ein Gewand. Mach dich fertig! Wenn es finster wird, hauen wir ab. Ich komm dann und schneide dir die Haare. Den Bart lassen wir stehen, da kennt man dich net."

Der Bernhard rührte sich nicht.

„He!" gab er ihm einen Fußtritt. „Hast du mich net gehört?"

„Es nützt nix mehr — kann ja kaum mehr stehen — wie soll ich denn da fortkommen?" flüsterte der Bernhard.

„Ich mache dir schon Beine! Wenn du, bis es finster ist, net fertig bist, dann kannst du was erleben!"

Leise quietschend schloß sich wieder die Tür, und der Bernhard war allein. Unverständlich vor sich hinlallend, kroch er auf Händen und Füßen zum Mauerloch und zog sich mit letzter Kraft hoch, um die einströmende frische Luft atmen zu können. Das Grün der Kirschbaumblätter verschwamm vor seinen Augen zu einem quirlenden Durcheinander, und die schwarzen Kirschen wurden zu erstaunt blickenden Augen in einem Mädchengesicht.

Mit verzerrtem Gesicht starrte er in dieses Trugbild hinein.

„Hilf mir!" stammelte er und sank zurück, schlug auf den Boden hin und verlor die Besinnung.

Der Nachmittag verging für die Angela voller Sorgen. Wie es wohl dem Vater ging? Kaum konnte sie den Abend erwarten und wünschte, daß es der letzte Tag wäre, den sie in der Mühle sein mußte. Welche Szene der Alois ihr heute wegen der Briefe gemacht hatte, wollte sie dem Schedl nicht mehr verschweigen, und wenn der sie daraufhin morgen nicht mehr zu ihrem Dienstplatz gehen ließ, sollte es ihr nur recht sein.

In diesem Hause wuchsen Haß und Feindseligkeit mit jedem Tag, und sosehr sie sich bemüht hatte, sich aus allem herauszuhalten, der Vorfall am Vormittag hatte ihr gezeigt, daß das bei bestem Willen gar nicht möglich war.

Sie mußte heim und fände keine Ruhe, ehe sie nicht zum letztenmal auf dem Weg von der Mühle ins Dorf war.

Gern verzichtete sie auf das Abendessen in der Mühle, und die Müllerin schickte sie auch wieder fort, als sie in der Küche fragte, ob sie das Essen vorbereiten solle. In der Wohnstube fragte sie den Müller, ob sie sich schwarze Kirschen mitnehmen dürfe, da der kranke Vater so gern einen Kirschkuchen hätte.

„Soviel du haben willst, alle schenke ich dir, wenn du

sie haben willst! Sag dem Suber, er soll dir soviel heruntertun, als du brauchst", bot der Müller ihr freundlich an.

„Ich steig schon selber hinauf! Dank schön!"

Sie lieh sich von der Müllerin ein Körbchen aus, die es ihr mit einem unfreundlichen Murmeln gab.

Vom Stadel holte sie sich die Leiter, trug sie um das Haus und lehnte sie an den Baum. Prall und glänzend hingen die Kirschen an langen Stielen im grünen Laub in einer Fülle, daß sie die dünneren Äste nach unten zogen.

Sie mußte sich beeilen, denn wahrscheinlich wartete der Schedl schon am Feldweg.

Ein dicker Ast streckte sich vom Stamm gegen das Mauerwerk der alten an das Wohnhaus gebauten Mühle. Dort, an der Mauer, waren die Früchte besonders groß, und sie schob sich vorwärts, um sie zu erreichen. Ein verlassenes Rotkehlchennest war in einer Astgabel. Die dichtbehangenen Ästchen zog sie sich heran und brockte in das Körbchen. In der alten Mauer sah sie ein schmales, unverglastes Fenster.

Das Blut stockte ihr, und sie mußte sich am Ast festklammern, um nicht vom Baum zu fallen. Aus diesem dunklen Mauerloch starrte ihr ein Männergesicht entgegen, bleich und von blondem Bart und wirren Haaren gerahmt. Verzweifelte blaue Augen blickten sie verstört an, und sie hörte ihn flüstern: „Hilf mir!" Dann verschwand das Gesicht.

Reglos kauerte sie noch eine Weile auf dem Ast, gelähmt vor Schreck.

Nun wußte sie alles! Das Grauen preßte ihr die Kehle zusammen. Alles, was ihr im Verhalten der Mühlleute und an anderen Kleinigkeiten aufgefallen war, wuchs nun zusammen zu einem schrecklichen Bild.

Es wurde ihr schwarz vor Augen, und zitternd tastete sie sich auf dem Ast zurück, klammerte sich an den Stamm und wurde von Angst und Furcht geschüttelt. Als müßte sie sich davonstehlen und irgendwo Schutz suchen, stieg sie langsam die Leiter herunter.

Die Angela war schon eine Weile aus dem Haus, als die Müllerin in der Küche zusammenschreckte und sich mit der Hand gegen die Stirne schlug.

„Sie ist auf dem Baum!“ ächzte sie.

So schnell ihre Leibesfülle es zuließ, humpelte sie aus der Küche in den Hausgang und zeterte: „Alois!“

Sie kreischte es noch einmal, und droben rumpelte der Einarmige aus seiner Kammer und kam die Stiege herunter:

„Sie ist auf dem Kirschbaum!“ rief sie ihm halblaut entgegen. „Wenn sie —“

Ohne noch weiter auf sie zu hören, stürzte der Alois aus dem Haus. Wut und Angst trieben ihn durch den Hofraum auf die andere Seite der Mühle. Dort stand die Angela wie versteinert.

Sie wußte es! Er merkte es an ihrem verstörten Gesicht und an der stummen Not in ihren Augen.

„Was hast du auf dem Baum zu suchen?“ brüllte er.

„Kirschen“, stammelte sie entsetzt und hilflos.

Er duckte sich und kam näher. In seine Mundwinkel trat weißer Speichel.

„Geh mir net her!“ kreischte sie.

Langsam näherte er sich ihr: „Jetzt weißt du zuviel, du Schnüfflerin!“

Das Körbchen mit den Kirschen fiel zu Boden.

„Bleib weg, ich schreie!“

„Jetzt hilft dir nix mehr! Kein Wörtl wirst du mehr sagen, du!“

Mit einem gellenden Schrei sprang sie zur Seite, als er nach ihr griff, und raste davon. Hinter sich hörte sie das Trampeln und Schnauben ihres Verfolgers, und sie rannte um ihr Leben. Ihr Herz wollte zerspringen, und ein rötliches Flimmern ließ sie kaum mehr den Feldweg sehen.

In das Brausen ihres Blutes hörte sie den Schedl rufen: „Angela!"

An ihr vorbei sprang er den Einarmigen an und warf ihn zu Boden, entwand ihm das Messer, mit dem er wie ein Rasender gefuchtelt hatte, und legte ihm die Handfessel an. Schwer atmend war die Angela stehengeblieben und brachte, nach Luft ringend, keinen Ton aus der Kehle.

„So, Bursche, du bist verhaftet!" hörte sie den Schedl sagen. Der rote Schleier schwand von ihren Augen. Mit den Füßen stieß der Alois wütend um sich und brüllte auf unter dem schmerzhaften Druck der angezogenen Fessel.

Dann gab er sich.

„Marsch!" zwang der Schedl ihn zum Gehen und wandte sich nun erst an das Mädchen: „Komm! Jetzt ist alles vorbei, und keine Stunde gehst du mehr in die Mühle! Ich liefere erst einmal diesen Gauner ab und bringe dich dann heim."

Die Hände an die Brust gepreßt, fing sie zu weinen an: „Ich — es ist schrecklich, ich muß dir was sagen", schluchzte sie, mit einem furchtsamen Blick auf den Einarmigen.

„Nachher! Beruhige dich erst einmal."

Schedl zerrte den Brebeck Alois fort, und sie folgte.

Dem Mesner Sigl fiel die Prise Tabak von der Faust, und mit offenem Mund sah er dem seltsamen Gespann entgegen: der Schedl mit zornrotem Gesicht und der Alois von der Mühle, taumelnd wie ein Betrunkener, mit dem Achter an den Schedl gefesselt, dahinter die Angela. Auch der Schmied, der gerade seine Werkstätte zumachen wollte, ließ vor Erstaunen die Arme hängen und schüttelte ungläubig den Kopf, dann aber rannte er zur Nachbarschaft und klopfte sie heraus, und der Mesner stolperte zum Kirchenwirt, wo der Böhmhofer und etliche Bauern in der Wirtschaft saßen:

„Es ist was los! Den Einhandl von der Mühl haben sie verhaftet!"

Polternd rumpelten die Leute aus der Gaststube.

Schedl schob den Alois in das Dienstzimmer, und Polizeimeister Rabinger, der noch an seinem Schreibtisch saß, blickte erstaunt auf.

„Was — warum?"

„Mordversuch."

Die Angela war mit ins Dienstzimmer gekommen und trat an den Schreibtisch: „Ich hab was anzuzeigen, aber — Mit einem Seitenblick auf den Alois, der sie wütend ansah, schwieg sie.

„Steck ihn ins Loch!" ordnete Rabinger an, und Schedl brachte den Einarmigen in den Notarrest im Keller des Hauses.

„Setzen Sie sich, Sie sind ja ganz aufgeregt", beruhigte Rabinger die Angela, und die Hände ineinander verkrampft, wartete sie, bis der Hauptwachtmeister Schedl wieder im Zimmer war. Dann rief sie schluchzend:

„Der Bernhard ist da, ich habe ihn gesehen!"

Die Beamten waren starr vor Überraschung, und Rabinger sprang auf.

„Wo ist er?"

„In der Mühle —" Stockend erzählte sie, was sie auf dem Kirschbaum gesehen hatte.

Rabinger hatte sich schon das Koppel umgeschnallt und zur Mütze gegriffen. „Auf! Keine Minute dürfen wir versäumen!"

„Geh jetzt heim", riet Schedl dem Mädchen. „Ich komme, wenn alles vorbei ist."

Dann stürmten sie aus dem Haus und eilten mit langen Schritten durch die Menge der Neugierigen, die sich inzwischen vor der Station angesammelt hatte, über den Dorfplatz und auf dem Sträßlein zur Mühle davon. Flüsternd sahen die Dörfler hinter ihnen her.

Wie ein Lauffeuer war die Nachricht von der Verhaftung des Stiefsohns des Müllers durch das Dorf gegangen, und immer mehr Männer und Frauen kamen dazu.

Bleich kam die Hastreiter Angela aus der Landpolizeistation und bat den Schmied, sie heimzubringen.

„Der Bernhard ist da", flüsterte sie ihm zu, aber auch die Nächststehenden hörten es. Ein Gemurmel ging durch die Menge.

Obwohl ein leichter Nieselregen fiel und das Tageslicht schon zu schwinden begann, verließ niemand den Platz. Die Frauen fürchteten sich, sahen nach dem Kellerloch, in dem sie den Brebeck Alois wußten, und munkelten, daß die Nacht noch mehr Unheil brächte. Man hatte ja geahnt, daß mit den Mühlleuten etwas nicht stimmte, hatte sie geflissentlich gemieden und konnte sich doch nichts vorstellen.

War der Bernhard heute zurückgekommen? Warum hatte man eigentlich den Alois eingesperrt?

Der Mesner vergaß auf das Abendläuten.

Der Xaver Ertl hatte im Dorf zu tun gehabt und gesellte sich auch zu der Menge, um zu erfragen, was denn geschehen sei. Er trug noch den weißen Verband um den Kopf. Als man ihm sagte, daß der Bernhard wieder da sei, stand er stumm und wartete wie die anderen. Eine halbe Stunde war vergangen, als die Beamten im Abenddämmern wieder auftauchten, und ein Ruf des Schreckens ging durch die Neugierigen. Sie drängten sich heran, als die Polizisten einen Mann heranschleppten, der kaum auf den Füßen stehen konnte.

Der erbärmliche Zustand, in dem sich der Bernhard befand, ließ alle erschüttert schweigen. Er war kaum wiederzuerkennen. Aus dem strammen Burschen, wie sie ihn kannten und bei der Maibaumfeier zuletzt gesehen hatten, war ein verkommener, verwilderter Mann geworden. In der ersten Reihe der schmalen Menschengasse, durch die sie den Bernhard führten, stand der Xaver, und die wirren Blicke des Bernhard trafen ihn. Mit einem Aufschrei sackte er zusammen, und die Beamten mußten ihn die wenigen Schritte bis ins Dienstzimmer tragen. Dort setzten sie ihn auf einen Stuhl.

„Er lebt, er lebt!" murmelte er gebrochen, und Schedl mußte ihn stützen, damit er nicht vom Stuhl fiel.

„Karg", begann Rabinger, „warum haben Sie sich denn eigentlich versteckt? Ich begreife das nicht."

„Sie haben gesagt — er ist tot."

Es dauerte lange, bis sie von ihm eine zusammenhängende Darstellung herausholen konnten, dann aber lehnte sich Rabinger aufatmend zurück.

„Sie haben also wirklich nur einmal mit der Faust auf den Ertl Xaver eingeschlagen?"

„Ich kann es beschwören."

„Sie gingen dann heim, und ein wenig später kam Ihr Stiefbruder und sagte, daß der Ertl tot im Mühlwäldl läge."

„Ja." Schedl mußte den Bernhard Karg festhalten, dessen Antworten kaum verständlich waren. Der verwahrloste junge Mann war einer Ohnmacht nahe.

„Und dann schlugen der Alois Brebeck und seine Mutter Ihnen vor, sich zu verstecken, in der Sackkammer würde Sie niemand finden. Man hat Sie im Glauben gelassen, der Xaver Ertl wäre tot und Sie hätten lebenslängliches Zuchthaus wegen Mordes zu erwarten."

Die Antwort war nur mehr ein schwaches Nicken.

Rabinger sah seinen Kollegen fragend an: „Ob ich nicht besser gleich den Staatsanwalt anrufe?"

Schedl bejahte. „Ich glaube schon, denn da ist ja auch noch die Zilli, die Müllerin, in die Sache weitgehendst verwickelt. Ich bringe den Bernhard inzwischen zur Frau Graßl. Vielleicht richtet ihn ein heißer Kaffee ein wenig auf."

Rabinger telefonierte. Vom Dorfplatz herein drang das dumpfe Reden der Männer und Frauen. Es dauerte nicht lange, bis Rabinger mit dem Staatsanwalt sprechen konnte. „Es ist die Sache Bernhard Karg, Herr Staatsanwalt. Da ist einiges los. Wir haben zwei Festnahmen, auch den Bernhard Karg haben wir. Es hat sich allerhand getan, Mordversuch und so weiter."

„Ich komme sofort!" lautete der Bescheid, und aufatmend hängte der Polizeimeister ein. Dann setzte er sich an die Schreibmaschine und schrieb die Angaben der Angela Hastreiter und des Bernhard Karg nieder.

Die Unruhe auf dem Platz vor dem Haus wuchs, und er ging hinaus und forderte die Leute auf, doch heimzugehen. Es wurde still, aber niemand verließ den Platz.

Es war Nacht geworden, eine düstere und unheimliche Regennacht, und der Schlag der Turmuhr kam nur gedämpft über dem Flüstern und Raunen der Menschenmenge.

Die Scheinwerfer eines Autos tauchten aus dem Dunkel, und die Dörfler wichen zurück. Dem Wagen entstiegen zwei Männer, und Rabinger geleitete sie in das Dienstzimmer. Mit gedämpfter Stimme informierte Rabinger den Staatsanwalt und den mitgekommenen Kriminalbeamten.

„Bringen Sie mal den Bernhard Karg her", ordnete der Staatsanwalt an und setzte sich hinter den Schreibtisch des Polizeimeisters.

Als der Polizeimeister und der Hauptwachtmeister Schedl den verschmutzten und verwahrlosten jungen Mann in das Zimmer schleppten und auf einen Stuhl setzten, sprang der Staatsanwalt auf, und Schedl sagte: „Sie haben ihn schlechter als ein Vieh behandelt."

„Vernehmungsunfähig", hüstelte der Staatsanwalt. „Dieser Mann ist ja in einem erbärmlichen Zustand! Der Haftbefehl wird aufgehoben. Der Mann muß in ein Krankenhaus, und zwar sofort. Bringen Sie ihn mit unserem Wagen hin." Der Kriminalbeamte und der Hauptwachtmeister Schedl mußten den Bernhard fast zum Wagen tragen, und mit hoher Geschwindigkeit fuhren sie davon.

„Soll ich Ihnen den Alois Brebeck bringen?" fragte Rabinger den Staatsanwalt. Dieser überlegte:

„Nein, wir holen uns erst einmal seine Mutter." Draußen schwoll das Reden wieder an. „Warum gehen denn die Leute nicht nach Hause?"

Rabinger zuckte die Schultern: „So ein Ereignis ist hier ganz selten, und da möchten alle dabeisein. Es ist ein friedlicher Ort mit arbeitsamen und zufriedenen Menschen. Wir haben hier nur mit Kleinigkeiten zu tun. Ein Fall wie dieser kommt hier nur alle Menschenalter einmal vor."

Wieder gab es für die Wartenden Überraschung und Rätselraten, als der Rabinger und der fremde Herr das Haus verließen und sich auf den Weg zur Mühle machten. Der Regen wurde stärker, und die Nächstwohnenden holten sich Schirme.

Die Beamten fanden die Haustür der Rumpachmühle verschlossen, und sie mußten lange klopfen, ehe ihnen geöffnet wurde. Grau im Gesicht empfing die Müllerin sie, und ihre Lippen bewegten sich lautlos.

„Frau Karg", sagte Rabinger, „Sie müssen mitkommen, ziehen Sie sich an."

„Ich kann den Mann net allein lassen!" maulte sie heiser.

Angewidert vom verschlampten Aussehen der unförmigen Frau, sagte nun der Staatsanwalt ruhig und energisch: „Wenn Sie nicht bald fertig sind, nehmen wir Sie auch so mit! Also los!"

Wankend ging sie ihnen in die Wohnstube voran und verschwand in der Schlafkammer. Am Tisch saß der alte Müller und sah ihnen grußlos und verkniffen entgegen.

„Wir brauchen Ihre Frau zu einer Vernehmung", erklärte Rabinger.

Sie bekamen keine Antwort. Der Alte saß reglos und rührte sich auch nicht, als die Zilli, einen Schal um den Kopf, wieder aus der Kammer kam und mit den Beamten das Haus verließ.

„Sonderbar", wunderte sich der Staatsanwalt, und der Polizeimeister stimmte zu: „Da haben Sie recht."

„Ich habe mit der Sache nix zu tun!" schnaufte die Müllerin, als sie auf dem Sträßlein waren und hinter ihnen das Licht aus der Wohnstube der Mühle im Regendunst und Dunkelheit verglomm.

Sie erhielt keine Antwort.

Schweigend empfing die Menschenmenge sie, und als sie in der Landpolizeistation verschwunden waren, brandete das Gerede auf.

„Was wird denn noch alles kommen? Hat die Alte auch die Finger drin?"

Der Mesner Sigl gab wichtig und laut seine Meinung kund: „Da wird noch allerhand an den Tag kommen! Ich habe alleweil schon gesagt, daß die in der Mühle viel Dreck am Stecken haben und daß der Bernhard sich nur versteckt hält. Jetzt sind sie alle dran wegen Begünstigung. Das gibt noch eine dumme Geschichte! Die holen auch den Müller noch!"

„Dann hat die Angela es auch gewußt", meinte bissig eine Frau, aber der Schmied wies sie zurecht:

„Red keinen Mist! Wir wissen ja überhaupt net, was da drinnen alles verhandelt wird."

Vor dem Staatsanwalt brach indessen die Zilli zusammen und erzählte bereitwillig:

„Erst ist der Bernhard heimgekommen, und als ich ihn

gehört habe, bin ich aufgestanden. Er hat gar nix gesagt. Dann ist bald der Alois gekommen, hat sich die Hand gewaschen und ist in die Wohnstube gekommen. Der Xaver liegt maustot da draußen, hat er gesagt."

Der Hauptwachtmeister Schedl und der Kriminalbeamte kamen zurück, und der Beamte flüsterte dem Staatsanwalt zu:

„Der ist uns noch völlig zusammengeklappt. Halb verhungert, verlaust und ganz durcheinander."

Schedl hatte noch die letzte Bemerkung der Müllerin gehört, und nun erkannte er plötzlich die Zusammenhänge.

„Er hat sich die Hand gewaschen?" fragte er, und, unwillig über diese Einmischung ins Verhör, zog der Staatsanwalt die Augenbrauen hoch. Er befahl:

„Holen Sie nun den Alois Brebeck."

Als der Einarmige in das Dienstzimmer geführt wurde und seine Mutter sah, zuckte er zusammen. Noch ehe er gefragt wurde, begehrte er auf:

„Was wollt ihr denn von mir? Ich habe mit dem ganzen Schwindel nix zu tun! Ist alles meiner Mutter eingefallen, und ich hab ihr helfen müssen! Jetzt will sie wahrscheinlich alle Schuld auf mich schieben. Erst hat sie mich verludern lassen! Fremde Leut haben mich aufgezogen, weil sie mich net hat brauchen können — ist das eine Mutter? Zu der Lumperei hat sie mich angestiftet —"

Rabinger stieß ihn auf den Stuhl nieder: „Halten Sie Ihren Mund, und reden Sie erst, wenn Sie gefragt werden!"

Der Staatsanwalt betrachtete kopfschüttelnd den Burschen und war angewidert von dem von Wut und Bosheit entstellten Gesicht.

„Brebeck, Sie brauchen uns gar nichts zu erzählen, wir wissen genug. Sagen Sie uns nur, was Sie von der Nacht nach der Maibaumfeier wissen, zum Beispiel, was Sie auf dem Heimweg erlebt haben."

„Bin halt heimgegangen — und hab den Xaver liegen sehen."

Er lauerte auf die nächste Frage, und da die nicht gleich kam, sprach er selber weiter: „Das hab ich dann der Mutter und dem Bernhard gesagt."

Der Hauptwachtmeister Schedl trat an den Staatsanwalt heran und flüsterte: „Darf ich ihn einmal?" Dieser nickte.

Der Schedl ging zum Schrank und holte den Stein heraus, den er am Tag nach der Maibaumfeier blutverschmiert im Mühlwäldl gefunden hatte, und hielt ihn dem Einarmigen unter die Nase:

„Kennst du diesen Stein? Und einen Zeugen haben wir auch, also, tun wir nimmer lang herumreden!"

Die Müllerin, die in der Ecke des Zimmers auf einem Stuhl saß, fuhr keuchend auf: „Er ist es gewesen? Das hat er mir net gesagt! Aber ich trau es ihm zu! Jawohl, er ist es gewesen!"

Verächtlich wandte sich der Alois nach seiner Mutter um.

„Du bist genauso schuldig wie ich." Und mit wütendem Grinsen wandte er sich an den Staatsanwalt: „Jawohl, ich bin es gewesen! Ich hab ihm den Schädel eingeschlagen! Einen Dürftling, einen Krüppel, einen Hund und einen dahergelaufenen Gauner hat er mich geheißen und hat gemeint, ich muß es mir gefallen lassen, weil ich nur einen Arm habe — und wie ich ihn hab liegen sehen, ist mir die Wut gekommen und hab den Stein gepackt —" Die Wut schüttelte ihn, in seinen Mundwinkeln stand weißer Schaum, und er begann zu schreien: „Alle sind sie gegen mich gewesen, alle! Ich zahle es ihnen noch heim — und wenn ihr mich auch zehn Jahre einsperrt — ich komme wieder heraus — und ich zahl es ihnen heim! Der Kellnerin ihr lediges Kind bin ich für sie gewesen, für einen Lumpen haben sie mich gehalten, und drum bin ich auch einer geworden!"

„Halten Sie den Mund, Brebeck!" schrie nun auch der Polizeimeister Rabinger und stieß den Alois auf seinen Stuhl zurück.

Der Staatsanwalt raffte die Papiere zusammen und erhob sich: „Es ist schon spät, meine Herren. Die beiden nehmen wir mit, und Sie, Herr Polizeimeister, fahren als Begleiter mit."

Die Leute auf dem Dorfplatz hatten mit ihren Vermutungen inzwischen die halbe Wahrheit herausgefunden, und als der Polizeimeister Rabinger und der Kriminalbeamte die Zilli und ihren Sohn aus dem Hause brachten und ins Auto steckten, wurde das Murren der Menge laut und drohend.

Der Ertl Xaver versicherte den Umstehenden: „Mir ist alleweil schon so gewesen, als hätte es der Bernhard gar net sein können. Jetzt weiß ich, daß ich eine Zeitlang gelegen bin, und dann erst ist einer über mich hergefallen."

Das Auto fuhr ab, und die Männer wandten sich an den zurückgebliebenen Hauptwachtmeister, um zu erfahren, was denn eigentlich los sei.

Er sagte ihnen kurz, daß es der Alois gewesen sei, der den Xaver so übel zugerichtet habe, und daß der Bernhard die vielen Wochen von der Müllerin und ihrem Sohn gefangengehalten worden sei, ohne daß der alte Simon Karg es wußte. Das Weitere würden erst die Vernehmungen ergeben.

Dann nahm er sich den Suber vor und holte ihn ins Dienstzimmer:

„Bursche, du hast uns ganz schön angelogen! Du hast den Bernhard nicht im Zug gesehen. Also jetzt heraus mit der Sprache, wie ist das gewesen?"

Der Suber gestand, vom Alois zu dieser Lüge angestiftet und dafür bezahlt worden zu sein.

„Wenn der Rabinger es vergißt, dann hast du Glück. Ich werde nix sagen, denn du hast geholfen, den Müller aus dem Wasser zu holen. Aber jetzt holst du deine Mutter, und ihr geht sofort in die Mühle und kümmert euch um den Alten. Den Mann können wir net allein lassen ...“

„Ist recht, Herr Hauptwachtmeister. Ich hab in der letzten Zeit allerhand gelernt, vor allem die Arbeit, und von mir sollt ihr nix Unrechtes mehr hören“, empfahl sich der Wenzel.

Inzwischen hatte sich die Menge zerstreut, und als Schedl die Dienststelle absperrte und auf den Platz kam, war dieser nächtlich still und leer. Es war spät geworden, dennoch brannte in allen Häusern und Höfen noch Licht. Sie werden keine ruhige Nacht haben, dachte der Hauptwachtmeister, und von der Zilli und ihrem Sohn, von der Rumpachmühle und dem Bernhard wird man wohl noch in späteren Generationen erzählen. Ein wenig viel, was da plötzlich über den Ort gekommen ist. Sie werden aufatmen, denn eine nicht faßbare Unsicherheit hatte über dem ganzen Dorf seit dieser Maibaumfeier gelegen.

Die Angela würde wohl noch wach sein und auf ihn warten. Das Mädel hatte einen ziemlichen Schock erlitten und war sicher froh, wenn sie den Alois hinter Schloß und Riegel wußte.

Der Regen hatte aufgehört. War wohl irgendwo ein Gewitter gewesen, denn über dem Wald huschte ein fernes Wetterleuchten.

Seine Schritte hallten von den Stadelwänden zurück, als er eilig ins Unterdorf ging.

Die Angela hatte sich eingesperrt und schloß die Haustür erst auf, als sie ihn an der Stimme erkannte. Sie legte den Finger auf den Mund, und leise auftretend gingen sie in die Stube.

Sie deutete nach der offenen Kammertür und flüsterte:

„Es geht ihm net gut, aber jetzt schläft er. Hab ihm nix gesagt von dem, was heute gewesen ist, damit er sich net aufregt. Er hat net einmal mehr nach den Kirschen gefragt."

Leise berichtete er ihr, was inzwischen geschehen war. Sie saßen bis lange nach Mitternacht.

„Eigentlich tut mir der alte Karg leid", meinte sie mit Bedauern.

Er schüttelte den Kopf. „Alleweil ist ein jeder selber ein wenig schuld an dem, was über ihn kommt. Sein erstes Weib hat er gehalten wie eine Magd und hat ihr net einmal den Doktor holen lassen, als sie krank war. Dann hat er die Zilli geheiratet. Die hat ihm mit ihrem Sohn das Unheil ins Haus gebracht. Es wird eine Weile dauern, bis wieder Ruhe im Dorf wird, das hat alles die Leute zu sehr aufgeregt."

Er stand auf und griff nach seiner Mütze.

„Mir ist, als hätte das alles erst vorbeigehen müssen, bevor wir heiraten. Jetzt aber warten wir keinen Tag länger. Morgen kümmere ich mich um das Aufgebot."

Zögernd bat sie: „Wollen wir net warten, bis der Vater wieder gesund ist? Er ist heute so voller Hoffnung gewesen und hat selber gemeint, daß es ihm nun schon viel bessergeht. Der Herr Pfarrer ist noch da gewesen, und das hat ihn so aufgerichtet."

„Auf jeden Fall aber bleibst du zu Hause und gehst keinen Schritt mehr in die Mühle. Deine Sachen hole ich morgen. Es muß ja jemand bei deinem Vater sein."

Dankbar streichelte sie ihm die Wange.

Aus der Kammer hörten sie ein kurzes Aufstöhnen, und die Bettstelle knarrte. Sie huschte hinein und drehte das Licht an. Er folgte ihr bis zur Türschwelle und erschrak.

„O mein Gott! Vater!" rief die Angela und faßte nach der herabhängenden Hand. Schedl trat an das Bett und drückte die verglasten Augen zu.

Der Kriegsinvalide Hastreiter hatte sein Dasein beschlossen.

Müde, übernächtig und mit rotgeränderten Augen erschien der Hauptwachtmeister Schedl am Morgen im Dorf, um den Tod des Vaters seiner Braut in der Gemeinde und beim Pfarrer anzuzeigen. Dann suchte er seinen Vorgesetzten im Dienstzimmer auf, fand diesen ebenfalls unausgeschlafen und abgespannt und bat um einen Tag Urlaub, um sich um seine Braut kümmern zu können.

„Mein Beileid", sagte Rabinger. „Jetzt kommt ja allerhand zusammen. Selbstverständlich kannst du wegbleiben. Mit dem Fall Bernhard Karg, der nun ein Fall Alois Brebeck geworden ist, haben wir nichts mehr zu tun. Die Sache liegt nun bei der Kriminalpolizei. Das war eine Überraschung, wie? Jetzt wird man halt glauben, wir hätten versagt."

„Das ist mir egal. So wie die Dinge lagen, hätte auch die Kripo nichts herausgebracht. Der Alois hat sich ja selber verraten — und wenn nicht die schwarzen Kirschen gewesen wären und mein Schwiegervater, dann wäre es noch net aufgekommen. Ich meine schon, der Hastreiter hatte einen sechsten Sinn oder ähnliches."

Es klopfte, und der Suber schob sich in das Zimmer.

„Der Müller muß einen Schlaganfall gehabt haben", meldete er. „Als die Mutter und ich in der Nacht in die Mühle gekommen sind, hat er schon nimmer reden können, und gehört hat er uns wohl auch net. Wir sind die ganze Nacht aufgeblieben, und die Mutter hat gemeint, ich müßte das bei der Polizei melden."

Ratlos sah der Polizeimeister seinen Hauptwachtmeister an. „Was sollen denn wir dabei tun? Wir können uns doch nicht um alles kümmern!"

„Den Doktor können wir verständigen, und dann schaue ich im Laufe des Tages einmal vorbei."

Während Rabinger den Telefonhörer abnahm, verließ Schedl die Station.

Es hatte sich wieder aufgeheitert, und ein blaßblauer Himmel spannte sich über das Tal. Von den Bergen kam ein Wind und raschelte mit dem dürren Tännling auf dem Maibaum und den verblichenen Bändern ...

Nun war es an der Zeit, daß dieser Maibaum umgelegt wurde. Ständig hatte er ihn an die Untat nach der Maibaumfeier erinnert. Nun war ja das aufgeklärt.

Warum war es so ungewöhnlich still, und warum waren keine Leute unterwegs? Es war doch ein Werktag! Die Schmiedewerkstatt war noch verschlossen, und kein Hammerschlag störte die Ruhe. Nur die Dohlen auf dem Turm lärmten und kreisten.

Er wollte die Angela nicht allein lassen und wandte sich gerade zum Unterdorf, als vom oberen Dorfausgang her die Suberin heranhastete.

„Herr Wachtmeister! Er ist gestorben, der Müller ist gestorben, grad vor einer Viertelstunde. Was sollen wir denn tun?"

Müde antwortete der Schedl: „Kümmert euch um die Beerdigung, ist ja niemand da, der sich drum annehmen könnte. Der Bernhard wird so schnell net wiederkommen. Und bleibt auf der Mühle, das Haus kann net ohne Aufsicht sein!"

Die Suberin wollte noch etwas sagen, aber er ließ sie stehen und ging wie ein Träumender davon.

Sollen sich selber kümmern, dachte er. Die Angela wird sich abgrämen und warten.

Mit dem steigenden Tag wurde es im Dorf lebendig. Es wurde zwar nur das Notwendigste getan, aber die Männer und Frauen waren unterwegs, um mit den Nachbarn über all das zu reden, was in einer Nacht über den Ort hereingebrochen war. Es war zuviel, und seit Menschengedenken hatte das Schicksal noch nicht so hart zugegriffen wie diesmal.

Gegen Abend fanden sich die Bauern beim Kirchenwirt ein, um sich erzählen zu lassen, was andere wußten oder meinten. Nur der Mesner fehlte. Er hob im Friedhof zwei Gräber aus. Zuerst das schmale und einfache Grab für den Hastreiter, und dann die etwas breitere Grube am Familiengrab der Rumpachmüller.

Bedächtig schnupfte er, blinzelte in die Abendsonne, las die Inschrift auf dem großen Marmorgrabstein und sprach zur verstorbenen Müllerin:

„Jetzt hat ihm alles nix genützt, deinem geldgierigen Mann! Jetzt muß er auch da hinein. Du wirst ihm ja längst verziehen haben, daß er dir so mitgespielt hat. Es hat ihn auch gereut, das weiß ich, aber jetzt hilft alles nix mehr, nimmer das Geld und nimmer die Reue. Tot ist tot, und er möge auch in Frieden ruhen, alles andere macht der Herrgott selber mit ihm aus."

Das Leben ging weiter, die letzten Kornmanndl verschwanden von den Feldern, und die Grummeternte stand bevor. Es hatte jedes wieder mit sich selbst zu tun.

Die Hochzeit des jungen Orthofer Xaver Ertl mit der Sabine vom Böhmhof wurde einfach und bescheiden gehalten. Nicht vierspännig, sondern zu Fuß ging das Brautpaar zur Kirche, das Hochzeitsmahl wurde im engen Kreis gehalten, und beim abendlichen Tanz kam wenig Stimmung auf. Teilnahmslos und verschlossen, sprach die Braut kaum ein Wort, und die Backenknochen traten in ihrem harten Gesicht noch stärker hervor. Sie sah um Jahre gealtert und nicht wie eine glückliche Braut aus. Es kam keine Herzlichkeit auf, und die Feier ging früh zu Ende. Am nächsten Morgen stand der Xaver schon wieder früh in der Heumahd.

Einige Tage später wurden in aller Stille der Hauptwachtmeister Schedl und die Angela Hastreiter getraut, dennoch aber war die Kirche bis auf den letzten Platz gefüllt. Nach der Trauung besuchte das junge Paar die beiden frischen Gräber im Friedhof und ging dann langsam und schweigend heim ins Hastreiterhaus.

Das Sägewerk der Rumpachmühle stand still. Die Suberin und ihr Sohn kümmerten sich um die kleine Landwirtschaft. Auf dem Kirschbaum schrumpften die letzten Kirschen, die die Vögel noch übriggelassen hatten, und die Blätter wurden gelb und braun.

Dann gab es die dritte Hochzeit im Dorf. Sie wurde nach altem Herkommen mit einem großen Kirchenzug, mit viel Musik und einem fröhlichen Tanz am Abend gefeiert. Der Schmied führte die Katharina, die Schwester des jungen Orthofers, heim. Das ganze Dorf nahm Anteil, und der Tanzboden dröhnte vom Stampfen und Juchzen. Was in den vergangenen Wochen die Gemüter belastet hatte, schwand an diesem Tag dahin. In bester Laune, lachend und schnupfend saß der Mesner Sigl am Brauttisch und versicherte dem Schmied und seinem Weib, daß es im Dorf noch nie eine so gute Zeit gegeben hätte, solange er Mesner und Totengräber sei: zwei Beerdigungen an einem Tag und drei Hochzeiten hintereinander!

Als die Stimmung auf dem Tanzboden ihren Höhepunkt erreichte, kam durch die Saaltür ein später Gast, der Bernhard Karg. Der blasse junge Mann ging geradewegs auf den Brauttisch zu, um dem Schmied und der Katharina zu gratulieren. Die Musik setzte mitten in der Tanzweise aus und blies einen Tusch. Alles drängte sich zum Rumpachmüller, um ihm die Hand zu drücken und ihm zu sagen, wie man sich freue, daß er da sei.

Der Bruder der Braut, der junge Orthofer Xaver Ertl, streckte ihm die Hand hin.

„Nix für ungut, Bernhard. Ich hab einen Teil Schuld, daß es so gekommen ist. Das ist damals mein letzter Rausch und hoffentlich auch meine letzte Dummheit gewesen. Gereut hat es mich schon genug."

Kräftig schlug der Bernhard ein: „Ist recht, Xaver. Wir wollen uns nix nachtragen. Seien wir froh, daß alles vorbei ist. Ich hätte das auch gern der Sabine gesagt."

Der Xaver schmunzelte.

„Die ist net mehr da, hat zur Stallarbeit heim müssen. Das wollte sie sowieso net glauben, daß eine Orthoferin auch im Stall arbeiten muß. Hab es ihr aber schnell beigebracht!"

Der junge Rumpachmüller ließ sich nicht länger halten und verabschiedete sich. „Bin grad erst vom Krankenhaus gekommen und muß heimgehen."

Auf dem Dorfplatz blieb er noch eine Weile stehen. Die Mondscheibe übergoß Kirche und Häuser mit ihrem Silberlicht. Das Dorf lag wie ausgestorben, nur hinter den Tanzsaalfenstern vom Kirchenwirt brummte wieder der Baßton des Bombardons und dudelten die Klarinetten, und ein Juchschrei übertönte die Musik und das Lachen.

Der Maibaum stand nicht mehr.

Taghell lag das mondbeschienene Sträßlein zum Mühlwäldl vor ihm, und er wanderte dahin, als ginge er in einem Märchenland.

Weit zurück lag die Zeit, da er verzweifelt und verwirrt in der Sackkammer hauste. Tief atmete er die frische Waldluft ein und ging einem neuen Leben entgegen.

Der Winter kam und verging.

Im neuen Sommer erstand an der Stelle der alten Rumpachmühle ein neues Haus, und als es wieder zum Kornschnitt war, führte der Bernhard Karg die Base des Dorfschmieds, die von der Stadt ins Dorf gekommen war, als seine Müllerin ins neue Haus.

Der Schwarzkirschbaum hatte dem Neubau weichen müssen. Sein mächtiger Stamm lag hinter dem Sägewerk und wartete darauf, zu Brettern geschnitten zu werden.